W0198597

À L'ENCRE ROUGE

DE LA MÊME AUTRICE

Un matin ordinaire, Fleuve Éditions 2020 ; Pocket 2021
Un autre bleu que le tien, Fleuve Éditions 2021 ; Pocket 2023

MARJORIE TIXIER

À L'ENCRE ROUGE

fleuve
ÉDITIONS

MIXTE
Papier issu de sources responsables
FSC® C003309

L'éditeur de cet ouvrage s'engage dans une démarche de certification FSC® qui contribue à la préservation des forêts pour les générations futures.

Pour en savoir plus :
www.editis.com/engagement-rse/

Le Code de la propriété intellectuelle n'autorisant, aux termes de l'article L. 122-5, 2e et 3e a, d'une part, que les « copies ou reproductions strictement réservées à l'usage privé du copiste et non destinées à une utilisation collective » et, d'autre part, que les analyses et les courtes citations dans un but d'exemple ou d'illustration, « toute représentation ou reproduction intégrale ou partielle faite sans le consentement de l'auteur ou de ses ayants droit ou ayants cause est illicite » (art. L. 122-4).
Cette représentation ou reproduction, par quelque procédé que ce soit, constituerait donc une contrefaçon sanctionnée par les articles L. 335-2 et suivants du Code de la propriété intellectuelle.

Publié avec l'accord de Librinova
© 2023, Fleuve Éditions, un département d'Univers Poche
ISBN : 978-2-265-15621-0

Dépôt légal : janvier 2023

À Amélie.
À la mémoire de mes grands-parents.

« Un jour Suzanne quitterait la plaine
et la mère en même temps. »

Marguerite Duras,
Un barrage contre le Pacifique

Elle éventre la plaine, juchée sur sa bicyclette, ses boucles au vent. Blondes, auréolées d'espoir. Elle est belle. Trop belle pour se laisser approcher. Ses lèvres sont rouges, ses paupières bleues. Ses yeux, on ne sait pas. Personne ne les a encore compris. Ils ont la couleur changeante des destins qui se cherchent. Elle roule. Le talon calé contre la pédale, la jupe courte. Jeune. Sillonnant sa terre natale, elle serpente entre les tournesols. Son cœur tangue encore, bat le rythme que sa tête imprime, envoûté par la musique qu'elle a écoutée toute la nuit.

Comme un trait d'arbalète, le héron cendré transperce le ciel dans le plus pur des silences, survolant les champs de blé mûr dont la moisson devient imminente. Elle roule, tournesol mouvant sur l'artère sinueuse de la plaine des Flandres. Les inflorescences dorées, gorgées d'insectes et de soleil, ondulent sur les coteaux, pareilles à de longs cheveux d'ange, tandis que la mosaïque des prairies forme une tapisserie de plaines agricoles entaillées de routes et de voies de chemin de fer qui relient la métropole à la mer.

Elle a l'âge de tous les possibles, la légèreté de toutes les illusions, l'assurance des promesses.

Les mains sur le guidon, elle relâche les freins, oublie ses ongles vernis, se laisse aller. Le dos droit, elle croit qu'elle le reverra bientôt. Vite, tout ira vite. Aussi vite que sa traversée de la plaine. N'est-ce pas ainsi qu'il l'a emmenée en ville, tailladant le soir au volant de sa moto ? Là-bas, plus loin qu'elle n'aurait cru, elle s'est sentie de passage, dans un sas de nouveauté si étranger qu'il paraissait sans conséquence. Un espace-temps défragmenté que la musique et l'alcool cristallisaient pour la sortir d'elle-même. Un autre univers, si différent du sien…

À l'aube, il lui susurre quelques mots à l'oreille, puis se met au piano et plaque une série d'accords en fumant une cigarette. Il ravive la musique du bar et de la nuit, rien que pour eux. Alanguie, elle se laisse bercer, hypnotisée, le regard fixé sur sa poitrine nue.

Depuis plusieurs semaines, chaque dimanche soir, il l'emmène, la promène dans la ville, la plonge dans son lit. Ses yeux, il en ignore la couleur. Elle l'amuse, c'est tout. Elle est mignonne, la fille de la plaine dont les boucles dépassent du casque sur l'autoroute. Elle se cramponne, le moteur vibre sous ses fesses, la vitesse la grise. Il lui donne plus de vingt ans, elle en est loin, mais joue les initiées avec l'aplomb aveugle des nécessités. Après la musique, l'amour et le piano du petit matin, il la ramène à moto. Elle s'agrippe, minaude, réclame d'autres baisers. Il file et reviendra.

— Quand ?

— Bientôt.

Et il revient.

Elle y pense toute la semaine, attend son retour et se répète son nom. Sa musique coule dans ses veines, son odeur est devenue la sienne, ses paroles sont des conquêtes à venir. Il joue à défaut de parler et, comme elle le fait pour deux, ce charme silencieux attise sa curiosité.

La nuit de leur septième rencontre, leurs corps ont pris l'habitude et se trouvent sans se chercher. Elle lâche prise, paupières closes, souffle haletant, elle ose tout :

— Je veux être chanteuse. J'ai une belle voix, enfin je crois. Tu me laisserais chanter avec toi ?

Il se redresse, les yeux écarquillés, surpris autant que déçu. *Encore une fille intéressée*, pense-t-il, *c'est à croire que je les attire !*

Blasé, il ricane une réponse évasive avant de l'embrasser sur le front comme une petite fille.

Elle insiste. Il lui promet qu'il y pensera tout en lui jouant un dernier morceau de piano, une cigarette au bord des lèvres. Une manière détournée de lui dire adieu avant de la sortir du lit. Il est pressé, un rendez-vous important l'attend pour l'enregistrement de son premier disque. Elle est fière, l'encourage, se réjouit, mais il ne l'écoute plus et l'incite à s'habiller pour la pousser dehors sans même lui offrir un café.

Il est en retard, tellement en retard qu'il n'a pas le temps de la ramener à moto. Elle cache sa déception sous un sourire forcé.

Ensuite vient le silence jusqu'à la gare routière, à pied dans les rues de Lille. Le dernier baiser, à la va-vite au bord du trottoir, elle le sentira longtemps grésiller sur ses lèvres, pareil à un courant électrique.

Avant de la quitter, il pianote sur la vitre et lui adresse un clin d'œil. Elle rit, émue d'entrer dans l'intimité des garçons, ces matelots dont elle ignore à peu près tout. Fascinée, elle se colle à la vitre de l'autocar pour le contempler jusqu'à l'ultime soupçon de son blouson qui se perd dans le flot des silhouettes.

Plus tard, dès le lendemain, elle roule juchée sur sa bicyclette, les cheveux lissés par la brise de midi, sous le soleil d'août, encore toute pleine de lui.

Elle roule pour l'attendre plus vite, le sourire angélique, gorgée de souvenirs qu'elle ravive à chaque coup de pédale, mais que la lumière trop crue s'obstine à rendre flous.

Souvent, elle implore sa mère : *Apprends-moi, apprends-moi, les chansons de l'oncle*. Mais Jeanne ne sait pas chanter et ne se rappelle jamais les paroles. C'est une pitié de l'entendre articuler un son, une offense à l'oreille. La fillette a beau insister, la mère chiffonne un bout de refrain avant de se remettre à l'ouvrage. Constamment débordée, elle laisse Lysiane pousser toute seule telle une herbe folle.

Il arrive que la petite se faufile entre la jupe et le tablier de sa mère, histoire de se rappeler à son bon souvenir. Elle s'y enroule et réclame inlassablement la part d'affection qui lui est donnée sans lui convenir, traînant autour de Jeanne à la manière des petits chiens qui reviennent à peine ont-ils été chassés. Et c'est une danse sans fin où les partenaires se frôlent sans jamais se toucher. La mère surveille, laisse sa fille grandir tout en imitant chacun de ses gestes, fière de l'avoir à ses côtés comme un clone en miniature.

La semaine, Lysiane passe plus de temps à mettre le couvert et à couper des légumes en rondelles qu'à faire ses devoirs. L'école, pour elle, c'est secondaire. Plus tard, elle tiendra l'auberge des Flandres comme ses parents le font en ce moment, elle en est persuadée. Pourtant, parfois, les jours de fête en particulier, lorsque l'oncle vient interpréter les danses traditionnelles, il lui arrive de s'inventer une autre vie. Elle se glisse sous la chaise du musicien, sent le souffle de l'instrument l'envahir et la faire vibrer. Transportée, elle s'imagine improviser sur les notes de l'accordéon. Elle rêve de chanter avec la voix des anges, limpide et haut perchée, cristalline et sans échardes.

Les danses de l'oncle font éclore les histoires d'amour, elle le sait. Le *Mieke Stout* met les jeunes couples face à face. Premières œillades, premiers sourires. Ce sont les préliminaires avant de s'offrir une bière ou une limonade en échange d'un baiser furtif. Le vrai baiser est donné ailleurs, loin de ses regards d'enfant curieuse, dans une voiture le plus souvent. Le scénario est tellement prévisible qu'elle ne peut s'empêcher de rêver plus grand.

Alors, elle réclame d'apprendre la musique. Elle veut imiter l'oncle et jouer d'un instrument. N'importe lequel. Un vieux tuba traîne sur le haut d'un buffet, elle se perche sur une chaise pour l'attraper. Les lèvres en cul de poule, elle souffle dans l'embouchure. Le cuivre tapisse sa bouche d'un goût de métal. Les sons sont graves et poussifs, disgracieux et aussi lourds que la relique aux pistons vert-de-gris. Dès que l'oncle arrive, Lysiane le tanne pour jouer de son accordéon trop grand, trop lourd et trop encombrant. En grandissant, elle s'amuse à chantonner.

L'écho de sa voix retentit dans le couloir de l'étage, dévale l'escalier et se répand jusqu'au rez-de-chaussée. Personne n'y prête la moindre attention, c'est pourquoi Lysiane insiste et consacre des heures à ses vocalises. Elle attend une remarque, un petit quelque chose, une ébauche de réaction, mais nul n'écoute ses prouesses vocales (ses délires, pense-t-on, sans le lui dire) ; alors elle serine, se plaint, invente des stratagèmes pour parvenir à ses fins. Tout le monde s'accorde à penser que c'est une lubie vouée à amuser la galerie, un caprice de petite fille qui lui passera avec le temps.

Les danses de l'oncle, elle finit par les savoir par cœur, jusqu'à la nausée ; et ce qui faisait sa joie autrefois, tourne au supplice. Quinze ans d'un rituel immuable, éternel et bien rodé auquel elle assiste en jupe longue et en tablier, digne réplique de sa mère. Après la carbonade flamande, le potjevleesch ou la flamiche au maroilles, l'oncle s'installe sur un tabouret pour jouer les airs traditionnels. Rompus à l'art d'alterner pas sautillés et pas courus à grand renfort de tours en moulinet, les convives se mettent à danser.

Chacun participe de bon cœur à cette chorégraphie que Lysiane rejette désormais avec mépris. Depuis qu'elle a entendu « Jolene » à la radio en montant dans le bus, elle ne jure plus que par la country. La chanson a beau dater, elle sonne à son oreille comme une nouveauté. La cassette, elle l'achète chez le disquaire de Cassel où elle se rend dès le samedi suivant à vélo. Elle en profite pour rafler tous les albums de cette interprète américaine qu'elle trouve magnifique sur les jaquettes.

En rentrant à l'auberge, elle pose sa bicyclette contre le mur et se précipite dans sa chambre. Elle attrape son baladeur et se jette sur son lit avant de chausser son casque. Aussitôt que la voix de la chanteuse à la coiffure de lionne frôle ses tympans, elle commence à fredonner. L'artiste lui est parfaitement inconnue, bien que son visage lui paraisse familier. Entre elles, il y a comme une ressemblance, étrange sensation de mimétisme que rien, à l'exception de la couleur des cheveux, ne vient confirmer dans la réalité.

Le boîtier vide entre les mains, Lysiane se souvient. *Apprends-moi, apprends-moi, les chansons de l'oncle*. Elle se souvient d'avoir tant réclamé que sa requête s'était transformée en une ritournelle anodine, pareille au tic-tac de l'horloge de la cuisine qui revient sans cesse, mais que l'on n'entend plus.

Elle se souvient et regrette, toute jeune qu'elle soit, d'avoir le sentiment d'être déjà passée à côté. Comment devenir chanteuse sans avoir jamais chanté ? Pour se rassurer, elle se dit qu'il existe d'autres moyens de réussir que de passer par les voies toutes tracées. Elle pourrait s'inspirer de Dolly Parton qui lui offre un modèle de féminité aux antipodes de celui de sa mère. Si elle l'écoute et l'observe attentivement, elle apprendra et se transformera, se donnant ainsi une chance d'échapper à sa vie morose. Dès lors, elle n'hésite pas à épuiser son argent de poche, allant jusqu'à chaparder quelques billets dans la caisse, pour s'offrir du maquillage, du vernis à ongles et des bigoudis. Déterminée, elle s'échappe à bicyclette tous les samedis, entonnant « Jolene » à tue-tête sur la route bordée de champs couverts de jeunes pousses. Hors du temps.

La chambre de Jeanne est grande et spacieuse, dotée d'une coiffeuse blanche à tiroirs sur laquelle elle a disposé des flacons de parfum qu'elle n'utilise jamais. Lysiane s'en charge depuis qu'elle a l'âge de se tenir assise sur une chaise face à un miroir. C'est donc naturellement là qu'elle s'installe pour ôter les bigoudis qu'elle a enroulés dans ses cheveux la veille au soir avant de se coucher. Des boucles serrées s'étirent comme des ressorts qu'elle peine encore à assouplir sans les réduire à néant. Elle s'est levée tôt pour se farder les paupières de bleu, recourber ses cils avec la brosse de mascara et couvrir ses ongles d'un vernis rouge, trop vif pour une fille d'à peine seize ans. Ravie, elle contemple le résultat de ses premières tentatives, collée au miroir, fascinée par sa beauté naissante. En sourdine, elle répète, sans bien le comprendre, le refrain de « Jolene » et se surprend à rêver d'un beau brun venu d'ailleurs qui aura des yeux noirs et une barbe fraîchement taillée, juste pour elle.

Transformée, elle descend les escaliers, rejoint la cuisine et s'installe à table.

Jeanne la dévisage, Pierre se tait.

— Quoi ? lâche-t-elle, agressive pour la première fois, surtout gênée.

Rien. Ils baissent les yeux et ne disent rien.

Pierre croque dans sa tartine de pain beurré, Jeanne avale une gorgée de Ricoré. Lysiane, en attente d'une conversation qui ne vient pas, a l'appétit coupé. Dépitée, elle finit par se lever.

— Merci pour le compliment ! lance-t-elle avec amertume, juste avant de claquer la porte de la cuisine.

L'horloge sonne sept coups lorsqu'elle quitte l'auberge le ventre vide et le cœur froid. Elle enfourche sa bicyclette et laisse ses nouveaux cheveux flotter au vent. Ses ongles de feu sont sa revanche sur le silence, la preuve évidente qu'une flamme brûle en elle malgré l'ennui, l'isolement et tout ce que la vie nous empêche d'accomplir, sans se justifier.

La voix cristalline de Dolly Parton la sépare d'elle-même autant qu'elle l'en rapproche. Quand elle l'écoute, Lysiane a l'impression de s'ouvrir en deux comme une grenade dont les arilles explosent dans la bouche en un mélange doux-amer. Elle veut tellement lui ressembler que la tâche lui paraît insurmontable même si elle l'emplit de joie. En descendant du car, elle se mêle au flot des élèves avant de bifurquer à l'approche du centre-ville. Elle ne le fait pas exprès. C'est ainsi. Elle déserte le lycée pour errer dans les rues d'Hazebrouck, minuscules à son goût. Elle lèche les vitrines, ouvre grand les yeux, regarde tout, capte comme une antenne. Sa jupe longue se raccourcit. Les corsages à col rond deviennent des hauts cintrés. Le duffle-coat à capuche tombe pour un trench noir. Les ballerines se métamorphosent en escarpins. Ses formes, elle les apprivoise au lieu de les cacher. Elle en fait une arme pour la suite.

C'est ainsi qu'elle divague, un casque sur les oreilles, ses cassettes dans les poches. De retour à l'auberge, elle se change en cachette avant d'aller saluer ses parents. Dans l'ombre, elle se prépare, la tête agitée de rêves, ne sachant comment les réaliser.

Ce petit manège dure jusqu'à ce que les aubergistes reçoivent un appel du lycée. Jeanne décroche le téléphone, Pierre attrape l'écouteur. Ils se regardent en chiens de faïence et tombent des nues. Rien dans le comportement de leur fille ne les a préparés à une telle annonce. Trop choqués pour intervenir, ils se contentent d'écouter le bilan détaillé du C.P.E. « Le nombre de jours d'absence est faramineux », juge-t-il, avant d'en venir à la moyenne en chute libre. « Quant à ses tenues, n'en parlons pas… » Jeanne et Pierre remercient dix fois qu'on les ait prévenus. Ils vont remédier à tout cela dans les plus brefs délais. Ils s'y engagent et remercient encore avant de raccrocher.

Pareils à des statues, ils demeurent pétrifiés face au téléphone, puis, dans un même élan, vont s'installer sur le canapé, les mains posées sur les genoux. *Qu'arrive-t-il à leur fille qu'ils n'ont pas vu venir ?*

Lorsque Lysiane rentre du lycée, ils n'ont pas bougé. D'un hochement de tête, ils l'invitent à s'asseoir près d'eux afin de mettre la situation au clair. Sans gêne ni culpabilité, elle admet qu'elle sèche les cours depuis plusieurs semaines parce qu'elle s'ennuie ferme. C'est sa nouvelle façon de parler.

Contre toute attente, elle semble soulagée plutôt que prise en faute. Elle aura seize ans deux mois plus tard, l'âge de travailler à l'auberge et de gagner un salaire, ce qui lui évitera de se servir dans la caisse pour s'acheter d'autres vêtements que ceux que sa mère s'obstine à lui commander sur catalogue.

— Parce que tu piques dans la caisse maintenant ? s'étonne Jeanne. Il te suffisait de demander. Tu as de l'argent de poche et on n'a jamais refusé de t'en donner davantage si tu en avais besoin !

— Je sais.

— Alors ?

— Je ne sais pas. Pour me sentir libre.

— Et puis quoi encore ! s'énerve Pierre.

— Je veux devenir chanteuse, le reste ne m'intéresse pas.

— Sois raisonnable, cette vie-là, ce n'est pas pour des gens comme nous.

— Et pourquoi pas ? fulmine Lysiane qui peine à contenir sa colère. Si vous m'aviez écoutée quand je vous réclamais d'apprendre la musique, tout serait différent aujourd'hui, mais vous ne m'avez jamais prise au sérieux !

— Là n'est pas la question, tranche Pierre. À ton âge, je refuse que tu traînes en ville à ne rien faire au lieu d'étudier. Regarde les mains de ta mère, regarde ce qui t'attend si tu t'obstines et réfléchis bien.

Dans un éclat de rire, Lysiane bondit du fauteuil pour mieux défier son père.

— Pas la peine, j'ai eu tout le temps de la voir à l'œuvre !

— Ne sois pas insolente, riposte Jeanne, blessée par le mépris de sa fille.

— Qui vous donne des coups de main gratis depuis des années ? Qui ? Vous pouvez me le dire ? Depuis que je suis gamine, vous me répétez que ma place est ici et, quand je peux enfin la prendre, vous m'exilez au lycée où je m'embête à longueur de journée.

D'un geste théâtral, elle repousse les boucles blondes qui sont venues lui entraver la vue. Surtout, ne pas esquiver le rapport de force. Ni cette fois ni plus jamais. Ce qui lui a manqué dans son enfance, elle compte bien le récupérer par un autre biais, mais elle est loin de se formuler les choses en ces termes.

— Je veux prendre des cours de chant et bosser ici en attendant de trouver un travail dans la musique. C'est ça ou rien, lance-t-elle comme une bombe.

— Chanter n'est pas un métier !

C'est lui qui parle le premier, la réplique fuse et serre la gorge de Lysiane.

Elle se défend.

— Et Édith Piaf ? A-t-elle eu tort de consacrer sa vie à la chanson puisque vous l'écoutez encore, plus de vingt ans après sa mort ?

Pierre ironise sur le parcours chaotique de cette femme devenue alcoolique à force de chanter. Jeanne tempère. *Ce n'est pas la vie d'artiste qui l'a démolie, c'est la vie tout court… Pauvre fille, qu'aucun malheur n'a épargnée…* Lysiane enchaîne sur l'objet de ses fantasmes, la chanteuse de country américaine née dans un village paumé avant de devenir star à Hollywood.

— Encore une pin-up ! s'exclame Pierre d'un air détaché.

Sous le regard consterné de Lysiane, Jeanne se lève en signe d'agacement. Pierre l'exaspère lorsqu'il se permet de réduire les jolies femmes à des séductrices idiotes. Elle sait que Lysiane l'attend au tournant, mais préfère calmer le jeu plutôt que d'assumer ses convictions. Elle finit donc par ravaler ses paroles dans un toussotement de gêne.

Déçue, Lysiane prend la relève et invective son père.

— Dolly est une femme d'affaires en plus d'être chanteuse. Elle en a dans la cervelle. Contrairement à ce que tu crois, ce n'est pas parce qu'elle est blonde et sexy que c'est une potiche. La preuve, elle joue de la guitare et compose elle-même sa musique !

— Tu ne sais pas aligner trois notes, alors…

— La faute à qui ?

Les parents se taisent.

Un silence de plomb étouffe la réponse attendue qu'une rage féroce vient remplacer. Une grenade qui lui mord les entrailles.

Pierre finit par se lever à son tour tandis que Jeanne s'approche de la fenêtre et plonge son regard dans le paysage. Cette manière bien connue de fuir horripile Lysiane qui se met à tapoter des doigts sur la table du salon tout en fixant le papier peint. La tension monte, elle attend un signe, un mot, n'importe quoi, mais rien ne vient. Acculée, elle s'extrait du fauteuil et finit par lâcher ce qu'elle a sur le cœur. C'est le seul moyen qu'elle a trouvé pour ne pas exploser.

— Tes vieilles rengaines du samedi soir, j'en ai assez, lance-t-elle à son père sans ciller. Il est grand temps de moderniser tout ça, si tu veux rester dans le coup. Et toi, maman, toi qui ne dis jamais rien, tu es d'accord avec lui ? demande-t-elle, menton en avant, cherchant la provocation.

— Passe ton bac, après on verra, c'est la vie qui décide de toute façon. Moi aussi, j'ai eu des rêves, comme tout le monde.

Le visage de Pierre se décompose, l'obligeant à baisser les yeux.

— Et lesquels par exemple ? s'enquiert Lysiane, intriguée.

Chacun se redresse, impatient d'écouter les explications de Jeanne, mais le temps se dilate et la réplique se fait attendre.

— Je ne sais plus, finit-elle par abréger, en sortant de sa poche une cigarette à moitié consumée.

— Comment ça, tu ne sais plus ? s'indigne Lysiane dont la déception n'a d'égale que son agressivité.

L'aubergiste ouvre la fenêtre et sort son briquet.

— Ne fume pas dans la maison, Jeannette, tu sais que j'ai horreur de ça !

Lysiane s'approche de sa mère, submergée par l'émotion.

— Alors, vraiment, tu as oublié ce que tu aurais aimé faire de ta vie ?

Jeanne allume sa cigarette et Pierre lui répète d'aller s'intoxiquer dehors. Plus personne ne bouge, mais chacun se défie, testant les limites. Alors, comme sa mère garde le silence et tire une longue bouffée de cigarette en esquivant le regard de son père, Lysiane quitte la pièce et claque à nouveau la porte pour ne pas dégoupiller.

Dès le lendemain au petit déjeuner, Lysiane avait franchi le seuil de la cuisine en robe courte et talons hauts, résolue à ne pas prendre le bus. De toute sa hauteur, elle avait toisé ses parents avant de s'installer à table. Elle n'irait plus au lycée, inutile d'avoir un diplôme pour être serveuse.

Elle avait relancé les hostilités, néanmoins la tension était vite retombée. Ses parents avaient plié.

Toute la nuit, ils s'étaient interrogés. D'abord allongés chacun de leur côté puis adossés à la tête de lit. Ils avaient discuté dans le noir, en murmurant.

Comment avaient-ils pu être aussi aveugles, aussi indifférents ? À bien y réfléchir, Lysiane n'avait pas tort… Combien de fois leur avait-elle demandé de l'inscrire à un cours de musique ? Petite, elle ne réclamait que cela, mais ils avaient d'autres préoccupations, remettant à plus tard. Obnubilés par l'auberge, ils n'imaginaient pas que leur fille puisse penser autrement qu'eux. N'était-elle pas toujours volontaire pour les aider ? Sans doute, pourtant si elle les suivait à la trace, c'était surtout dans le but de trouver l'occasion de glisser la supplique qu'ils n'entendaient même plus.

La culpabilité les rendit muets, les mains jointes posées sur le drap. Ils décidèrent de donner raison à leur fille et, partant, d'essayer de se faire pardonner.

Dès que Lysiane comprit qu'elle avait eu gain de cause, sa colère retomba ; et une nouvelle vie commença.

Les premiers mois, elle avait montré patte blanche, exécutant tout ce que ses parents lui demandaient de faire, de la cuisine au service en passant par le ménage. D'ailleurs, elle ne rechignait pas à la tâche et affichait même un enthousiasme débordant. Dynamique et entreprenante, elle rongeait son frein pour ne pas mettre l'auberge en branle-bas de combat. Si elle s'était écoutée, elle aurait tout changé, de la décoration au menu, de la musique au choix de sa tenue de service ; mais elle avait compris qu'il valait mieux progresser par étapes, c'est pourquoi elle rognait petit à petit l'espace d'une liberté qui lui manquait chaque jour davantage.

En dehors du travail, elle s'enfermait dans sa chambre où elle écoutait Dolly, feuilletant les magazines people. Chaque semaine, le jeudi, parce que c'était jour de fermeture, elle sautait dans le car pour aller s'acheter de nouveaux vêtements, des chaussures et toutes sortes d'accessoires à Hazebrouck. Elle revenait de la ville les bras chargés de sacs trop légers à son goût, mais le cœur rempli de nouvelles envies. Parfois, lorsqu'elle étouffait à l'auberge, elle s'évadait sur sa bicyclette. C'était une escapade pour laquelle elle se maquillait et se parfumait autant que pour le reste. Hormis ces petites virées, elle ne sortait jamais de l'estaminet. Elle n'avait pas d'amis à voir, pas de rendez-vous à honorer. Sa vie était réglée comme du papier musique, bercée par les rêves qu'elle s'inventait. En état de gestation, elle se maintenait dans sa bulle tel un papillon dans sa chrysalide, se transformant au fil des mois. Elle apprenait à sourire, à charmer, à nouer le contact. Au bout d'un an, elle s'octroya le droit de porter un tablier court sur une jupe à peine plus longue.

Sa féminité lui donnait de l'assurance.

Le rouge sur les ongles, sur les lèvres… Des lèvres de feu.

Les regards portés sur elle se transformaient aussi ; et souvent, on lui faisait de l'œil. *Elle est bien jolie, la fille de l'auberge ! Une belle fille à marier !*

Lorsque ce genre de remarques courait jusqu'aux oreilles de Pierre, il renvoyait sa fille à la cuisine et prenait le relais.

Reléguée en coulisses, Lysiane pestait en essuyant les verres au torchon. Elle regrettait de ne pouvoir se prêter au jeu de la séduction. Se sentir désirée la grisait, mais elle savait définir des limites, attiser le feu sans se brûler, se garder pour celui qu'elle attendait vraiment.

Durant une année et demie, elle apprit le métier, gagna en maturité et se montra presque docile avec ses parents. L'auberge n'en était que plus rayonnante, car chacun assumait son rôle avec dévouement.

C'est alors que Fred Solange fit irruption dans sa vie.

Un soir, quatre jeunes garçons s'étaient assis au bar pour commander des bières. Elle les avait préparées, laissant la mousse retomber sur les rebords des verres tulipes. Un nectar doré tout juste sorti de la tireuse.

Elle avait plaqué quatre dessous de verre en carton, en ligne parfaite, au milieu du comptoir, avant d'y déposer les bières d'un geste expert, les fixant chacun leur tour droit dans les yeux.

Cet aplomb avait plu à Fred. Ce savoir-faire, ce n'était pas donné à tout le monde. Alors, il l'avait observée, laissant à la conversation le soin de s'animer sans lui, et son regard s'était perdu dans ces boucles blondes, ces lèvres bien dessinées, d'un rouge aussi vif que sur les toiles de Picabia. Pour l'attirer à lui, il avait levé la main, commandé un petit quelque chose à grignoter, comme ça, sur le pouce, à même le bar, avant de s'en aller. Ils étaient pressés, ils venaient de donner un concert à Dunkerque et avaient fait escale ici par hasard avant de rejoindre Lille. « Une bonne idée ! » avait-il ponctué, un doux clin d'œil à son adresse. Elle avait compris qu'il la draguait, immédiatement. De cela, elle avait l'habitude à l'auberge, mais des gars beaux comme lui, il n'y en avait pas beaucoup ; et musiciens, encore moins, alors elle était sortie de sa froideur habituelle.

— Vous jouez de quoi ?

— Piano, synthé, je chante aussi. Bref, je fais tout. Les trois autres m'accompagnent pour la logistique.

— C'est bien, avait-elle répondu, en regrettant de manquer de repartie.

Elle lui avait proposé une part de flamiche au maroilles – *la* spécialité locale –, mais s'il était lillois, il connaissait forcément…

C'était parfait, ils avaient aussi repris une bière et Fred avait continué à s'agripper à la jolie blonde qui passait de table en table avec une fluidité déconcertante.

Au moment de partir, il lui avait donné son nom.

— Je reviendrai vous voir, avait-il ajouté, enfin, si vous voulez bien.

Et elle n'avait pas refusé, alors il était revenu, à moto cette fois, et, malgré les mises en garde de sa mère et de son père, Lysiane avait enfourché l'engin rouge vif avec assurance. Elle avait soif de partir, de découvrir, de croquer la vie et de sortir de sa campagne trop connue ; avide de tout, elle l'avait suivi les yeux fermés, guidée par une euphorie qui ne souffrait aucune nuance.

Le casque, il le lui avait accroché juste après l'avoir embrassée.

Premier baiser volé qu'elle n'avait pas vu venir.

Elle avait eu un mouvement de recul, il avait ri, enfoncé le casque sur sa tête, regretté d'écraser ses jolies boucles ondulées, puis il s'était installé au guidon sans casque avant de démarrer. Le moteur avait émis un grognement musclé et le bolide avait traversé la route nationale à toute vitesse.

Il avait tout, celui-là, se répétait-elle, grisée par cette liberté qu'elle croquait comme le fruit défendu. Beau, brun, musicien, citadin, avec quelques années de plus qu'elle pour l'emmener plus vite et plus loin, au-delà même de ses espérances.

Fred Solange. Elle répétait son nom en boucle, sur les intermèdes de Dolly, ces espaces sans paroles qu'elle pouvait combler à sa guise.

Pour penser à lui, elle enfourchait son vélo et filait à toute allure dans la plaine, cheveux aux vents, ravivant les sensations qu'elle éprouvait sur la moto, un total abandon à un plaisir indécent qu'elle n'avait pas les mots pour nommer. De ces escapades extatiques, elle revenait pimpante et essoufflée, courant se changer, se coiffer, se maquiller avant d'enfiler son tablier pour assurer le service du soir.

Depuis sa rencontre avec Fred, son sourire était plus large, ses mots plus nombreux. Elle exultait, ressassant ses attentes à l'infini.

Bientôt, il l'emmènerait à ses concerts, cela ne faisait aucun doute. Ne le lui avait-il pas promis ? Avec un peu de patience et d'adresse, il la surprendrait en train de chanter sous la douche et resterait bouche bée, envoûté, stupéfait de n'avoir pas détecté immédiatement ce talent. Aussitôt, il lui proposerait de chanter avec lui, en tant que choriste, puis en duo, et puis comme soliste, chacun son tour, et pourquoi pas ?

Elle imaginait sa vie comme on écrit des histoires, avec l'illusion de tout maîtriser.

Dans cette perspective, ses virées à vélo se voulaient des galops d'essai, des espaces de liberté où elle composait un scénario idéal dans lequel elle jouait le rôle de la chanteuse tout droit sortie de sa campagne, mais dont la beauté transformait tout. Aussi se voyait-elle un peu comme Dolly Parton ou comme Lily Stevens dans *La Femme aux cigarettes*, la transfuge irrésistible que rien n'arrête.

Au début, Fred avait succombé à ce charme maladroit dont la spontanéité n'a d'égale que l'innocence des premières fois. Et peu importe que ses coéquipiers se soient moqués de lui, et d'elle – surtout –, elle lui avait tapé dans l'œil et il s'amusait bien. Elle riait comme une gamine, contente de tout, naïve et admirative.

Quand il lui avait demandé son âge, elle lui avait retourné la question et, comme il avait refusé de répondre, elle s'était dérobée dans un éclat de rire.

Bientôt pourtant, il commença à se dire que la plaisanterie avait assez duré. La fille s'attachait, se pendait à son cou, le présentait comme son petit ami alors que lui n'avait pas la moindre intention de s'engager. Elle s'offrait à lui corps et âme, demandait un peu plus après chaque étreinte jusqu'à prétendre chanter avec lui. La limite était franchie. Au petit matin, il lui joua une mélodie composée juste pour elle en fumant une cigarette avant de lui annoncer qu'il était l'heure de partir.

Un rendez-vous l'attendait, sa carrière commençait à décoller, il allait bientôt enregistrer un disque, il ne pouvait pas la ramener à moto jusque chez elle cette fois-ci…

— Bien sûr, lui avait-elle répondu, fière et inquiète à la fois.

Le pas pressé sur les pavés lillois, il l'avait donc déposée à la gare routière, jouant la comédie de l'amoureux qui reviendra, le cœur déjà allégé d'une conquête amusante, mais dont les attentes ravagent la pérennité.

Car il n'était pas du genre à s'attacher ni à se laisser mener par le bout du nez ; contrairement à ce que Lysiane s'était imaginé.

Par la grâce du jeudi de fermeture, Jeanne demeura longtemps assise, une tasse vide entre les mains pour réfléchir.

Sa fille était partie au lever du jour, en catimini. Pas de moto pour l'emmener l'espace d'une nuit et la redéposer le lendemain.

Juste une absence.

Le ciel était bleu nuit. L'ampoule se reflétait sur la vitre et les tulipes roses s'inclinaient comme des danseuses sur la table.

Lorsque la porte du garage avait claqué, elle s'était précipitée à la fenêtre où elle l'avait vue courir le long de la nationale privée de lampadaires. Au mieux, elle attraperait le bus, au pire, elle ferait du stop. C'était sûr. Si seulement elle avait su conduire, elle l'aurait cueillie au bord de la route pour l'emmener où elle voulait, sans lui poser la moindre question.

Mais c'était déjà trop tard pour chercher à comprendre de toute façon.

Le garçon avait disparu avec la moto ; et depuis, Lysiane arborait le visage fermé, blanc et lisse des poupées de cire.

Une poignée de nuits… juste quelques nuits passées ailleurs… une rencontre, un fol espoir et puis plus rien.

Il n'en fallait pas davantage pour abîmer sa fille.

Quand Pierre remonta de la cave où il sculptait ses avions en bois, il ne s'étonna pas de la trouver figée, cramponnée à sa tasse. Lui aussi avait entendu la porte du garage claquer et lui aussi avait regardé Lysiane se précipiter le long de la grande route en regrettant de n'avoir jamais passé son permis de conduire.

Unis par les mêmes craintes, ils accumulaient les questions dans le vide et leur esprit devenait flou, envahi d'incertitudes.

Comment ne pas s'accorder sur le fait que leur fille avait perdu sa joie de vivre, ses coups d'éclat et ses lubies ? Évaporés depuis que la moto ne se pointait plus. Sujet intouchable et tabou qui les mettait unanimement mal à l'aise.

Jeanne attendit toute la journée, collée à la vitre, une cigarette au bec. Pierre fit de même à la cave, coupant du bois au lieu de fumer.

Que lui avait-il dit ? Que lui avait-il fait ? se demandait Jeanne.

Un chagrin d'amour n'est jamais sans conséquence.

Rongée d'inquiétude, elle aurait voulu savoir la retenir et la consoler, mais Lysiane était fuyante, tellement fuyante…

À mesure que la journée s'écoulait, elle se sentait de plus en plus ouverte et sans attente, dévouée à sa fille et prête à tout accepter pourvu qu'elle desserre enfin les lèvres.

Bien des années plus tard, Jeanne fit le récit de cette attente insupportable, les larmes aux yeux. Elle la raconta pour briser la chaîne des malentendus.

Lysiane rentra en fin de journée. Ses cheveux étaient lisses et son maquillage avait coulé. D'emblée, elle avait plongé dans les bras de sa mère au lieu de foncer dans sa chambre pour s'y enfermer. Contre toute attente, elle ne l'avait ni fuie ni repoussée, mais elle était revenue, dépouillée de son masque d'orgueil, comme une enfant prise au piège. Alors, Jeanne l'avait serrée contre sa poitrine, soulagée autant qu'abasourdie, car elle n'avait pas l'habitude de ce genre d'effusion. *Par ma faute*, pensa-t-elle. Elle n'était ni tactile ni sentimentale et préférait s'abrutir à la tâche plutôt que de s'épancher. S'il n'y avait donc pas eu beaucoup de tendresse entre elles, c'était de son fait.

Lysiane s'adossa au mur, Jeanne fit de même juste à côté d'elle et elles fixèrent l'horloge dont la trotteuse n'en finissait pas de tourner.

— J'ai été jeune avant toi, ne crains rien, tu peux tout me dire.

Les mots étaient venus tout seuls, sans un regard, comme si Jeanne se parlait à elle-même.

La trotteuse eut le temps de faire encore un tour de cadran avant que Lysiane ne s'effondre à ses pieds, en larmes. D'un geste maladroit et hésitant, Jeanne glissa sa main dans ses cheveux. Ils étaient doux et chauds, très épais. Rien à voir avec les siens.

Lorsque Pierre apparut à la porte, il se crut face à une Pietà et la pudeur lui dicta de s'éclipser aussitôt. Quelques instants plus tard, Jeanne entendait le vrombissement de sa ponceuse électrique. Comme s'il voulait leur laisser toute la place pour se parler sans risquer d'être interrompues.

— Je suis enceinte, lâcha Lysiane, en se frappant le ventre d'un poing serré.

Sa voix éraillée, écaillée, raturée, contrastait avec la violence compulsive de son geste. Ce bébé, elle refusait de le garder et voulait que Jeanne l'accompagne à l'hôpital, puisqu'elle était trop jeune de quatre mois pour faire ça toute seule.

— Quatre mois, rien que quatre mois, et j'aurais pu faire mes choix sans rendre de comptes à personne, répétait-elle en grand désespoir.

Mais plus Lysiane se lamentait, plus Jeanne se sentait rassurée. Pour elle, ces quatre mois étaient un miracle. Quatre mois bénis sans lesquels sa fille se serait fait avorter toute seule, comme d'autres font un bébé toutes seules, comme dans la chanson.

— Garde ton enfant. Je m'en occuperai pour toi et tu seras libre de faire ta vie.

— Ma vie ? Elle est foutue ! Complètement foutue !

Impossible de la contredire, et pourtant, tout en elle pensait le contraire, c'est pourquoi Jeanne la laissa expulser, entre pleurs et exclamations, sa révolte débordant de détresse et de dépit, issue d'un immense sentiment d'humiliation.

Elle l'apaisa comme elle pouvait. Mot après mot. Pas trop vite pour qu'elle absorbe sans rejet. Lysiane était jeune, belle, en pleine santé. Rien ne se jouait en une seule partie. Il y avait toujours une revanche à prendre, de nouvelles expériences à vivre et d'autres rencontres possibles…

Lysiane renifla, Jeanne lui tendit le mouchoir qui traînait sur le plan de travail, et elles se replacèrent dos au mur, côte à côte, sans autre caresse ni regard.

— Je suis trop jeune, viens avec moi, s'il te plaît. Toute seule, je ne peux pas, je n'ai pas le droit. Aide-moi pour ça. Je t'en supplie.

Le balancier de l'horloge scandait les secondes comme si de rien n'était et la trotteuse achevait de faire le tour du cadran lorsque l'aiguille atteignit le sept pour enclencher le carillon.

Sept coups à la césure desquels leurs yeux se retrouvèrent.

Ensuite, le mouvement lancinant du balancier vint consoler le silence, un va-et-vient régulier auquel Jeanne s'accrocha pour lutter contre elle-même et rester à sa place. Dans son esprit, des questions plus chaotiques les unes que les autres se chevauchaient, mais quel droit aurait-elle eu de les poser ?

— Bien sûr, je vais t'accompagner. On fera comme tu voudras, c'est à toi seule de décider.

Elle énonça sa réplique sans y mettre le ton, comme un texte appris par cœur, et ce flegme raviva la colère de Lysiane qui s'infligea de nouveaux coups dans le ventre.

— Ne te fais pas mal, implora Jeanne, en lui attrapant le bras. Tu souffres, je le sais, je le sens. Fais-moi confiance, je suis ta mère et je respecte ta décision. Toute femme doit avoir le choix pour ces choses-là. Un choix incontestable que nul n'est en droit de juger.

Cette fois, parce que la compassion de Jeanne transparaissait dans sa voix, Lysiane entendit ses paroles et cessa de se violenter, remplaçant les coups par des larmes silencieuses.

En la voyant ainsi, si jeune et démunie, Jeanne se demanda pourquoi il lui avait fallu attendre que sa fille se retrouve genoux à terre pour se sentir investie de son rôle de mère.

Jeanne l'accompagne, branlante comme une quille. La plaine est d'une noirceur pesante, son père à la fenêtre jusqu'au dernier moment. Une vieille habitude. Cette fois-ci, elle pensait qu'il aurait réagi, émis un commentaire, susurré un reproche ; mais rien. Aucune instance supérieure pour la sortir du tunnel ombrageux dans lequel elle s'était perdue. Un mot aurait suffi, un regard peut-être. Une étreinte aurait été de trop. Il est des gestes qui ne s'apprennent pas sur le tard.

Elle part donc seule avec sa mère, bien obligée. Trois mois et deux semaines de plus auraient tout changé. Des nausées, nul signe. Si son sang n'avait pas cessé de couler, elle n'aurait rien perçu de différent en elle, rien soupçonné.

Sa mère répète les mêmes mots tout au long du trajet : *Ça va ? Ça va aller ?* En boucle, comme une prière vouée à calmer ses jambes et ses mains tremblantes alors que c'est elle qui devrait avoir peur.

Excédée, Lysiane pose son casque sur ses oreilles pour se protéger de son insupportable anxiété.

Avec Jeanne, elle se sent incomprise et irascible, toujours prête à exploser. Que sa mère soit à ses côtés dans ce moment crucial ne compte pas. Entre elles, tout a déjà volé en éclats depuis longtemps.

La preuve, la voilà enceinte. Mal préparée à la vie, sacrifiée avant d'avoir eu son mot à dire. Victime des illusions dont elle s'est bercée à défaut d'avoir eu le droit de réaliser son rêve.

Sacrifiée. Elle se sent sacrifiée, car une vie pousse dans son ventre. Une vie capable de ruiner ses espoirs et de prendre sa place.

Le soleil pointe, la plaine défile plus vite maintenant que l'ombre se dissipe. Il se fait jour dans son esprit. L'hôpital est en périphérie de la ville. Elles iront en taxi, pour être sûres d'arriver à l'heure. Les places sont rares, le temps compté. La honte sera vite oubliée. Une honte banale de fille.

Elle hausse le volume, sa mère serre les jambes et se tord les mains. Lysiane s'arrime à la vitre de l'autocar. Elle avance dans le sens inverse du trajet effectué quelques semaines plus tôt, la même autre vie cachée en elle, mais dont elle a connaissance cette fois-ci. Son clin d'œil, elle le revoit. Cet affront-là ne s'efface pas. Elle a tellement cru qu'il reviendrait…

Elles descendent du car, Jeanne la première. Elle traîne au point que Lysiane la bouscule et finit par la pousser, encore plus énervée contre elle.

C'est la mi-octobre, les arbres sont multicolores à la gare routière. Ils le sont aussi à l'entrée de l'hôpital. Il fait doux, mais Jeanne grelotte. Les tenues de mi-saison concèdent quelques touches de couleur au décor spectral du centre hospitalier. À l'accueil, les formulaires se remplissent, Jeanne signe pour donner son accord. Sa main tremble, ses jambes aussi.

Lysiane, au contraire, reste de marbre ou de glace.

Dur comme du bois ou du fer. Inflexible.

Parce qu'elle joue sa vie en cet instant.

Jeanne lui fait passer le stylo. C'est à son tour de signer, de donner son accord pour qu'un médecin vide son ventre et la libère.

Que seront leurs vies après ?

Jeanne et Lysiane se regardent pour la première fois de la journée. Un regard de mères.

La secrétaire récupère les feuilles signées, répète ses consignes protocolaires et dirige les deux femmes vers l'ascenseur qui les conduira au troisième étage où une infirmière les guidera.

À l'unisson, elles acquiescent d'un même signe de tête avant de prendre congé.

Comme elles ont un peu d'avance, Jeanne demande à Lysiane de prendre l'air pour fumer et se détendre un peu. Ses mains s'agitent d'angoisse.

— Regarde, lui dit-elle en se forçant à sourire. Je ne les contrôle plus.

Sur le banc, Jeanne sort une cigarette du paquet. Ce sont des Lucky.

— Tu en veux ?

Lysiane en prend une aussi. Pour se donner du courage et que ça aille vite. D'une main toujours tremblante, Jeanne lui tend sa boîte d'allumettes. Elle lui échappe et s'éventre sur l'herbe parsemée de feuilles rouges et jaunes. Lysiane la ramasse, claque une allumette, embrase le bout de sa Lucky qu'elle aspire pour la faire prendre plus vite.

Jeanne souffle et émet une volute de fumée, Lysiane toussote. C'est la première fois qu'elle s'essaie à fumer.

Elles fixent un érable.

Lysiane continue à tousser. C'est la fumée, dans sa gorge, dans son nez. Âcre. Elle le revoit soudain, assis au piano, plaquant ses accords une cigarette aux lèvres, après leur première nuit.

Beaucoup de premières fois, pense-t-elle. *Beaucoup de premières avortées…*

Après, juste quelques ricochets, quelques nuits exemptes de promesses. Alors, entre lui et le fœtus qui pousse dans son ventre, elle ne voit aucun rapport.

Rien qu'un grand vide qui la renvoie à sa bêtise d'y avoir cru.

Le couloir blanc paraît plus court à leur retour. Jeanne appelle l'ascenseur en reniflant. Elle tourne la tête et Lysiane sait pourquoi. Elle manifeste tout ce qu'elle n'exprime pas.

En sortant de l'ascenseur, les pleurs que Jeanne réprime lui deviennent intolérables.

— Ne renifle pas si fort, tu me stresses ! Et sèche tes larmes, tu auras tout le temps de pleurer plus tard.

Jeanne s'exécute. Encore plus pathétique. Lysiane serre ses cheveux dans un élastique. Pour l'intervention, ce sera mieux. On les a installées sur deux chaises à l'entrée du couloir. On les fait patienter. Jeanne est livide. Ses pieds bondissent en saccades sur le sol. Parce qu'elle multiplie les efforts pour la soutenir, Lysiane essaie de se taire et de se contenir, mais la colère l'emporte bientôt.

— Ça suffit. Tu vas tout faire foirer. Attends-moi dans le hall d'entrée. Je ne peux plus te supporter dans cet état !

Sans protester, Jeanne se lève, se tourne vers la porte métallique, appuie sur le bouton. La nécessité de sa présence ici réfrène l'agacement de Lysiane quoiqu'elle n'en puisse plus d'entendre sa mère geindre à sa place.

L'ascenseur arrive et elle respire. Enfin, un peu de temps pour elle, sans *elle* ; mais les portes coulissent et Jeanne ne bouge pas.

Elle reste là, enracinée tel un arbre centenaire.

— Garde cette petite, je t'en prie, murmure-t-elle, pendant que Lysiane bloque l'ascenseur dont les portes déjà se referment.

Sa supplique la scie autant qu'elle la confronte à une éventualité qui ne lui avait même pas effleuré l'esprit.

— Qu'est-ce qui te fait penser que ce sera une fille ?

— J'ai dit ça sans réfléchir. Je t'en supplie. C'est déjà un bébé. Bientôt tu le sentiras bouger et…

— Tais-toi !

Sans ménagement, Lysiane la pousse dans l'ascenseur et appuie sur le bouton à sa place pour s'en débarrasser plus vite.

— Je m'en occuperai, promis. Tu seras libre de tout, mais garde-la, je t'en supplie.

Les portes coulissantes effacent sa mère.

Elle retourne s'asseoir sur la même chaise, un vide à côté d'elle.

Le couloir est désert à l'exception d'un chariot. L'attente est sans délai, le temps suspendu.

On lui a expliqué chaque étape de ce qui l'attend, mais elle n'a rien écouté. Elle veut qu'on vienne la chercher et que ça passe, c'est tout.

Le temps défile sur une horloge juste en face. Elle repense à la cuisine, à ses larmes dans le giron de Jeanne, à ses caresses, à son calme, à son pardon. Elle aurait préféré qu'elle hurle et la repousse pour avoir une bonne raison de lui en vouloir. Elle sait qu'elle pleure dans le hall ou peut-être fume-t-elle une cigarette qu'elle éteindra du bout du pied avant de se baisser pour récupérer son mégot et le jeter à la poubelle. Elle pense à tout, sauf à l'erreur qui se loge dans son ventre. Une petite gêne, parfois, tout au plus, et encore.

Une infirmière vient vers elle et l'invite à la suivre.

Traverser le couloir aveugle l'étouffe. On la prépare dans une chambre. Elles sont deux maintenant autour de Lysiane. Elles lui parlent, mais leurs mots s'évaporent.

À cet instant précis, elle n'entend que les larmes de Jeanne…

Après, tout devient flou, tout s'agite autour d'elle et elle sort de cet endroit, blanche comme de la craie, sèche et poussiéreuse.

Lysiane sait ce que pense Jeanne, ce qui trotte dans sa tête. Elle l'observe à travers la baie vitrée. Grelottante, en train de fumer. Elle est petite. C'est une femme minuscule aux cheveux bouclés, mais cela ne se remarque pas, car ils sont courts et fins et mal coiffés. Ses mains sont minuscules aussi. Elle porte une alliance, c'est tout. Des talons plats, une jupe longue, sans allure, un ciré informe et un foulard en soie. Le même depuis toujours. À quarante-quatre ans, elle en paraît dix de plus, au minimum, mais elle a le courage de tout recommencer alors qu'elle n'a même pas eu celui de se lancer.

Il est flagrant que sa mère désire son enfant avec autant de force qu'elle a tenu à s'en débarrasser.

Elle traverse le hall et s'approche de la porte coulissante qui s'ouvre à son passage. Quelques pas suffisent à rejoindre sa mère. Prise au dépourvu, Jeanne se dépêche de cacher son mouchoir dans la grande poche boutonnée de son ciré.

— C'est déjà fini ? s'étonne-t-elle, en s'essuyant maladroitement les yeux du revers de sa petite main.

— Sèche tes larmes, tu vas l'avoir, *ton* bébé. J'ai changé d'avis.

La terre tremble sous leurs pieds et elles vacillent ensemble, pour des raisons opposées.

Leurs bouches sont closes et leurs lèvres serrées, de crainte d'un revirement. Jeanne doute encore, sans soupçonner que sa fille se trouve dans le même état.

C'est à cause du médecin et de son mépris. De loin, Lysiane l'a entendu parler à l'infirmière, des paroles gravées dans sa mémoire.

Encore une Marie-couche-toi-là ! Ça en fera toujours une de plus de calmée après ça, je vous le garantis !

La grenade en elle s'est dégoupillée et, dans un sursaut, Lysiane a retiré ses pieds des étriers pour bondir hors du lit. Quatre enjambées plus tard, elle claquait la porte, le bébé dans son ventre, prête à en découdre plutôt qu'à se calmer.

Survoltée, elle a récupéré ses vêtements en se répétant que jamais, au grand jamais, aucun homme ne pourrait la mater.

Autrefois, on l'aurait envoyée en Belgique où elle se serait mise au service d'une bonne famille afin de laisser son ventre grossir en secret. Nul doute qu'elle aurait rencontré un homme doux et dévoué qui, séduit par sa beauté autant que par sa jeunesse, lui aurait proposé de rentrer au pays avec l'enfant. Ni vu ni connu, elle serait revenue mariée, mère de famille et baptisée d'un nouveau nom de femme, prête à repartir de zéro, mais totalement étrangère à elle-même.

Par chance, les temps avaient changé et ses parents se moquaient du qu'en-dira-t-on, si bien qu'ils avaient décidé de continuer à vivre comme avant, jusqu'à un certain point.

Ainsi, le jaillissement du ventre concorda avec le jaillissement du mensonge. Suite à quelques quiproquos embarrassants, ils finirent par se retrouver sous le cerisier du jardin pour convenir d'une version commune. Les parents n'ayant pas grand-chose à proposer, c'est Lysiane qui en imagina la trame. Après tout, c'était sa vie, même s'il était évident pour elle que c'était leur enfant qu'elle portait.

Jamais le nom du père ne serait prononcé, rien à son propos ne serait dévoilé et ils s'amusaient à répéter que Lysiane était une femme libérée qui avait fait un bébé toute seule, comme dans les chansons.

Un jour, Lysiane entendit Pierre raconter à un habitué que le bébé était le fruit d'une amourette aussi frivole qu'éphémère, mais qui s'était bien accroché à sa branche. Il avait dû répondre à une question plus insistante, à un client un peu plus proche, avec la politesse et l'humour des aubergistes aguerris. Lysiane, quant à elle, jouait le rôle de la fille contente, ravie et épanouie, imaginant la suite sans en toucher mot à personne.

Pour elle, il n'était pas question de limiter son existence aux environs de Cassel. Elle n'avait aucune ressemblance avec la chèvre de Monsieur Seguin qu'on accroche à un piquet pour la protéger du danger. Le mal étant fait, elle n'avait désormais plus rien à perdre, mais au contraire tout à gagner si elle réglait ses pas sur ses désirs et son envie de partir, plutôt que de s'enliser dans la routine de l'estaminet.

Depuis qu'elle était enceinte, Jeanne et Pierre ne cessaient de la chouchouter, l'incitant à prendre des pauses à rallonge, la libérant des tâches ingrates, lui préparant tout ce qui lui était nécessaire ; Lysiane pouvait donc rester de longues heures allongée dans sa chambre, à écouter Dolly en divaguant. Jamais elle ne songeait à l'enfant, elle ne pensait qu'à son propre avenir et à se forger une identité. Elle s'imaginait rousse, comme Jolene, séduisante et irrésistible. Parfois, il lui arrivait d'entendre le pot d'échappement d'une petite cylindrée et de courir à la fenêtre avec la certitude qu'il était de retour. Elle s'embrasait, s'enflammait, se voyait se jeter dans ses bras et le suivre au bout du monde, oubliant tout ; mais sur la moto, ce n'était jamais celui qu'elle espérait, alors elle retournait dans son lit, coupée dans son élan, rouge de honte et de désir contrarié.

À bien y réfléchir, sa situation ne lui donnait pas la moindre envie de ressasser la chanson de Goldman et de s'identifier à cette femme qui courait toute la journée entre boulot, baby-sitter, couches et biberon de quatre heures ; pour Lysiane, il était évident que toutes ces corvées incomberaient à celle qui fumait même au petit déjeuner, celle qu'elle avait dorénavant décidé d'appeler Jeanne, pour éviter toute confusion.

Ce soir-là, elle prit conscience que dans trois mois, elle serait libérée de ce ventre devenu étrange qui poussait en silence. Tout au plus ressentait-elle quelques gargouillis et parfois, peut-être, un sursaut de la peau provoqué par un coup de pied. Voilà ce qui se passait tandis qu'elle végétait en attendant la délivrance. La seconde échographie, elle refusa de la faire, au grand regret de Jeanne. Pas envie de prendre le car, encore moins de demander à tante Suzanne de l'accompagner. Elle seule avait le permis dans cette famille et, bientôt, Lysiane le passerait aussi. Pour être libre et sortir de cette prison dorée.

Au gré de ses nuits de solitude et d'attente, elle se demandait si c'était à cause de la taille de son ventre ou de ses idées fixes qu'elle peinait à trouver le sommeil. Elle occultait le présent afin de se concentrer sur le passé, ressassant les quelques soirées mémorables de sa vie comme Cendrillon n'oubliera jamais le bal qui a changé sa vie. Sauf qu'elle n'avait rien laissé derrière elle et que personne n'était venu la chercher. Pour jeter le voile sur cette triste réalité, elle enchaînait les cassettes, son casque sur la tête. Sa seule préoccupation était de ne pas froisser ses boucles. Le bébé qui poussait en elle n'avait pas d'importance.

Il sortirait, elle le donnerait et irait par la plaine, loin de l'enfance.

Le jour de l'accouchement, elle s'en souvient, le journal trônait grand ouvert sur la table de la cuisine. Elle y jeta un œil pour voir la date. On était le 5 avril, un lundi et c'était le printemps. Que les forsythias en fleur explosent comme des bouquets de soleil lui importait peu, elle ne voyait que la photo en couleur, immense sur le papier journal.

Sa photo.

Lui, sur sa bécane rouge vermillon. Celle-là même qui les avait conduits à Lille, huit mois plus tôt. Radieux, il arborait fièrement la pochette du disque qui lui valait son premier article dans le canard local. Son nom était écrit en majuscules dans le titre et repris en légende sous la photographie.

Alors son sang ne fit qu'un tour. Ni une ni deux, elle attrapa le papier pour le rouler en boule et le jeter à la poubelle. De rage.

Il décollait tandis qu'elle s'enlisait, sans avenir.

Le bruit du couvercle retombant sur la poubelle métallique, elle l'entend encore. Avec un mois d'avance, il déclencha ses premières contractions.

Pliée de douleur, elle se répéta ce nom qu'elle associa soudain à son état.

Solange, Fred Solange. Un nom pour cristalliser sa colère autant que son humiliation, mais qui ne serait jamais le sien.

Deux heures plus tard, sa mère lui tenait la main sur la table d'accouchement et on lui incisait le périnée sans péridurale parce que tout était allé trop vite.

— Jolene, avec un e et pas un i !

Voilà les seules paroles qu'elle avait prononcées à l'hôpital. Ensuite, Jeanne avait pris le relais et Lysiane s'était détournée de cette enfant qui, à défaut d'être rousse comme dans la chanson, avait les cheveux noirs et les yeux bleus de son père.

Première trahison.

À l'hôpital, elle ne fit que pleurer. Elle ne voulait pas voir le bébé. Son corps s'était écartelé, avait été blessé, déchiré, recousu. *On l'avait coupée*, se répétait-elle, au bord du malaise. Le bruit métallique des ciseaux, le visage affolé de Jeanne, le silence tout autour, et le vide en elle. Un vide plus profond que la solitude.

De retour à l'auberge, Lysiane ne tarda pas à mettre les choses au clair. L'horloge s'était arrêtée à neuf heures dix, mais personne ne l'avait remise en route. Les motifs sur le papier peint avaient viré au gris, à cause d'une lumière si ardente qu'elle formait un voile opaque dans la cuisine, et Pierre était redescendu à la cave pour fuir ses émotions.

Jeanne s'assit, le bébé dans ses bras, comme un petit bouddha sur sa poitrine. Lysiane se colla au radiateur, une douleur vive entre les jambes.

— Alors, tu es contente, Jeanne ? demanda-t-elle d'un ton nerveux. Tu l'as, ton nouvel enfant, ta petite fille ? Tu ne t'étais pas trompée, n'est-ce pas ?

Sa voix était amère, à l'image de sa douleur, tandis que Jeanne s'efforçait de cacher sa joie. Elle se décolla du radiateur et reprit d'un ton plus provocant encore :

— Je te la donne, fais-en ce que tu voudras. Moi, je compte partir en ville, et le plus tôt sera le mieux.

Jeanne resta médusée. Le nourrisson se mit à pleurer et elle se leva pour le bercer en lui tapotant le dos.

— Tu n'es pas sérieuse ? Elle a besoin de toi, tu es sa mère, elle vient de naître et c'est toi qu'elle réclame. Vous devez vous accorder l'une à l'autre, c'est vital pour elle, pour son avenir.

— Je l'ai gardée pour toi, juste pour toi. Moi, je suis ta fille, au même titre qu'elle. Je suis trop jeune pour assumer une charge pareille.

— Tu le regretteras et je te parie qu'un jour, tu m'accuseras d'avoir pris ta place. Alors, tu me briseras le cœur.

— Ne t'en fais pas, Jeanne. Ne t'en fais pas. Je sais ce que je veux et je ne reviens jamais en arrière. Laisse-moi tranquille avec ça maintenant. J'ai fait ma part et je ne veux plus en parler. Je suis fatiguée, tu comprends ?

Jeanne approuva d'un lent signe de tête qui encourageait Lysiane à rejoindre sa chambre pour se reposer. Elle avait eu beau tourner Jolene vers sa fille pour l'attendrir, cette dernière ne ressentait rien pour ce bébé. Rien qu'un grand cri de douleur, d'autant plus fort qu'il ne sortait pas.

Dès lors, chacun réinventa sa vie.

On ne parla plus des fils qui devaient encore être enlevés, perspective qui faisait tourner de l'œil à Lysiane. On s'occupait de l'enfant pendant que la jeune mère restait dans sa chambre, Dolly sur les oreilles, encore sous le choc. Jeanne venait régulièrement frapper à la porte, mais Lysiane lui en voulait. Elle devinait que la petite la comblait de joie et qu'elle n'avait de cesse de l'embrasser. De plus en plus distante, elle répondait de la laisser en paix. On s'exécutait. Et si Lysiane avait l'impression d'être mise de côté, elle se persuadait que cela lui était bien égal : n'avait-elle pas un avenir à planifier ?

Elle s'installerait dans un appartement en ville, prendrait des cours de chant et apprendrait à conduire. Pas question de mener la vie étriquée de ses parents, elle voulait être libre, indépendante et ne rien devoir à personne. Elle se voyait devenir serveuse dans une discothèque, rencontrer des musiciens et se lancer dans la variété, aussi se mettait-elle en scène, fière, les mains sur le micro, s'imaginant recevoir de ses fans tout l'amour qui lui faisait défaut. Entre deux rêveries, elle pensait que si le bébé n'avait pas été suffisamment enraciné en elle lorsqu'elle était tombée sur l'article de journal, elle l'aurait naturellement perdu. De douleur. Elle regrettait aussi de s'être braquée à cause des paroles du médecin et d'avoir, sur une offense, changé d'avis. Mais le bébé était né à onze heures, un beau lundi de printemps, avec un mois d'avance. Ça, c'était les mots de Jeanne pour raconter à qui voulait l'entendre la naissance de sa petite merveille pendant que Lysiane restait muette, la laissant prendre sa place et adopter l'enfant avant de s'éclipser.

Les fils à peine ôtés, Lysiane attendit l'autocar du matin au bord de la route nationale. Dans sa valise, quelques vêtements étaient soigneusement pliés et ses affaires de toilette avaient trouvé place dans un vanity case en similicuir vert sinople acheté sur catalogue quelques semaines avant la naissance. À l'intérieur, son nécessaire de maquillage, une panoplie de vernis à ongles, du dissolvant et des boules de coton roses et blanches, un savon parfumé à l'eau de Cologne, une bouteille de shampooing, un pot de crème en fer bleu et ses indispensables bigoudis, réunis par tailles et serrés dans de larges élastiques. Le tout impeccablement rangé. Une merveille !

C'est ainsi qu'elle s'éloigna de l'auberge les mains pleines, prête à en découdre avec la vie.

Une fois arrivée à Lille, elle s'approcha du bord de la route et pensa à Fred. À leur dernier baiser, plantés sur le trottoir. Elle sentit le bout de ses orteils se tendre pour atteindre ses lèvres et l'embrasser. Comme dans les films, comme une idiote. Elle effaça ce souvenir de sa mémoire et héla un taxi qui passait, ses bagages à ses pieds.

Elle aurait voulu traverser la route et s'installer dans le premier hôtel, aussi miteux fût-il, pourvu qu'elle eût une chambre à elle ; mais, faute de moyens, elle avait dû se résoudre à s'inviter chez une cousine éloignée dont sa mère lui avait donné l'adresse.

C'est donc chez elle que le taxi l'avait conduite, en un trajet éclair qu'elle aurait pu faire à pied si l'accouchement ne lui avait pas infligé cette douloureuse cicatrice.

La cousine vivait au premier étage d'une maison du faubourg Saint-Maurice, dans un vaste appartement où elle disposait d'une chambre libre depuis que son fils s'était marié. Son nom était inscrit à la main à côté de la sonnette. Jeanne l'avait prévenue de son arrivée. Lysiane posa ses affaires sur la marche et prit sur elle avant d'appuyer deux fois sur le bouton, persuadée que la vieille sourde grincheuse allait se faire attendre ; mais la porte d'entrée s'ouvrit aussitôt et une dame de taille moyenne, vêtue d'un tailleur de flanelle bleu marine, se pencha dans les escaliers pour l'inviter à monter.

À la hâte, Lysiane attrapa valise et vanity, pressée de gravir les marches pour atteindre le palier décoré de plantes grasses. Alors qu'elle saluait pour la première fois sa cousine, toute son attention était braquée sur ses épaulettes bouffantes, son cardigan en velours noir orné de minuscules boutons dorés et les pierres précieuses qui effaçaient les rides de ses mains. Elle ne s'attendait pas à tant d'élégance chez une personne de cet âge, si bien qu'elle la suivit en silence, avec autant de révérence que d'admiration.

Son hôtesse entra la première dans le séjour dont les deux hautes fenêtres donnaient sur la rue. Aussitôt, elle suggéra à Lysiane de poser ses bagages et de se rafraîchir un peu en lui servant une limonade au citron. Elle-même se contenta d'un verre d'eau. Lysiane but la limonade d'un trait, incapable de répondre aux questions que la maîtresse des lieux commençait à lui poser, histoire de nouer contact. Sans repères, elle ne sentait plus que la soif, et la peur. Comme si elle avait deviné son trouble, la cousine lui proposa de lui montrer sa chambre, ce que Lysiane accepta volontiers.

— Je vous remercie, Marie-Madeleine. Merci de m'accueillir chez vous en attendant que je trouve un appartement.

— Oh, pas de chichi entre nous ! Appelle-moi La Madelon comme tout le monde et ne me vouvoie surtout pas. Ça me ferait prendre un sérieux coup de vieux et je n'y tiens pas !

Sa voix enjouée et son humour détendirent Lysiane, qui la suivit le cœur léger, conquise par son charme et son élégance.

Exact opposé de la sienne, la chambre lui parut immense, avec son papier peint décoré de losanges brun et orange et son lit double couvert d'un édredon matelassé ; mais très vite, toute son attention se concentra sur la coiffeuse asymétrique avec son miroir en demi-lune.

— On dirait qu'elle te plaît ? C'est une belle pièce ! J'en ai retiré mes affaires pour te laisser toute la place, s'exclama La Madelon en attrapant son chat alangui au bout du lit.

Aux anges, Lysiane se tourna vers la vieille dame pour la remercier mille fois. Au fond, à dix-huit ans, elle restait une gamine qu'un joli cadeau suffit à consoler. Le masque tombé, elle avait encore cette spontanéité touchante.

— Je la tiens d'une amie qui a dû déménager dans une maison de retraite. Faute de place, elle me l'a confiée et je l'ai mise dans l'ancienne chambre de mon fils. D'habitude, je me coiffe et me maquille ici, mais puisque tu es là, je le ferai dans la salle de bains. Je suis ravie qu'elle te plaise !

Lysiane avait beau être un peu gênée de tant de sollicitude, elle se réjouissait de pouvoir s'étaler dans cette pièce où elle ne se trouverait pas à l'étroit comme à l'auberge des Flandres. Elle prit donc possession des lieux avec une quiétude qu'elle n'avait pas ressentie depuis longtemps.

Une fois seule dans la chambre carrée, elle posa son vanity sur la coiffeuse et sa valise sur une chaise avant de s'approcher de la fenêtre. Celle-ci donnait sur une étroite cour intérieure assez sombre. Pas de vue donc, mais elle tira tout de même le rideau d'un geste énergique puis se mit à ranger ses vêtements dans une armoire dont le miroir lui renvoya soudain le triste reflet d'elle-même. La joie initiale du départ était déjà retombée malgré l'accueil de La Madelon et le confort de l'appartement. Elle avait beau se dire qu'elle n'aurait pas été aussi bien installée à l'hôtel et savoir que la cousine serait aux petits soins, elle pressentait que quelque chose n'allait pas.

Sans pouvoir se le formuler, elle se sentit vide tout à coup, comme un arbre juste taillé, amputé de ses branches et qui doit redoubler d'efforts pour faire naître de nouvelles pousses.

Après le repas, elle passa la soirée le dos appuyé contre la tête de lit, les jambes étendues sur l'édredon. Grâce à deux lampes de chevet, elle pouvait observer clairement son visage dans le miroir de la coiffeuse. Un visage couronné d'un casque pour écouter la voix de Dolly Parton lui donner le courage d'aller au bout de son grand projet.

Si des obstacles s'étaient mis en travers de son chemin, lui opposant des *non* pareils à des couperets afin de la faire douter, elle se serait peut-être ravisée, mais ce fut tout le contraire.

Dès le lendemain de son arrivée, elle proposa ses services à tous les bars en commençant par celui de la gare. À onze heures tapantes, elle décrochait un travail, dans une brasserie à l'angle de la place Rihour. Le *66*, ainsi nommé parce que le restaurateur l'avait ouvert cette année-là, après une traversée des États-Unis à moto de près de quatre mille kilomètres sur la fameuse route 66, de Chicago à Santa Monica. D'une oreille distraite, elle écouta le patron lui raconter ce voyage initiatique qui – de l'Illinois à la côte Pacifique – lui avait donné l'envie d'acheter son propre restaurant au lieu de cuisiner pour les autres.

Sa témérité pouvait lui servir d'exemple, même si son récit avait tendance à s'étirer en longueur. Enfin, il finit par se présenter :

— Au fait, moi c'est Jack, enfin c'est comme ça que je me suis rebaptisé sur la *Mother Road* dont parle John Steinbeck dans *Les Raisins de la colère*. Un nouveau nom, c'est aussi une nouvelle vie, pas vrai ?

Il ne croyait pas si bien dire et, lorsqu'il lui demanda son nom, elle lui répondit qu'elle s'appelait Lyzzie.

Nouveau nom. Nouveau départ. Nouvelle vie.

Pour le convaincre de l'embaucher sans C.V., elle lui raconta qu'elle était fille d'aubergistes dans les Flandres, près de Cassel, et qu'elle servait dans l'estaminet de ses parents depuis son adolescence.

— Et pourquoi ne pas y rester ? C'est pas mal, la campagne !

— Disons que j'ai envie de faire mon apprentissage par moi-même et de vivre mes propres expériences. Je suis un peu trop protégée là-bas, alors…

— Je vois, je vois ! Vous n'avez donc pas fait d'études, ajouta-t-il en guise de constat en la scrutant des pieds à la tête.

Elle se sentit gênée. Non pas parce qu'il la regardait avec insistance, mais plutôt parce qu'elle ne lui avait rien dit de l'enfant. Sans s'offusquer de son silence, il passa au crible les traits de son visage avant de la fixer droit dans les yeux.

— Vous êtes ravissante, ce sera parfait ! conclut-il sans le moindre embarras. Les jolies serveuses raflent de beaux pourboires et ramènent de nombreux clients. Je vous prends ! Vous voulez commencer quand ?

— Tout de suite !

Il était presque midi et une serveuse supplémentaire n'était pas de trop. Jack lui fit visiter la brasserie décorée en rouge et blanc et lui apporta un tablier. Avec une salle au rez-de-chaussée, une autre à l'étage et des tables en terrasse, elle aurait de quoi s'occuper. Aussitôt, elle se mit à l'ouvrage, prenant ses marques en un rien de temps. En fin de journée, son contrat de travail était prêt, mais elle le refusa tout net, d'un « non » ferme et définitif.

Surpris, Jack lui demanda des explications et, sans se laisser démonter, elle lui répondit d'un air détaché que le salaire ne lui convenait pas.

— Mais vous êtes à peine sortie du berceau et c'est un premier emploi, sans diplôme et sans qualification particulière ! Vous poussez un peu, là !

— Il me faut plus que le minimum, mais vous ne serez pas déçu. J'ai plein d'idées et je travaille pour deux, vous verrez.

Décidément, elle a un sacré culot, la petite ! pensa-t-il, amusé. Nul doute qu'elle pouvait lui rapporter gros avec un caractère pareil… Alors, sans discuter davantage, il augmenta son salaire. Son charme et son aplomb seraient des atouts de poids pour arrondir ses fins de mois.

Lysiane se doute que La Madelon profite de ses absences pour appeler sa mère et prendre des nouvelles de Jolene, mais elle n'en veut rien savoir. C'est son moyen d'oublier et d'aller de l'avant, car si elle se retourne, elle sera prise au piège. La Madelon comprend et reste discrète, elle a cette délicatesse de ne pas juger même s'il lui arrive parfois d'émettre un avis à propos de ses enfants ou de ses petits-enfants. Pour elle, le lait maternel est le moyen idéal de protéger à la fois des maladies et des carences. En réalité ce n'est pas de carence nutritionnelle dont il est question, Lysiane le sait. Elle se ferme, se sert un verre d'eau. Très vite, La Madelon se reprend, en revient à sa protégée, à son travail, à ses projets ; et lorsque celle-ci lui explique qu'elle aura bientôt assez d'argent pour louer un studio et la laisser tranquille, elle s'empresse de la retenir.

— Prends ton temps, un peu de compagnie me fait tellement de bien, confie-t-elle, en caressant son émeraude sertie de pétales en diamants, sa bague de fiançailles.

Souvent, Lysiane la complimente sur la beauté de ce bijou. Flattée, La Madelon se replonge dans sa jeunesse et raconte avec fierté que son fiancé avait dessiné cette bague lui-même avant de la faire réaliser par un joaillier de Lille.

— Comme c'était doux d'être si amoureux, tu nous aurais vus ! Un jour, ce sera ton tour !

Lysiane ne la contrarie pas. À la voir si rayonnante, elle y croirait presque, mais les mauvais souvenirs sont tenaces et elle préfère changer de sujet. À son âge, elle ne peut tout de même pas avouer qu'à l'amour, elle ne croit déjà plus du tout.

Alors elle laisse le chat blanc grimper sur ses genoux et oriente la conversation sur les leçons de conduite qu'elle vient de commencer avant d'évoquer les cours de chant qu'elle envisage de se payer, en plus du studio. Elle n'a pas peur de travailler dur et d'enchaîner les services du midi et du soir pour s'en sortir.

Appeler ses parents est une torture. Demander des nouvelles, revenir en arrière, penser à Jolene qui grandit sans la connaître lui donne des cas de conscience et des remords dont elle préfère se protéger. En définitive, elle ne pense qu'à se sauver.

Elle appelle peu et passe la moitié de la conversation à expliquer qu'elle n'a pas le temps de téléphoner. Sa mère s'inquiète pour elle, comme toujours, pense qu'elle en fait trop et la plaint sans cesse. Elle joue son jeu, la petite Jolene à ses côtés, dans son berceau. Elle sait qu'il est inutile de forcer Lysiane, de la contrarier, d'aller contre sa volonté ; alors elle se soumet à ses caprices et la laisse divaguer et faire comme si elle savait déjà que Jolene allait bien, prenait du poids et grandissait à un rythme normal.

Un jour cependant, juste avant de raccrocher, Lysiane pose une question sur sa fille :

— Et comment la nourris-tu exactement ?

Jeanne répond sans se faire prier, transportée par cette soudaine marque d'intérêt.

— Avec du lait en poudre mélangé à de l'eau. Elle boit au biberon avec une tétine en caoutchouc, mais tout se passe bien, la petite ne manque de rien, ne t'inquiète pas.

Lysiane aurait pu nuancer, évoquer les remarques de La Madelon sur les vertus protectrices du lait maternel, mais la réponse de Jeanne lui avait suffi. D'ailleurs, malgré ce pas de côté, son obsession était d'abréger le plus vite possible, elle ne voulait pas se sentir obligée de prendre le bus pour y retourner. Et Jeanne avait beau lui répéter que la petite était adorable, souriante, sage et facile à vivre, elle restait de marbre, focalisée sur ses propres besoins. Après le sacrifice qu'elle avait fait, elle estimait que c'était son droit le plus strict, le minimum sans lequel elle se serait effondrée.

Un matin de juin, deux mois après son arrivée, elle quitte enfin l'appartement de La Madelon. Elle a récolté assez d'argent pour régler la caution et le loyer d'un deux-pièces rue de Pas, à l'angle du Nouveau Siècle. De sa fenêtre, elle entrevoit la salle où les plus grandes stars se donnent en spectacle à guichet fermé. Il lui suffit de lever le store et de s'appuyer contre le mur pour être aux premières loges et imaginer le show en train de se dérouler. Quand elle aura assez d'argent, elle s'offrira une place, quitte à prendre une soirée de congé afin d'écouter ce qui se joue là-bas et dont elle ignore tout. À part travailler, chercher un appartement et s'inscrire à l'école de conduite, elle n'a rien fait depuis son arrivée à Lille. C'est le prix à payer pour s'affranchir de ses parents.

Lysiane s'empare de la moindre excuse qui lui épargne de revenir à l'auberge. Le temps lui manque, les horaires du car sont inadaptés, elle a des obligations en ville et besoin de se reposer. Jeanne ne lui fait aucun reproche, comme si l'amour qu'elle portait à Jolene compensait et réparait tout à ses yeux, ou comme si elle lui devait bien cela après le renoncement que Lysiane avait consenti pour elle. Sans faille, elle lui rappelle qu'elle est toujours la bienvenue à la maison, quand elle veut ou plutôt quand elle peut. Obstinément, Lysiane répond : « Je sais, je sais ! » d'un ton détaché. Pierre attrape parfois le combiné. Gêné, ne sachant trop que dire, il lui raconte qu'ils ont embauché une cuisinière et une serveuse pour laisser à Jeanne le plaisir de s'occuper de la petite.

— Elle préfère cela à la cuisine, en ce moment. C'est encore une crevette, tu sais. Une petite chose qui nous fait peur.

Lysiane ne relève pas. Elle écoute d'une oreille distraite en attendant la délivrance.

Chaque échange lui apprend un nouvel élément de la vie de Jolene. Le week-end, c'est tante Suzanne qui la garde, car la nounou ne travaille pas et Jeanne doit mettre la main à la pâte. La quantité de lait a augmenté. La taille des vêtements aussi. Un parc a été installé, le mobile musical a été retiré (la petite tirait dessus). Une dent a poussé, puis une autre. Les cheveux aussi, bruns, toujours. Elle porte une barrette pour dégager ses beaux yeux bleus. Elle parle, chantonne même, rigole constamment. Elle est adorable, tellement adorable…

Les mois passent, Lysiane obtient le code suivi du permis de conduire, son salaire s'est amélioré, grâce aux heures supplémentaires et aux pourboires. Ses ongles se sont encore allongés. Toujours vernis. Et ses sourires deviennent de plus en plus spontanés, si bien que les pièces laissées sur la table se transforment parfois en billets. Elle a l'art de glisser ces récompenses en toute discrétion dans la poche de son tablier. C'est son secret, la preuve concrète du charme qu'elle exerce et qui lui donne peu à peu confiance en elle. Bientôt, elle sera prête pour les cours de chant, elle le sent.

Le deux-pièces était meublé lorsqu'elle a emménagé, elle n'a donc eu qu'à ranger ses affaires dans les placards et les penderies, comme à l'hôtel.

Les murs sont peints en blanc, les ampoules restent nues, mais cela ne la dérange pas. C'est propre, sans compter que la salle de bains est spacieuse et lumineuse à souhait.

Dans son salon, elle s'exerce. Elle imite Dolly, mais sa voix ne suit pas ; alors elle fredonne dans sa tête. C'est toujours plus beau à l'intérieur. Elle rêve d'une voix qui lui ressemble, elle voudrait chanter aussi facilement qu'elle respire ; mais la peur est encore trop forte pour se lancer, alors elle remet cela à plus tard.

Dès qu'il apprend que sa fille a obtenu son permis, Pierre lui propose de lui acheter une voiture. Celle qu'elle veut et qui lui plaît le plus. Il lui dit :

— Ce sera pour tes dix-huit ans. Avec tous ces événements, on ne les a même pas fêtés. Et puis, tu pourras venir voir ta fille plus facilement comme ça…

— Jolene. Appelle-la Jolene, impose Lysiane d'une voix cassante. Ne te trompe pas. Je veux qu'elle grandisse avec une vraie famille, un père et une mère, Jeanne et toi. C'est pour cela que je ne viens pas.

Pierre en a le souffle coupé. Par réflexe, il se tait, laissant un blanc avant de trouver le courage de répliquer :

— Je croyais que tu n'avais pas le temps de te déplacer. C'est ce que tu disais. Je t'offre une voiture, le problème est réglé, et tu en trouves un autre. Tu le fais exprès ?

Prise au dépourvu, Lysiane serre les lèvres et finit par accepter. C'est la moindre des choses. Il lui offre une voiture neuve, donc elle capitule et promet de les rejoindre pour le déjeuner, le lundi midi suivant, jour de relâche pour eux tous.

Six mois après son installation à Lille, au début de l'automne, elle retourne donc à l'auberge au volant d'une Golf rouge trois portes, du même modèle que celle avec laquelle elle a appris à conduire. Cramponnée au volant, elle emprunte la voie rapide avant de rejoindre la plaine et de revoir le mont des Récollets. Autrefois, c'était sur une bicyclette, les cheveux au vent, qu'elle roulait à travers champs, le nez pointé en direction du soleil.

Elle mesure combien sa vie a changé, mais elle est incapable de savoir si c'est en bien ou en mal. Parfois, quand elle prend conscience qu'elle n'a que dix-huit ans, elle panique. Pleurer pourrait la soulager, pourtant elle se l'interdit. Elle préfère ravaler son mal-être et redoubler sa cadence de travail plutôt que de se laisser affaiblir par des angoisses qui risqueraient de la faire vaciller.

La première fois qu'elle se gare sur les gravillons du parking de l'estaminet, Jolene l'attend dans les bras de Jeanne. Bientôt, elle l'accueille à quatre pattes sur le perron, puis debout agrippée à la main de Pierre, avant de tenir sans aide, les fesses légèrement en arrière.

Lysiane ne l'approche ni ne la touche. Elle ne peut pas.

Jeanne s'assied près d'elle, la caresse, lui sourit, lui parle, s'extasie devant cette petite merveille, son trésor, son bonheur, son…

— Il n'y en a que pour elle, ici ! s'agace Lysiane. À ce compte-là, pas la peine de me seriner pour que je vienne perdre mon temps à vous regarder bêtifier devant un tube digestif !

La réplique jette un froid dans la cuisine.

Jeanne court mettre Jolene au lit et Lysiane ne revoit plus l'enfant avant de partir. Ils mangent le dessert à leurs places habituelles, l'horloge en berne, car personne ne songe plus à la remonter. À cause du bruit. Pierre prétend qu'il ne supporte plus de l'entendre sonner. Elle reste donc silencieuse, pur objet décoratif, figeant le temps.

Ce que Pierre ne dit pas, c'est que cette intolérance au carillon lui est venue lorsque Lysiane a quitté la maison. Comme si le silence de l'horloge faisait écho au vide qu'elle avait laissé derrière elle, telle une preuve, pour ne pas oublier. Plus tard, des années après, quand la maison serait devenue totalement silencieuse, il remettrait l'horloge en marche. À ce moment-là, ce serait vital.

Il arrive souvent à Jeanne de réfléchir, une cigarette au coin des lèvres, les yeux fixés sur la plaine.

Lysiane a le permis, la voiture, l'argent, mais l'essentiel lui manque. Son enfant ne compte pas pour elle qui ne pense qu'à chanter. Jeanne en redoute les conséquences même si elle en comprend les raisons.

Le matin, au réveil, elle l'imagine activer sa platine et boire son café, des notes plein les oreilles. Maintenant qu'elle vit seule, elle n'a plus besoin de s'isoler avec son casque, c'est ce qu'elle pense, mais elle devine que c'est un enchantement douloureux, car Lysiane excelle dans l'art de se trouver des excuses pour remettre à plus tard la concrétisation de ses rêves.

À force, Jeanne n'ose plus aborder ce sujet-là non plus et leurs entretiens se limitent à de plates banalités mêlées de longs soupirs.

Depuis que Lysiane revient à l'auberge un lundi sur deux, Jeanne attend sa visite autant qu'elle l'appréhende. Elle passe ses nuits à chercher des sujets de conversation au lieu de dormir ; tout ce temps est perdu, lui aussi, comme son sommeil, comme leur relation, comme leur amour. À force de se taire, la gêne les paralyse et leurs liens se distendent, s'effilochent. Jolene, toute charmante qu'elle soit, ne parvient pas à les réunir. C'est même tout le contraire en réalité parce que Lysiane ne cache plus sa jalousie désormais.

Comment dire la douleur de perdre le lien avec sa fille ?

Et comment vivre la joie pure et simple de laisser un autre cœur battre contre le sien ?

Cet amour ne remplace pas. Il s'ajoute et pourrait les grandir, mais les désirs de Lysiane sont ailleurs, loin d'elle, et personne n'y peut rien.

Si elle est l'eau, Lysiane est le feu, deux éléments qui ne se mélangent pas. Mais au milieu, il y a Jolene maintenant, et Pierre qui rame et attise à la fois pour maintenir l'équilibre tant bien que mal.

La petite mange à la cuillère, mais préfère attraper les aliments avec ses doigts. Jeanne la laisse faire. Délicate, elle s'applique et regarde autour d'elle en avalant sa bouchée. Elle est curieuse et souriante, toujours contente. Facile. Jeanne n'a plus de souvenirs de Lysiane à son âge. Tout est allé si vite. Elle travaillait beaucoup trop pour voir sa fille se développer, s'éveiller et s'ouvrir au monde. C'est le temps qui leur a manqué. Le temps de s'apprivoiser. À l'époque, elle n'avait pas conscience de cela ; à présent, elle regrette.

Alors, elle se rattrape et emmène Jolene dans la chambre de Lysiane pour lui faire écouter « Le Clown » de Giani Esposito. La petite serre la pochette du disque entre ses menottes et la porte à sa bouche. C'est sans importance, Jeanne la laisse lécher le nez rouge et les lèvres blanches autant qu'il lui plaît. Elle pense à Lysiane qui commence sa journée en mettant en place des nappes blanches avant d'ajouter la note rouge des sets de table estampillés *66*. Voilà le genre de détails que sa fille lui raconte quand elle daigne lui adresser la parole. Elle s'en contente et la moindre coïncidence l'y ramène. Parfois, elle se demande : *Comment peut-on se résoudre à vivre éloigné de quelqu'un à qui l'on ne cesse de penser ?* Entre deux couplets, la voix du chanteur s'éraille dans un intermède plaintif qui, pareil au chant du cygne, entonne une oraison funèbre pathétique. Lysiane déteste cette chanson que Jeanne adore, c'est l'un des seuls vinyles qu'elle a laissés dans sa chambre avant de les quitter.

Jolene se balance de gauche à droite en regardant le vinyle onduler. De temps en temps, elle rit aux éclats, puis tend les bras vers Jeanne pour qu'elle la serre.

Sa peau est un pétale de rose, un baume sur son cœur fissuré.

Entre deux services, Lysiane erre souvent dans la vieille ville où ses pas la mènent jusqu'au square Grimonprez en face du Conservatoire de musique. Aux bancs qui encerclent l'aire de jeu, elle préfère un simple muret donnant sur les hautes fenêtres derrière lesquelles gammes et vocalises rivalisent de virtuosité. Là, elle tend l'oreille et rêve d'une autre vie. En chemin, elle s'est acheté une nouvelle robe, mais n'a pas pensé au cadeau qu'elle doit faire à Jolene. Sa mère tient à profiter du lundi de Pâques pour fêter son premier anniversaire en compagnie de l'oncle et de tante Suzanne. L'avantage, c'est qu'elle n'aura pas à poser de jour.

D'aussi loin qu'elle se souvienne, on n'a jamais déployé autant d'efforts pour elle. Son gâteau d'anniversaire s'est souvent limité à une gaufre flanquée d'une bougie plantée de travers qu'elle soufflait dans la cuisine pendant que sa mère préparait les desserts des clients.

Encore un mauvais moment à passer, se dit Lysiane en s'éloignant du muret pour se rapprocher du Conservatoire. Sur la porte vitrée, elle remarque une affiche qui appelle à candidature pour une audition le 21 juin prochain. Ce sera le jour de la fête de la musique, c'est signalé dessus. Jamais

Lysiane n'a postulé à un quelconque concours, mais elle croit en son destin. Portée par un enthousiasme naïf, elle entre dans l'établissement. Ce genre de défi pourrait-il lui mettre le pied à l'étrier ? À l'accueil, on lui explique qu'il s'agit d'auditions pour le chant lyrique féminin, ouvertes à toutes, sans nécessité de formation antérieure. Le mot « lyrique » ne lui dit pas grand-chose, mais le mot « chant », tel un phare, lui envoie des signaux.

— La voix, on l'a ou on ne l'a pas, lui assène la secrétaire, avec un sourire ambigu, comme si elle décelait en elle une anomalie dont elle n'avait pas la preuve.

Encore une fois, Lysiane a l'impression de faire tache dans le décor. Où qu'elle aille, c'est pareil, elle se sent décalée, illégitime et maladroite. Elle n'a pas les codes. L'allure des filles croisées dans le hall lui signale qu'elle n'a pas non plus le look de l'emploi. Elles sont aussi bicolores qu'elle est bigarrée. Toutes en blanc et noir, à plat, les cheveux noués, quand Lysiane arbore ses longs cheveux bouclés, ses yeux maquillés, ses ongles vernis de rouge, ses talons et sa jupe courte – orange pétant – ; mais *la voix, on l'a ou on ne l'a pas*, et à cet instant précis, Lysiane est persuadée qu'un talent caché bouillonne en elle.

C'est pourquoi elle s'inscrit sur le listing, gonflée d'espoir.

Prête à retourner au *66*, elle traverse le centre-ville en faisant claquer ses talons sur les pavés de la rue de la Monnaie. Sa jupe lui paraît soudain bien courte, ses ongles bien longs et sa voix bien fluette.

Elle n'a pas le coffre pour vocaliser comme les chanteuses d'opérette.

Elle marche, marche, de plus en plus vite. Des aiguilles sous les pieds. Des aiguilles pour crever sa bulle d'ambition et ses aspirations déplacées.

Le Conservatoire, ce n'est pas pour les filles dans son genre, qui viennent de nulle part avec l'envie bonasse de pousser la chansonnette sur une scène de bastringue. Elle, son style, c'est Dolly, la blonde pulpeuse qui s'accroche au micro comme une strip-teaseuse à sa rampe de pole dance. C'est les reins cambrés, les lèvres ourlées, les doigts sorciers, c'est la beauté fatale qui ne se laisse pas approcher.

Pauvre idiote, ta place n'est pas dans un Conservatoire !

Va plutôt voir du côté des bars, mais ne lâche pas, surtout ne lâche pas.

Sinon ta vie serait fichue !

À mesure qu'elle se rapproche de la place Rihour, un brasier ardent se loge dans son ventre. Elle veut, elle rêve, elle s'imagine ; mais qui est-elle en définitive ? *La voix, on l'a ou on ne l'a pas.* Comment le savoir ? A-t-elle jamais chanté autrement qu'en solitaire ? Personne pour l'écouter, juste des velléités, comme on dit, de ces fantasmes auxquels on s'attache avec l'impression de s'orienter quelque part.

Plus tard, je serai… j'irai… je ferai… Et pour combler le vide, des lubies changeantes aussi improbables les unes que les autres. À ce jeu-là, elle avait au moins le mérite de la constance.

Plus tard, elle serait chanteuse (répété des milliers de fois). *La voix, on l'a ou on ne l'a pas* (à peine entendu, déjà en boucle dans sa tête et pour longtemps). Et maintenant, tandis qu'elle traverse la place du Général-de-Gaulle, condamnée à enfiler son tablier de serveuse dans quelques minutes, elle prend conscience qu'elle ignore tout de ses capacités vocales.

Peu après, pendant qu'elle griffonne la commande du premier client de la soirée, le cadeau de Jolene lui revient à l'esprit, noyé dans la petite musique du menu qu'elle détaille bien sûr avec le sourire.

Dans l'agitation, elle l'a complètement oublié.

Une pluie oblique s'abat sous un ciel gris anthracite entrecoupé de rayons dorés. Une pluie de printemps à l'assaut des cerisiers en pleine floraison.

N'importe quel magasin de vêtements fera l'affaire, pense-t-elle pour se débarrasser de cette corvée.

À cause de la pluie, le restaurant se remplit très vite et elle court de table en table toute la soirée. Lorsqu'elle repose enfin son tablier sur le coup des deux heures du matin, sa poche est remplie de pièces et de billets, mais les muscles de ses joues sont épuisés. Avec cet argent, elle aura largement de quoi se payer un professeur particulier. *La voix, on l'a ou on ne l'a pas.* Encore faut-il tenter avant de trancher.

Au volant de sa Golf flambant neuve, elle positionne ses mains à dix heures dix comme toute jeune conductrice qui se respecte. Un peu crispée, elle pense à Fred. C'est la route qui veut cela, sans cesse elle le lui rappelle. Les vibrations de la voiture n'ont rien de commun avec celles de sa moto, mais la couleur de la carrosserie est la même et ravive le souvenir à chaque trajet. Impossible d'oublier puisque rien n'est venu remplacer. La plaine est d'un vert que le blanc des arbres en fleurs rend plus criard encore. La voix de Dolly sur la cassette glissée dans l'autoradio étouffe le chant des oiseaux, la pluie aussi.

Elle arrive en retard et prétend que c'est à cause du cadeau de Jolene, oublié au pied du portemanteau. Elle ne pouvait tout de même pas débarquer les mains vides, alors elle a fait demi-tour à la sortie de Lille.

Jolene se tient debout, agrippée à la main de Jeanne. Elle pleure en voyant Lysiane, Pierre la prend dans ses bras.

— T'inquiète pas ! la rassure-t-il. Elle commence à avoir son petit caractère. Il lui faut un peu de temps pour s'habituer, mais ça ne dure jamais bien longtemps. Comment tu vas, toi ?

Il fait claquer une bise sur la joue de Lysiane ; elle se recule. La petite entre eux, elle ne supporte pas. Jeanne enchaîne, se jette sur elle, l'embrasse fort sur les deux joues, la contemple avec joie et recommence.

— Je suis contente de te voir ! s'exclame-t-elle en fixant Jolene.

Jeanne en est si fière que ses yeux brillent comme des diamants. Elle est rayonnante, vêtue d'une robe que Lysiane n'a jamais vue auparavant. Elle porte ses bijoux en or, ce qu'elle ne fait que dans les grandes occasions, et la prévient que l'oncle et la tante sont déjà au salon. L'apéritif est prêt, avec du champagne et des amuse-bouche.

— Tout ça pour une peste hurleuse ! Et quoi encore ? lance Lysiane en poussant un éclat de rire nerveux.

Sa réaction crée un instant de malaise. Jolene cesse de pleurer. Jeanne la prend dans ses bras, Pierre attrape la veste de Lysiane et se met aux petits soins pour elle.

Gêné, il enchaîne les questions fermées aussi banales qu'exaspérantes.

— Tu vas bien ? Ton chef est sympa avec toi ? Et les clients ? Et ton appartement, toujours aussi contente ?

Elle dit oui à tout, par réflexe.

L'oncle et la tante sont assis sur le canapé, une flûte de champagne à la main. Ils se lèvent comme un seul homme en la voyant, affichent un sourire démesuré, la serrent dans leurs bras et débitent les mêmes questions que son père auxquelles elle répond à l'identique, les mains dans les cheveux afin de remettre ses boucles en place.

Bientôt Jolene rampe à quatre pattes sur le tapis et porte des animaux en plastique à sa bouche. Un mouton, une poule, un chien. Tous sont percés, si bien qu'en appuyant dessus de l'air vient chatouiller le bout de son nez. C'est Suzanne qui s'amuse à cela. Elle prend la petite sur ses genoux et presse l'animal en propulsant de l'air. Jolene ferme les yeux et rit, tous les regards rivés sur elle, à une exception près.

— Elle est encore trop petite pour les chocolats, regrette Jeanne en s'adressant à sa sœur, mais l'année prochaine, on se fera plaisir !

— Oh oui ! renchérit Suzanne, et on tâchera de fêter l'événement le jour J.

Parce que le lundi de Pâques est férié pour tout le monde, on célèbre le premier anniversaire de Jolene avec un jour d'avance.

— À son âge, cela ne fait aucune différence, affirme Jeanne, l'essentiel est d'être réunis.

Lysiane prend la fin de la phrase à son compte, comme si elle recelait un sous-entendu, un reproche caché sous le masque de l'indifférence.

Pour couper court, elle sort son cadeau, acheté à la va-vite au supermarché. Jeanne attrape la boîte en carton, prend la petite sur ses genoux et lui explique que c'est un cadeau pour elle, de la part de sa maman.

— De Lysiane !

Jeanne se corrige aussitôt.

— Regarde, ma Jolene, Lysiane t'a apporté un joli cadeau pour souffler ta première bougie !

Dans la boîte, il y a une robe blanche ornée de citrons jaunes, un gilet avec de menus boutons en forme de dauphin et un chapeau décoré d'un ruban assorti à la robe.

Jeanne s'extasie à la place de Jolene qui n'a que faire du cadeau, mais s'empare du carton qu'elle porte à sa bouche et mordille en se tortillant sur le tapis.

— Jolene n'a pas l'âge de comprendre, mais elle sera ravissante dans cet ensemble, la défend Suzanne avec sa gentillesse habituelle.

Pour calmer le jeu, Pierre sert à Lysiane un verre de champagne qu'elle attrape en regardant l'heure sur le cadran de sa montre, impatiente de partir, à peine arrivée. Un peu plus tard, au dessert, elle fait mine de chanter lorsque le gâteau arrive sous un feu d'artifice proprement indécent. Elle compte les violettes en sucre et les roses en pâte d'amande pour contenir sa colère en attendant d'échapper enfin à toute cette mascarade.

— Tu pars déjà, tu ne restes pas un peu plus longtemps avec ta fille ? l'implore l'oncle en lui attrapant la main. On ne te voit pas souvent, tu pourrais…

— Je fais ce que je peux ! Et la petite, c'est la fille de Jeanne et Pierre à présent, que tout soit bien clair. Alors n'allez pas lui mettre n'importe quoi dans la tête !

Le ton est tellement agressif que leurs visages se décomposent.

— Toujours aussi aimable, murmure l'oncle, en sourdine.

Pierre lui fait les gros yeux, Suzanne attrape Lysiane dans ses bras, comme avant, comme autrefois.

— Prends soin de toi, lui murmure-t-elle avec douceur.

Dehors, il continue à pleuvoir entre deux éclaircies. De ces pluies de printemps qui lèvent des arcs-en-ciel et couronnent la plaine monotone et infinie dont Lysiane ne songe plus qu'à s'éloigner le plus vite possible.

Pour Jolene, il y eut une maman et il y eut un papa. Cela se fit tout naturellement, à l'aube des premiers mots qu'elle prononça dans le jardin où elle s'amusait à cueillir des marguerites qu'elle portait à sa bouche. Jeanne expliquait que les fleurs se contemplent, mais ne se mangent pas. La petite ne comprenait pas, s'obstinait à vouloir absorber la fleur défendue et, à défaut de l'avaler, l'offrait à sa mère de substitution.

Si Jeanne était *maman* et que Pierre était *papa*, il fallut attendre plus longtemps pour que Jolene commence à donner un nom à celle qui venait la voir à l'improviste, quelques heures, de temps en temps. Celle que Jeanne appelait Lysiane et que la fillette surnomma Lili. Elle en était encore au stade où l'on double la première syllabe avant de pouvoir parler correctement. Au début, Lysiane s'en amusait. C'était tellement joli ce surnom, prononcé si tendrement par cette poupée ravissante dont les cheveux avaient poussé à la vitesse de l'éclair.

Un lundi, lors d'une visite à l'auberge, elle était allée chercher les ciseaux de coiffure dans la salle de bains et les avait trouvés bien rangés dans un étui à lunettes. En une fraction de seconde, elle s'était revue enfant, assise sur le rebord de la baignoire, sa mère lui coupant les cheveux avec un soin méticuleux. Au peigne, elle traçait une raie franche au milieu de sa tête, et jaugeait la taille des pointes abîmées avant d'égaliser les longueurs dans le souci de couper le moins possible. Lysiane voulait des cheveux longs comme ceux de la Belle au Bois Dormant dans le film de Disney. Sur l'air de la chanson dans la forêt, elle disait : « Je voudrais ma frange juste au-dessus de mes cils, légèrement gonflée. » Jeanne faisait de son mieux et soufflait sur les cheveux pour leur donner du volume. Elle disait aussi : « Je voudrais un bandeau noir, pareil à celui de la princesse qui parle aux oiseaux », et Jeanne lui trouvait le bandeau noir qu'elle lui ajustait sur la tête chaque matin avant de l'emmener à l'école. Elle disait encore : « Je voudrais chanter aussi bien que la jolie princesse », et Jeanne lui peignait ses longs cheveux d'or en l'écoutant fredonner les comptines que lui apprenait la maîtresse.

Sa gorge s'était nouée. Tout cela était si loin à présent qu'une autre fillette avait pris sa place. L'enfance s'était envolée sans prévenir, d'un jour à l'autre, chassée par une erreur lourde de conséquences.

Happée par ses souvenirs, Lysiane avait senti la colère la saisir. De ces colères qui jaillissent comme l'éclair taillade le ciel pendant l'orage. Une déchirure dans son cœur.

Les larmes aux yeux, elle avait attrapé l'étui à ciseaux et fait demi-tour pour regagner la cuisine à vive allure. Ses pas dans les escaliers étaient des pointes impatientes sur le rebord des marches en chêne.

La cuisine étant déserte, Lysiane avait retrouvé Jolene occupée à caresser le héron empaillé dans la grande salle du restaurant. Elle lui avait tendu la main et la fillette l'avait suivie dans sa course à travers la maison.

— Qu'est-ce qu'on va faire, Lili ? avait demandé la petite en courant derrière elle.

— On va jouer à la coiffeuse. Tu vas voir, ça va te plaire. On va bien s'amuser, toutes les deux.

En bas des escaliers, Lysiane fait passer la petite devant elle pour la mener à la salle de bains. Là, elle la pousse jusqu'à la baignoire devant laquelle elle l'accroupit d'un geste brusque avant de lui faire basculer la tête par-dessus le rebord. Sans prévenir, elle lui mouille les cheveux avec la douchette et verse du shampooing. L'eau est froide, le shampooing ne mousse pas, la fillette se débat. Elle augmente la température, ajoute du savon, frotte et transforme la tête en un nuage de mousse. Bien sûr, le savon coule dans les yeux de Jolene, mais celle-ci ne se plaint pas. Pliée en deux, elle se contente de s'agripper au rebord en serrant les dents jusqu'à ce que le savon soit remplacé par de l'eau claire. Ses cheveux sont fins, rebelles et rétifs. Leur noirceur contraste avec le blanc laiteux de sa peau. Lysiane a beau chercher, elle ne se trouve aucune ressemblance avec cette marionnette dont les lèvres et le nez délicats sont à l'image de son corps menu.

Les doigts agrippés autour de sa nuque, elle la relève et la met debout pour frotter sans ménagement la serviette sur ses cheveux trempés. Elle lui en fait un turban, lui prend la main et la tire jusqu'à la cuisine.

— Allez, dépêche-toi, lui dit-elle.

Elle n'explique pas que les cheveux fins sèchent vite et qu'elle les veut encore mouillés pour les lui couper. Elle la mène à la baguette sans se justifier. C'est son nouveau poupon, son pantin, son jouet. Sa petite chose animée dont elle s'amuse avec volupté.

Bientôt, elle l'attrape par les aisselles pour l'asseoir sur la table et la mettre à sa hauteur. Alors, sans lui demander son avis, elle lui coupe ses longs cheveux ondulés en un carré court, lui dessinant une frange minimale sur le front qui remontera encore un tantinet quand les cheveux auront séché.

— Te voilà bien jolie, ma poupée ! Allez, fais un bisou à maman pour la remercier.

La fillette plane dans les bras de Lysiane avant de rebondir sur le sol. D'une innocence intacte autant que fragile, elle se précipite vers Jeanne, qui vient d'entrer dans la cuisine, à laquelle elle lance un « merci » fougueux, sublimé par un sourire mêlé d'espoir.

Lysiane se crispe et serre les lèvres.

— Eh là ! C'est moi que tu dois remercier, non ? C'est moi qui t'ai coupé les cheveux !

Confuse et perdue, la fillette recule d'un pas et se retrouve à égale distance des deux femmes sans savoir ce qu'elle doit faire.

— Est-ce que je peux aller me regarder dans la glace ? se contente-t-elle de demander d'une voix fluette, car au fond, c'est l'unique chose qui compte pour elle.

Jeanne lui fait signe de filer et reste seule avec sa fille dont les joues empourprées traduisent la colère.

— Eh bien, tu dois être contente, *maman*, Jolene est bien ta fille à présent ! Pour elle, je ne suis que Lili et c'est sans doute mieux ainsi…

Le moment tant redouté est arrivé. Jeanne en tremble et garde le silence. Vexée, Lysiane rassemble ses affaires et quitte l'auberge en claquant la porte sans dire au revoir à personne.

Elle en reste là pour cette fois, mais la fissure est en train de se transformer en faille et Jeanne devine que sa fille commence à regretter d'être reléguée au second plan quoiqu'elle s'en défende encore.

Pendant combien de temps Jolene avait-elle contemplé son reflet dans le miroir de la chambre au balcon ? Qu'importe. C'était assez pour que Jeanne regarde la voiture de sa fille disparaître, adossée au mur de la cuisine, une Lucky entre les lèvres.

Dans sa tête, le chaos. Ses mains tremblèrent en claquant à nouveau l'allumette. Pour se calmer, elle aspira une profonde bouffée, vit le papier blanc se consumer et la cendre se former. Celle-ci tomba au sol lorsque Jolene entra dans la cuisine en virevoltant dans sa jupette. Avait-elle remarqué la frange beaucoup trop courte et le carré coupé de travers ? Sans doute pas. Elle était encore trop petite pour s'évaluer et ressentir le besoin de se plaire à elle-même.

À la manière d'une toupie, elle virevolta jusqu'à s'étourdir puis se laissa tomber aux pieds de Jeanne, ivre de rires et de tourbillons.

Lentement, Jeanne se pencha vers elle et, de l'index, lui fit signe d'approcher son oreille de ses lèvres. Elle éloigna sa cigarette le plus possible avant de murmurer ces paroles :

— Lili, c'est ta maman, tu sais ? C'est elle, ta maman, pas moi. Ne l'oublie pas.

Mais Jolene ne sembla pas l'entendre et repartit comme si de rien n'était. Plus tard, Jeanne la vit faire la conversation au héron tout en tressant les longs cheveux de sa poupée.

Pour elle, Jeanne était *maman* et Pierre était *papa* et rien ne pourrait jamais changer cela.

La dérobade. C'était tout un art. Une jeune fille pulpeuse, sans bague au doigt, zigzaguant dans une brasserie midi et soir. Pour gagner de l'argent, d'abord. Beaucoup d'argent pour les vêtements, les siens et ceux de Jo. Parce que c'était devenu sa poupée, à défaut d'être sa fille ; et qu'il fallait bien s'occuper durant le peu de temps qu'elle lui consacrait.

Deux fois par mois – le lundi – Lysiane continuait à se rendre à l'auberge des Flandres. La petite manquait la classe, elle s'en morfondait, mais Jeanne répétait que c'était le jour de la visite de maman.

Pour l'occasion, on mettait de côté quelques gaufres fourrées, préparées la veille pour entrecouper les traditionnelles parties de jeux du dimanche. Sur le bourloire d'une longueur de vingt mètres, Jolene cheminait à cloche-pied entre les boules plates avant de se percher sur une rondelle de cuivre, fin prête à détaler si la boule s'approchait de trop près. La coutume voulait que le maître des lieux soit le meneur de l'équipe rouge qui jouait toujours après les bleus. En bon stratège, Pierre savait distribuer les rôles et répartir les joueurs entre pointeurs et frappeurs. S'il avait un doute, il appelait

Jolene qui gambadait jusqu'à lui à toute allure. « On le met où celui-là, à ton avis ? » Jolene regardait le joueur, comptait jusqu'à trois et tenait un *la* en tournant ses mains comme au jeu des menottes à l'école. Après trois tours, elle sautait d'un pas en avant et rendait son verdict : « Frappeur ! » Pierre exauçait la prophétie et la pythie retournait sur l'étaque la plus proche pour ne rien louper de la partie.

Lorsque Jolene se mit à raconter les jeux du dimanche à celle qu'elle continuait à appeler Lili, elle se retrouva face à un mur. Lysiane se moquait bien des jeux de boules et des péripéties de frappeurs tireurs répartis en deux équipes destinées à marquer douze points le plus vite possible. Indifférente, elle esquivait, sortait ses rituels paquets. Préférait jouer à la poupée. « Viens là, ma Jojo, on va te transformer et te faire toute belle. »

Et Jolene se laissait faire, enfilait une nouvelle robe et un nouveau chapeau. Nulle dérobade possible. Il fallait obéir et jouer le jeu, prendre la pose et sourire afin d'être parfaite sur les vingt-quatre clichés de la pellicule Kodak que Lysiane insérait dans son appareil photo à peine arrivée à l'auberge. Si les cheveux étaient trop longs, elle sortait les ciseaux et raccourcissait le carré censé tomber pile un centimètre sous le lobe de l'oreille. Et les supplications de Jolene n'y changeaient rien. Elle avait beau réclamer des délais, répéter : « La prochaine fois, s'il te plaît », rêver de longs cheveux et de tresses que sa maman lui aurait faites avant l'école, quand Lili débarquait, c'était toujours pour jouer au défilé de carnaval avant la fatale coupe de cheveux.

Avec l'expérience, Jolene avait compris qu'il était inutile de compter sur ses parents pour empêcher Lili de la considérer autrement que comme une tête à coiffer. Jeanne lui répétait de se taire, d'être gentille et sage afin de ne surtout pas contrarier sa maman et, pour la consoler, Pierre l'emmenait en promenade dès que le rouge de la Golf disparaissait au bout de la route nationale.

C'est peut-être à cette époque que Jolene éprouva la sensation d'être coupée en deux. Cela se fit comme la mer monte doucement, petit à petit et sans grand bruit, pour envahir la plage et étouffer le sable.

À l'approche de ses cinq ans, Jolene avait bien saisi que Jeanne et Pierre n'étaient pas ses parents et que Lili était sa mère, mais que pouvait-elle deviner du conflit larvé qui grondait dans les interstices de leurs silences mêlés de gêne ? Un regard, un geste, une caresse, un rien pouvait déclencher la jalousie de Lysiane. Les reproches fusaient. Jolene prenait trop de place, toute la place, *sa* place. Jeanne baissait les yeux, incapable de se défendre, et Pierre concluait froidement qu'il y avait de la place pour tout le monde dans cette maison. Une place essentielle et irremplaçable. Une place unique et précieuse pour chacun d'entre eux. Jolene se raccrochait à ces paroles sans les saisir vraiment, mais c'était joli et mélodieux, calme et apaisé, tout le contraire des pointes suraiguës qui enflammaient la voix de Lysiane quand elle piquait ses colères.

Jolene restait alors figée sur place. Tétanisée.

Hormis sa voiture, ses bras chargés de cadeaux et ses redoutables ciseaux, elle ignorait tout de cette Lili dont on prétendait qu'elle était sa mère même si elle ne l'avait jamais emmenée chez elle. Bien sûr, la petite la trouvait jolie avec ses boucles blondes et ses grands yeux, mais elle préférait la tendresse de Jeanne, ses mains douces et minuscules, sa façon coquine de fumer en cachette et de s'asperger de parfum pour effacer l'odeur du tabac.

Coupée en deux. Voilà ce qu'elle était, sans mots pour le dire.

Prisonnière de liens aussi ambivalents que ténus, elle trouva une échappatoire à l'école où l'institutrice commençait chaque après-midi par un moment d'écoute musicale. Pour en profiter, il fallait fermer les yeux et poser sa tête sur ses bras repliés sur la table et Jolene était la première à obéir.

Combien de temps la musique durait-elle ? La fillette ne se posait pas la question. Elle cherchait plutôt à imaginer les flocons de neige quand la maîtresse annonçait la mélodie de l'hiver, les feuilles rousses quand elle évoquait l'automne, les fleurs roses et blanches quand elle lançait le printemps et les beaux fruits mûrs quand sonnait l'heure de l'été. Une saison par jour. Un instant de grâce durant lequel la plupart des enfants s'endormaient sur leur table pendant que Jolene s'éveillait. Elle voulait écouter la musique, la sentir battre dans son cœur, la goûter, la dévorer, la serrer contre son ventre toute la journée et l'entendre encore la nuit pour ne plus jamais éprouver la solitude ni l'abandon. Parce que si Jeanne et Pierre n'étaient pas ses parents, chaque mot qu'elle prononçait était un mensonge. Une erreur. Et chaque mot qu'ils prononçaient devenait suspect à son tour. Si, autour d'elle, tout semblait flou, incontrôlable et sans repères, la musique, au contraire, se passait de logique et de vérité pour se nourrir d'émotions. Elle devint ainsi son refuge, un espace de liberté où ses longs cheveux pouvaient onduler et se laisser tresser par des mains aimantes. Un lieu où elle se réinventait ailleurs que dans l'entrelacs des relations complexes qui détraquaient sa famille.

À la fin du printemps, tandis que les premiers fruits étaient sur le point de mûrir, Jolene s'entendit répéter que les grandes vacances approchaient et qu'à la rentrée, elle apprendrait enfin à lire, dans la classe des grands. Lorsqu'elle comprit que la maîtresse ne serait plus la même, la joie céda la place à l'inquiétude. Un autre lien se brisait parce que la musique allait cesser.

Cette musique, elle voulait continuer à l'entendre et ne pas se séparer de l'institutrice qui ne haussait jamais la voix. Posée, elle demandait aux enfants d'appuyer successivement chaque doigt sur l'extrémité du pouce. Il fallait les réunir lentement, former un joli cercle, souffler et se détendre. Jolene accomplissait ce geste des deux mains à la fois, dans un sens puis dans l'autre, les yeux fermés et le visage calme. C'était une autre façon de se couper de la réalité, un rituel apaisant qui revint, comme un refrain, chaque fois qu'elle écoutait de la musique.

En somme, elle préférait l'hiver, mais elle ne le savait pas encore. Elle aimait le froid, la neige, la rudesse d'un espace indomptable dans lequel elle se sentirait telle une feuille emportée par le vent. Elle se voulait gracile et légère comme un flocon, volatile et transparente, sur le point de fondre… en larmes… ou de se cristalliser… de joie… Tendue entre deux extrêmes, double petite partagée entre deux mères qui ne cessaient de se renvoyer la balle pour se donner bonne conscience.

Le dernier jour de l'année scolaire, Jolene refusa de monter sur la petite selle installée entre le guidon et son grand-père comme elle avait coutume de le faire pour se rendre à l'école. Elle voulut cueillir des fleurs dans le jardin pour les offrir en cadeau d'adieu à la maîtresse. Sans la contrarier, Pierre la laissa assembler un bouquet de bleuets et de marguerites, attendri par sa délicatesse. À sa grande surprise, la fillette dénoua la ceinture de sa robe, un épais ruban rose dont elle se servit pour serrer les tiges et fixer le bouquet. Pierre l'aida ensuite à faire une cocarde pour embellir la composition et ils enfourchèrent la bicyclette avant de rouler au bord de la route nationale en chantant à tue-tête, le bouquet fièrement posé dans le panier à provisions.

Jolene passa le portail de l'école, les joues rouges et les larmes aux yeux. Lorsqu'elle lui offrit le bouquet, la maîtresse l'embrassa sur la joue pour la remercier avant de lui remettre en place ses cheveux ébouriffés par le vent. Triste de sentir la fin arriver, Jolene ne la quitta pas des yeux de la journée. Le cœur gros, elle retarda le moment de sortir de la classe et s'approcha une dernière fois de sa maîtresse.

— C'est quoi, la musique avec les violons ? Vous savez, celle qui raconte les saisons ?

La question lui brûlait les lèvres depuis longtemps sans qu'elle ose la poser, mais puisque c'était l'ultime occasion d'assouvir sa curiosité, elle s'était lancée. D'un pas enjoué, la maîtresse s'était précipitée vers l'armoire dont elle avait sorti le disque qu'elle insérait chaque après-midi dans le lecteur. Sur le boîtier, Jolene voyait quatre pommes différentes alignées.

— À ton avis, pourquoi y a-t-il quatre pommes de plusieurs couleurs sur le disque ? Si tu trouves la réponse, tu sauras le titre et je te l'offrirai en récompense.

Jolene resta sans voix, hypnotisée par l'image, la devinette et, surtout, l'incroyable possibilité de garder le disque pour elle.

— Dans la musique, il y a l'automne, l'hiver, le printemps et l'été. Le violon joue les quatre saisons, donc il y a quatre pommes.

Elle avait articulé sa solution en posant l'index sur la nature morte, allant d'une pomme à l'autre avec un sourire ébloui.

— Bravo, Jolene ! Je suis fière de ta réponse et tu mérites mille fois de garder ce beau disque pour toi. Va, et passe de bonnes vacances !

Le visage de Jolene se métamorphosa, comme auréolé d'un halo sacré.

Pendant quelques instants, la fillette resta perplexe, le regard fixé sur son institutrice, sans comprendre ce qui se passait. Elle en était encore à essayer de mémoriser la pochette pour ne jamais l'oublier que déjà sa maîtresse la poussait vers la sortie. Incapable de croire qu'elle lui offrait vraiment le disque, Jolene le lui rendit au moment de quitter définitivement la classe, mais la femme se baissa pour lui murmurer à l'oreille :

— Garde-le précieusement, il est pour toi. Je sais que tu en prendras grand soin.

Jeanne attendait sa petite-fille devant le portail de l'école. Lorsque Jolene lui montra le cadeau de sa maîtresse, elle souleva sa petite-fille dans ses bras et lui promit d'acheter un lecteur pour écouter ce disque autant qu'elle en aurait envie pendant les grandes vacances. En contrepartie, elle lui demanda de l'appeler *mamie* dorénavant.

C'était à cause de la jalousie de Lysiane. Palpable, quoique se passant de mots. Une façon de rendre l'atmosphère pesante par la diffraction d'un silence qui scrutait tout. Les gestes de Jeanne, ses paroles aussi, sa tendresse à l'égard de Jolene. Autant de manques insupportables pour elle. Autant de reproches qu'elle taisait parce qu'elle vivait loin d'eux et ne voulait en aucun cas renoncer à sa liberté, mais une amère rancœur s'installait d'année en année pour se cristalliser en une rivalité innommable. La petite était naturelle et insouciante, gâtée à outrance. Tant que les cadeaux s'étaient limités à des peluches ou des jouets, Lysiane avait rongé son frein, mais lorsqu'elle avait compris que sa fille se mettait à réclamer de la musique, elle s'était braquée. *Du classique ?* Une musique qui lui donnait le cafard et singeait les saisons en un grincement larmoyant. Et ce disque comme une nature morte sur l'étagère de sa fille. *Un cadeau de la maîtresse ? Vraiment ? Et en quel honneur ? Qu'avait-elle fait, cette enfant, pour s'attirer tant de sollicitude ?* Une chaîne hifi flambant neuve avait été achetée, placée sur le meuble bas du salon, et Jolene avait toute la délicatesse du monde pour déposer le CD dans le lecteur. Chaque fois qu'elle appuyait sur le bouton qui enclenchait la disparition du disque, elle sursautait, et lorsque la musique commençait à envahir le salon, elle croyait à un miracle. Elle se recroquevillait alors entre le mur et le canapé, pour se laisser envahir, note après note, un coup d'archer après l'autre. Dans son esprit, un autre univers prenait forme et elle avait l'impression de voleter dans la caresse du vent, comme une feuille ou comme un oiseau. Tantôt elle s'élevait dans les airs tantôt elle plongeait dans des eaux insondables dont elle cherchait à percer le mystère, mais toujours elle s'échappait loin, aussi loin que possible de sa vie de fillette précieuse autant que contestée.

Plus tard, il y avait eu un piano pour enfant à quatorze touches vite remplacé par un modèle plus grand qui avait laissé place à un clavier électrique de trente-six touches. Elle apprenait vite, plus vite que la musique, et elle gardait tout. Les petits pianos étaient ses trésors, le grand clavier appelait à plus grand encore. Jolene y passait tout son temps libre, reproduisant les mélodies qu'elle entendait un peu partout ; mais lorsque Lysiane s'invitait à l'auberge, la maison restait vierge de musique. Pour s'occuper, Jolene sortait des poupées Barbie d'un panier en osier avant de s'asseoir à la table basse où elle plaçait ses mannequins côte à côte. Une à une, elle les attrapait et les couvrait de la tête aux pieds, variant les parures. Ce n'était pas son jeu favori ; mais elle avait senti que le rôle de la petite fille sage qui reproduit les gestes maternels sur ses poupées était celui que sa mère lui avait choisi. Parfois, elle jetait un œil à Lysiane concentrée sur sa manucure. La réciproque était plus rare. Sa simple présence suffisait à donner à Lysiane l'impression d'assumer sa part de responsabilité. Elle ne s'intéressait ni aux jeux ni aux envies de Jolene. À ses yeux, celle-ci n'était pas différente d'un animal de compagnie que l'on flatte d'une caresse de temps en temps. Sa caresse à elle, c'étaient les ciseaux. La frange courte et le carré parfait.

Jolene s'efforçait de l'appeler *maman*, c'était cela ou les gros yeux – la colère – et parfois, la grande scène de jalousie : une litanie de plaintes et de reproches, propulsée dans un délire hermétique à la moindre réplique. En milieu d'après-midi, Jeanne venait les rejoindre et commençait par fumer une cigarette à la fenêtre grande ouverte. Ses yeux allaient sans cesse de Lysiane à Jolene avec la régularité d'un métronome. Chacune à sa manière était difficile à aborder, mais pour des raisons différentes. La fillette avait l'âge où l'on se contente de vivre l'instant sans l'analyser, où l'on invente et transforme la réalité à l'envi, où l'on fait croire que quelques cailloux deviennent une soupe délicieuse ; mais pour Lysiane, ce temps était révolu et cette dernière n'avait d'autre choix que de répondre à quelques questions avant de hausser le ton afin de mettre un point final à la conversation. À force, les échanges tournaient en boucle, malgré quelques évolutions. Pour se donner de l'importance, Lysiane prétendait chanter sur la scène d'un bar branché les vendredis et les samedis soir. On l'applaudissait tellement qu'elle n'arrivait plus à s'arrêter de saluer, c'était grisant. On clamait son nom de scène aussi, Lyzzie. Ça sonnait comme Dolly. Le succès venait petit à petit, mais elle devait continuer à travailler au *66*, accumulant les heures pour gagner convenablement sa vie.

— Tu sais que nous pouvons t'aider. Tout est à toi ici et l'auberge nous rapporte bien assez, alors…

Lysiane se fâchait, Jeanne se taisait et se faisait réchauffer un café en guise de dérivatif. Un moyen comme un autre d'étouffer le feu.

Rompue à l'exercice, Jeanne avait su enseigner à Jolene l'art de s'adapter, redoublant d'efforts depuis la première remarque de Lysiane suite à l'affront des cheveux coupés. Lorsqu'ils étaient tous les trois, Jolene était leur fille, mais si Lysiane entrait en scène, les rôles étaient immédiatement redistribués et il ne fallait en aucun cas se tromper. Pas de Lili surtout, encore moins de Lysiane, juste maman, pour désigner la jeune femme venue de Lille.

Chacun sa place, chacun son rôle. Et les stichomythies, apprises par cœur, fusaient comme au théâtre, rodées et immuables afin de donner la réplique pour maintenir un équilibre précaire autant qu'illusoire.

Lors de ses visites, Jolene sortait donc l'attirail de mannequins qu'elle lui avait offerts pour Noël et son anniversaire. Le reste du temps, elle continuait à lui rapporter de jolis vêtements pour lui épargner ceux du catalogue dont elle gardait un mauvais souvenir.

Vint pourtant le temps où Jeanne se sentit obligée de faire part des réelles envies de Jolene à Lysiane. La petite voulait apprendre à jouer du piano et une voisine était prête à l'emmener à l'école de musique le mercredi après-midi, en même temps que ses propres enfants.

Lysiane se mordit les lèvres et écarquilla les yeux, libérant ses longs cils épaissis de mascara.

— Tu plaisantes, j'espère ?

Jeanne resta imperturbable et répéta ses paroles à l'identique sans réagir à son indignation.

— C'est hors de question ! Je ne confie pas ma fille à une inconnue !

Devinant pourquoi Lysiane se rabattait sur une fausse excuse tout en se montrant encore plus agressive, Jeanne adopta un ton doux et compatissant. Avec Lysiane, elle jouait avec le feu, elle en avait conscience, mais ses mains étaient rompues aux brûlures alors que les menottes de Jolene ne l'étaient pas. Elle n'avait d'autre choix que de danser avec cette flamme pour l'empêcher de ravager la terre fertile que Jolene portait en elle.

— Je sais que c'est difficile à entendre. Tu as l'impression que nous faisons pour elle ce que nous n'avons pas pris la peine de faire pour toi. Tu as raison, je m'en suis longtemps voulu de t'avoir privée de cours de musique et je m'en veux encore. Si tu savais… J'y pense sans cesse, mais vois comme tu as réussi malgré tout. Tu chantes en ville et tu as beaucoup de succès.

— Qu'est-ce que tu en sais ? Jamais tu n'as fait l'effort de venir m'écouter !

— Par manque de temps, tu t'en doutes.

Lysiane se leva d'un bond, attrapa un torchon et se mit à le secouer pour évacuer la rage qu'elle sentait lui monter à la gorge.

— Toujours les mêmes excuses ! Tu ne pourrais pas changer un peu de refrain ? Pas le temps, pas le temps…

— C'est ce que tu dis, toi aussi, quand il s'agit de t'occuper de Jolene. Tu ne lui consacres pas plus d'une demi-journée tous les quinze jours depuis presque six ans. Tu devrais me comprendre, tu n'es plus une enfant.

— Ça n'a rien à voir. Tu as papa, je suis toute seule.

— Et pourquoi n'as-tu pas cherché à rencontrer quelqu'un ? Tu dois en voir tous les jours, des beaux garçons, et tu es une fille magnifique. Qu'est-ce que tu attends ?

— Mêle-toi de ce qui te regarde. Je ne veux avoir de comptes à rendre à personne. Surtout pas à un homme !

Jeanne prit une profonde inspiration et pesa ses mots avant de s'exprimer d'une voix en sourdine.

— Tu attends Fred, c'est pour ça, mais il ne reviendra pas. Ce n'est pas un garçon pour toi. Il est trop…

— Trop bien, c'est ça ? Trop beau ? Trop connu ? Trop quoi ? Si tu avais eu plus confiance en moi, je n'en serais peut-être pas réduite à servir de pauvres alcooliques qui me collent la main aux fesses en échange d'un pourboire. J'aurais pu briller sur scène, comme Fred, et faire un bon mariage au lieu de me laisser engrosser à dix-sept ans. Je ne savais pas. Je ne savais rien !

Au bord des larmes, Jeanne s'approcha de sa fille qui continuait à passer ses nerfs sur le torchon enroulé sur lui-même.

— Je suis désolée, Lysiane, vraiment désolée. J'aurais dû t'expliquer tout cela, mais je te croyais protégée à l'auberge. Jamais je n'aurais pensé… On fera mieux pour Jolene. Je te le promets. On la protégera.

— Oui, c'est ça ! hurla Lysiane en claquant le torchon contre le mur. Tu la protégeras, parce que, moi, j'ai d'autres chats à fouetter que de m'occuper d'une gamine qui peut faire tout ce que tu m'as refusé. Alors, inscris-la à l'école de musique autant que tu veux, mais cesse de m'en parler. Et dis à ta protégée d'éviter de me casser les oreilles avec son crincrin quand je viens, sinon je le balance par la fenêtre !

La petite était au seuil de la porte.

Blanche comme la neige à peine tombée des nues.

Elle souriait, encore innocente.

Jeanne lui fit signe de retourner dans sa chambre et Jolene traversa le couloir à la manière d'une sauterelle dont les ailes papillonnent en silence. À court de mots, Jeanne versa les larmes qu'elle avait réussi à contenir jusque-là et Lysiane se retint de la gifler.

La tension retomba d'un coup lorsque Jolene apparut à nouveau. Des ciseaux dans les mains, elle s'approcha de Jeanne et lui caressa les cheveux.

— Ne pleure pas, mamie, maman va me faire une jolie coiffure.

Les deux femmes se toisèrent pendant que la fillette apaisait sa grand-mère de sa main brûlante. Lorsque Jeanne esquissa un sourire pour rassurer sa petite-fille, celle-ci fit un bond en arrière et, sur la pointe des pieds, s'en alla confier les ciseaux à Lysiane qui lui infligea une coupe à la Mireille Mathieu sans prendre la peine de lui mouiller les cheveux.

La petite fit semblant d'être contente. Ses mèches brunes s'accumulaient sur la table où sa mère l'avait assise. Devant ce carnage, Jeanne alla essuyer ses larmes dans la cuisine du restaurant.

Concentrée sur la coupe qu'elle effectuait avec fougue, la mère était belle, avec ses longs cheveux bouclés.

La fille était étouffée, les mèches effilées, mais souriante. Confiante comme le printemps qui finit toujours par fleurir malgré les intempéries.

Une fois la coupe achevée, elle sauta de la table, rebondit les pieds joints sur le carrelage et fit la révérence à Lysiane pour la remercier, inclinant la tête aussi bas qu'elle put. Quand elle se releva, elle avait l'air d'un épouvantail hirsute animé par des gestes exagérés de clown, mais sa mère la trouvait très jolie, ébouriffée ainsi.

Lysiane n'était pas dupe. Au cours de ses visites, chacun redoublait d'efforts pour ne pas froisser l'autre.

La petite avait beau rester discrète, s'amusant à vêtir ses Barbie sur la table du salon, elle ne se laissait pas attendrir. Jeanne s'en chargeait assez pour lui en faire passer l'envie ; mais quand elle se mettait à couper les cheveux de Jolene, elle sentait l'émotion la gagner. *Sa fille était tellement mignonne coiffée au bol.*

Et elle coupait avec ferveur, persuadée de bien faire.

Lorsqu'elle reprenait la route et traversait la plaine pour rejoindre la rocade, elle s'efforçait d'oublier les paroles de Jeanne, la musique à plein volume.

Dolly chantait, Lysiane débitait à haute voix tout ce qu'elle avait gardé pour elle. Quoi qu'elle fasse, ses parents avaient toujours leur mot à dire. Une manière de la juger, de la brider dans ses envies et de vouloir l'enterrer à l'auberge qui la rendait agressive.

Cette colère la poussait à s'inventer une vie pour donner le change et embellir un quotidien routinier entrecoupé de vide.

Chanter, elle en rêvait encore, mais n'avait pas trouvé l'opportunité de se lancer. Voilà ce qu'elle cherchait, y pensant tous les soirs. C'était son obsession. Sa mère avait raison. Elle attendait Fred, mais un Fred revisité qui lui aurait tendu la main au lieu de la rejeter.

Le matin, elle se levait vers dix heures et prenait son service à midi. Entre les deux, elle ôtait ses bigoudis ou arrangeait sa mise en plis avant de se maquiller. Refusant de se préparer à manger, elle se privait de petit déjeuner et buvait un double espresso à peine arrivée au *66*. Elle picorait à toute heure, piochait dans les restes et, parfois, demandait au cuistot de lui mijoter un petit plat rien que pour elle. Après le service du soir, elle filait au piano-bar où elle écoutait de la musique en sirotant un cocktail. Là, elle rencontrait des séducteurs qu'elle n'invitait jamais chez elle. Parfois, elle acceptait d'en suivre un à l'hôtel pour se donner l'impression de prendre sa revanche et de laver l'affront que Fred lui avait infligé. Elle imitait son comportement et considérait les hommes comme des marionnettes dont on tire les ficelles avant de les rendre à leurs femmes. Car ceux-là étaient mariés, le plus souvent, elle le savait et ne s'en étonnait plus. C'était encore le plus sûr moyen de ne pas s'attacher.

Les soirs de relâche, elle les redoutait. Une fois seule, elle se mettait à penser et ses douleurs se ravivaient. Elle imaginait Jolene à la cuisine avec ses parents, les lèvres couvertes de sucre glace et le regard pétillant. Elle sentait la chaleur de ce foyer dont elle avait dû s'arracher parce qu'elle était tombée enceinte. La double peine. La petite tapotait sur ses claviers, reproduisait des chansons à l'oreille, apprendrait bientôt la musique…

Au lieu de s'en réjouir, elle se lamentait et se sentait dépossédée, chassée du paradis pour avoir tenté le diable. Alors, elle remettait la faute sur ses parents qui ne l'avaient ni écoutée ni encouragée. Le dépit la rendait méfiante et elle se demandait ce qu'ils se disaient en son absence, craignant que son secret ne soit dévoilé et que Jolene n'apprenne qui était son père. Bien sûr, ils lui avaient promis de se taire, mais elle avait tellement peur d'être reléguée au second plan qu'elle se sentait constamment menacée, préférant rompre tout lien plutôt que de trahir son manque de confiance en elle.

Afin de chasser ces mauvaises pensées, elle allumait la télévision et laissait les séries romantiques combler le silence de son appartement. Trop meurtrie pour baisser la garde, elle niait que Jolene puisse lui manquer autant que ses parents. Certains soirs, pourtant, elle avait envie de se ruer jusqu'à sa voiture et de filer tout droit vers Cassel, traversant la vaste plaine. Parfois, elle voulait revenir, cesser de lutter, abandonner sa quête d'un idéal inaccessible. Pourquoi ne pas se contenter d'un bonheur simple et renoncer à ses prétentions ? Mais son élan retombait aussitôt. Elle se serait sentie mourir si elle était retournée en arrière, elle le savait. Sa vie avait beau être aux antipodes de ce qu'elle avait espéré, elle refusait d'admettre qu'elle s'était peut-être trompée de trajectoire. Elle avait dû bifurquer, tout au plus, et ce n'était que partie remise…

À force de ne faire confiance à personne, elle s'était enfermée dans une routine désolante qu'elle contrebalançait par une vie nocturne grisante. Elle dansait, buvait, draguait, c'était sa façon de jeter un voile sur la ruine de ses idéaux. L'homme parfait, celui qui ferait d'elle une grande chanteuse, elle n'y croyait plus ; mais s'attacher à une vedette, quitte à vivre dans son ombre, elle commençait à y songer.

Le temps passait, le manque se creusait et elle redoublait de mensonges. Elle chantait au *66*, on l'applaudissait, on l'appelait Lyzzie, elle connaissait tout le monde dans le quartier et tout le monde l'adorait. Ses nuits, elle les finissait au piano-bar où elle retrouvait ses groupies, donc sa fille, vraiment, elle n'avait pas le temps de s'en occuper, mais elle y pensait sans cesse. N'était-elle pas sa maman ? La seule maman qu'elle aurait jamais ?

Nul n'était dupe, mais nul ne relevait. Mieux valait la laisser fantasmer plutôt que de la voir s'effondrer.

L'encre était rouge sur le carnet. Un petit carnet à spirale que Jolene avait trouvé dans une niche, derrière le plan incliné du secrétaire. Le papier, arrondi sur les bords, était strié de petits carreaux. La couverture, un dégradé de pourpre, arborait deux frises orange telles deux balafres à ses extrémités.

Elle s'était hissée sur la pointe des pieds pour tourner la clé du meuble. L'abattant s'était ouvert et elle avait craint de ne pas avoir la force de le retenir. C'était encore lourd pour une petite fille et elle défiait le secrétaire pour la première fois.

Le meuble en noyer datait des années soixante. Peu profond, il permettait un gain de place dans la chambre au balcon où Jolene venait de s'installer. À force qu'elle réclame, Pierre avait accepté de lui faire confiance. « Tu ne te pendras jamais à la balustrade du balcon, compris ? Si je t'y prends, tu seras punie et tu ne remettras plus les pieds dans cette chambre. » Jolene rayonnait de se soumettre à cette contrainte. Elle aurait désormais un grand lit, un chevet avec une lampe à abat-jour, une armoire pourvue d'une vitre centrale, deux tapis blancs en laine bouclée et un meuble dont elle ne savait pas encore trop quoi faire. Pierre lui avait enfin accordé cette nouvelle chambre pour la consoler de quitter l'école maternelle et la maîtresse qu'elle aimait tant. Le déménagement avait eu lieu au matin du 14 juillet, le jour de la fête du Moulin. Pierre avait déplacé jouets et peluches, Jeanne s'était chargée des vêtements et Jolene avait tenu à transporter ce qu'elle appelait *son piano*. Excitée comme une puce, elle avait mis son grain de sel partout, allant jusqu'à faire déposer ses affaires sur le couvre-lit en dentelle pour les ranger elle-même, à sa façon. Elle confia ainsi ses trésors au chevet, aux étagères du bureau secrétaire et au petit coffre à barreaux sur lequel il lui arrivait de s'asseoir. Ses pieds flottaient dans l'air et elle les regardait dodeliner comme les têtes des marionnettes dans les boîtes à surprise.

Après le déjeuner, la tante Suzanne était venue chercher Jolene pour l'emmener à la fête du Moulin perché sur le mont Cassel. Du temps de Lysiane, elles s'y rendaient à bicyclette, mais elle se déplaçait plus volontiers en voiture à présent, et c'est ainsi qu'elle emmena sa petite-nièce chez elle avant de remonter à pied jusqu'au mont, au bord de l'étouffement quand la fillette se mit à presser le pas pour arriver plus vite. À l'approche du Moulin, Jolene retrouva ses copines de classe et se laissa captiver par les saynètes qui, l'une après l'autre, ressuscitaient la vie au Moyen Âge à grand renfort de musiques et de danses. Pour Jolene, cette fête ressemblait à un tourbillon qui transforme les visages en sourires et accélère le rythme du temps.

Le soir, elle s'allongea pour la première fois sur le grand lit, le long de la porte-fenêtre entrebâillée, car la nuit était caniculaire. Du haut de ses six ans, elle mesurait pile un mètre dix et décida de ne pas dormir. Le voilage flottait contre le mur et les détonations du feu d'artifice venaient remplir ses oreilles de vibrations qui lui rappelaient les notes de son piano. L'instrument avait été rangé sur l'étagère du bas du secrétaire, à l'abri de la poussière. Pour en jouer, Jolene le sortait souvent, le posant sur le coffre avant de s'asseoir sur le tabouret, les jambes fléchies sur le côté pour ne pas se sentir bloquée par les barreaux en bois sculpté.

L'idée d'ouvrir le secrétaire lui vint juste après sa nouvelle coupe. Le carré s'était transformé en bol, la frange était encore plus courte. Elle avait vu cela dans le miroir de la garde-robe qui lui renvoyait son reflet de la tête aux genoux. Longtemps, elle se regarda, faisant la grimace, passant la main dans ses cheveux malmenés, ébouriffant les quelques mèches frontales qui lui restaient. En dessous de l'image qu'elle se renvoyait, c'était du bois et du vide. Dans cette pièce, les meubles étaient uniformément montés sur des pieds aiguilles, si bien que Jolene, avec sa taille menue, pouvait ramper en dessous comme un chaton discret aime à se faire oublier dans les recoins les plus improbables.

Elle avait déjà pardonné, ou évacué – ce qui revenait au même –, la réflexion de sa mère à propos du disque de la maîtresse.

Elle avait déjà amnistié la femme en colère et la femme en pleurs. Consolé l'une et l'autre par une caresse et une paire de ciseaux.

Puis elle s'était éclipsée dans la nouvelle chambre au balcon qui, comme la potion magique des contes de fées, effaçait jusqu'au dernier soupçon d'une blessure. Mais après les mimiques simiesques et la prise de conscience de la coupe déstructurée, elle se rapprocha encore un peu plus du miroir et laissa tomber ses mains le long de son corps. Abasourdie. Cette fois, ses doigts saisirent délicatement ses mèches brunes pour les remettre en ordre et constater que jamais, au grand jamais, elle n'aurait ni boucles blondes ni longs cheveux pour ressembler à sa mère, et lui plaire. À bien y regarder, elle n'avait que son mètre dix de hauteur pour se faire remarquer. Ce qui était déjà trop pour la mère qui courait ailleurs, de nuit, dans la ville inconnue, toujours en quête de nouveaux bars où chanter sa frustration de n'être pas devenue la star qu'elle voyait en elle comme une oasis que seule l'imagination atteint.

Elle avait déjà pardonné, donc, et sans doute se croyait-elle capable de passer à autre chose ; mais ses cheveux lui semblaient courts, trop courts à présent que le sacrifice avait eu lieu et que la fièvre de s'anéantir pour s'excuser d'exister était passée. Ne restait plus que la fillette esseulée devant sa glace rectangulaire. Une gosse délaissée, orpheline, dont d'autres s'occupaient pour lui inoculer, insidieusement, le sentiment d'être redevable. Cela n'avait pas de réalité dans l'esprit de Jolene, pas la moindre épaisseur et pourtant, cela prenait forme, dans l'ombre, comme tout se crée et macère dans un silence d'outre-tombe avant d'exploser au moment où l'on s'y attend le moins.

D'instinct, elle avait tourné la clé du secrétaire. Agir, faire n'importe quoi pour effacer l'image de la fillette et sa couronne de misère. L'abattant central avait commencé à descendre sur elle et elle l'avait maintenu de toutes ses forces. Enfin, elle avait fait retomber lentement le plateau jusqu'à ce que les charnières le transforment en écritoire.

— C'est donc ça ! s'était-elle exclamée.

Un bureau, rien qu'à elle, pour apprendre à lire et faire ses devoirs.

Un espace de liberté, caché derrière une porte, comme un secret bien gardé.

Elle regretta de ne pas disposer d'une véritable chaise et se tint debout, la poitrine tout contre la planche en bois. C'est alors qu'elle vit le carnet rouge dans la niche et remarqua un bouquet de stylos dans un vase en pâte à modeler. Tous à bille, rouges.

Elle prit le premier qui se présenta, ouvrit le carnet à la page de garde et y inscrivit son prénom en lettres attachées comme sa maîtresse le lui avait appris. Ensuite, elle tourna la page et se mit à traduire par des tirets les mots qui lui venaient à l'esprit, mais qu'elle ne savait pas encore écrire : *ma nouvelle chambre est jolie maman est venue me voir maman est jolie aussi*. De-ci de-là pourtant, le trait s'interrompait pour laisser place à un mot qu'elle avait mémorisé. Le nom *maman* apparaissait ainsi, noyé dans le flot des pointillés tracés à l'encre rouge comme autant de tentatives de sublimation. Avec Jolene, tout commençait par l'oubli, ou du moins, l'enfouissement des mauvaises expériences et des liens discordants. Et c'est ainsi que, pour se consoler de ses manques, elle se mit à écrire, entre quelques notes de musique et quelques tours de balcon.

— Tu exagères quand même ! Deux fois par mois, ce n'était déjà pas grand-chose. Tu crois que le téléphone remplace une mère ?

Lysiane enroula le cordon autour de son index, se pinçant les lèvres pour ne pas exploser. Jeanne ne comprenait rien, n'avait jamais rien compris. Elle ne pouvait pas quitter Lille ce lundi-là, pas maintenant, pas encore.

C'était un gars super, sur le modèle de Fred dont elle apprenait parfois quelques nouvelles dans la presse. À force, elle avait fini par ne plus feuilleter les magazines que pour traquer sa photographie, même si la proie restait souvent dans l'ombre. Quelques concerts, tout au plus. On le disait en couple avec une chanteuse qui réussissait mieux que lui, mais Lysiane refusait de le croire. Elle ne pouvait l'imaginer autrement que seul et au sommet de la gloire.

C'était un gars super, le premier assez bien pour lui faire oublier *l'autre* l'espace d'un instant. Il avait atterri au *66*, pour casser la croûte après un concert lui aussi. Et comme Fred quelques années plus tôt, il avait offert un verre à Lyzzie qui avait passé la soirée à courir d'une table à l'autre avec son joli sourire et son petit tablier. Il l'avait flattée pour ses compétences, laissant de côté son déhanché et ses yeux de biche. Assez malin pour approcher la belle sans l'effaroucher tout de suite.

Il était vraiment super, parce que beau, parce que musicien, parce que Fred. Car oui, n'en déplaise à Jeanne, elle l'avait toujours dans la peau et en rêvait souvent la nuit. C'est encore avec lui qu'elle faisait l'amour. Elle le sentait la prendre tout entière, avec la violence nécessaire pour la faire jouir. Alors, si c'était un peu Fred, ce n'était déjà pas si mal. Dans la peau, comme une obsession, un douteux mélange de haine et d'attirance. Si Fred était revenu, elle l'aurait giflé d'abord, griffé ensuite. Elle lui aurait lacéré le visage en le traitant de tous les noms avant de lécher son sang du bout de la langue. Ensuite, seulement, elle aurait désinfecté les griffures, appliqué un onguent et demandé pardon.

S'il était revenu, elle l'aurait repris, quitte à ravaler son orgueil et à fermer les yeux sur ses incartades.

— Tu m'écoutes ? Lysiane, tu es là ?

Le cordon recouvrait son doigt et ses lèvres étaient devenues humides parce que, avec celui qu'elle ne nommait pas encore, elle avait repensé à Fred. Sa mère insistait et lui faisait la morale.

— Ne plaque pas tout pour un homme que tu connais à peine. Souviens-toi de Fred. Méfie-toi, prends donc un peu de plomb dans la cervelle.

Lysiane s'était braquée, convaincue que sa mère ne comprenait rien à l'amour. Jeanne soutenait qu'il fallait faire des efforts, construire une relation, prendre le temps de parler et de se connaître avant de s'engager. Lysiane lui rétorquait qu'à son âge elle était déjà mariée depuis belle lurette, alors sa *construction* et ses *efforts* ne lui paraissaient pas avoir duré très longtemps.

— C'était comme ça, à notre époque, je ne regrette rien, s'était défendue Jeanne, un peu déboussolée par l'aplomb lucide de sa fille d'à peine vingt-six ans.

— Pour toi, peut-être, mais les choses ont changé maintenant, et nous, on fonce tête baissée sans nous engager pour autant.

Au cours de leur échange, Lysiane avait fini par lâcher le prénom de celui qui lui faisait tourner la tête. Un pseudonyme, mais elle l'ignorait. Jeanne n'avait pas relevé. Elle aurait préféré un prénom flamand ou traditionnel, un Paul, un Jacques ou un Jean-Pierre. Mais là, ce Bob, ce monosyllabe aux consonances anglaises… On était reparti pour un tour ! Après Fred, Bob. Le même, à peu de chose près. Elle mit sa fille en garde. Le premier bébé était venu sans crier gare.

— Si tu renonces à ton indépendance avec l'intention de suivre cet homme que tu connais à peine, ce sera comme un deuxième abandon pour ta fille déjà sans père.

Sous le choc, Lysiane avait tranché net, dans le vif.

— Des parents, elle en a ! C'est toi et papa. Alors fiche-moi la paix !

Elle était sur le point de raccrocher et repoussait déjà le combiné, lorsque Jeanne s'énerva au bout du fil, sans remarquer que Jolene s'était discrètement faufilée derrière le canapé.

— Donc, si je comprends bien, c'est toujours comme ça t'arrange ! Tu nous as interdit d'être ses parents à cause de ta jalousie. La petite nous appelle papy et mamie, car tu l'as voulu ainsi. Nous faisons tout notre possible pour que la situation soit claire ; et toi, parce que tu t'es entichée de je ne sais qui, tu réclames qu'elle t'oublie et change à nouveau de parents jusqu'à ton prochain revirement d'humeur ou ton prochain mec. Tu es une gamine, Lysiane, rien d'autre qu'une gamine !

Un bip retentit dans le combiné. Un bip que Jeanne entendit se répéter au moins une dizaine de fois avant de prendre conscience que sa fille avait raccroché.

Jolene, qui jusque-là s'était recroquevillée tel un lionceau dans sa tanière, profita du silence pour ramper jusqu'au bout du canapé. Sa frimousse de fauve sauvage dépassa soudain de l'accoudoir et, d'un air curieux, elle sortit de son antre à quatre pattes. Puis, soudain transformée en fillette, elle se redressa et rejoignit sa grand-mère dont la main restait scotchée au téléphone.

— C'est toi, ma vraie maman, ne t'en fais pas pour moi.

Émue, Jeanne avait soulevé sa petite-fille dans ses bras et l'avait embrassée de toutes ses forces, faisant claquer des baisers sur ses joues blanches et osseuses. La petite était si sage, si posée… Grande avant l'âge, elle comprenait tout et arrondissait les angles dans le mépris de ses propres émotions. C'est pourquoi elle s'installait souvent au bureau, sur la chaise qu'elle avait réclamée, et racontait sa journée sur son carnet aux bords arrondis. Au fil du temps, les pointillés avaient cédé la place à des mots. C'était sa façon d'apprendre à se glisser dans les fentes, pour grandir, sans prendre trop de place.

À l'approche de ses neuf ans, Jolene savait lire et compter avec tant de facilité que la maîtresse ne tarissait pas d'éloges à son sujet. Dotée d'une excellente mémoire, elle comprenait vite et adorait apprendre, mais se montrait timide et peu sûre d'elle quand il s'agissait de prendre la parole. Parce que la petite était bien connue dans les environs, on savait qu'elle avait grandi sans père et loin de sa mère. Elle n'avait pourtant rien eu de commun avec ces enfants qui répètent à la nounou « pas papa pas maman » pour réclamer la présence parentale, non, Jolene avait plutôt pris l'habitude de parler de ses parents avec une admiration sans faille. « Maman Jeanne et papa Pierre », disait-elle, aussi longtemps qu'elle put. C'est pourquoi la rupture fut comme la chute du paradis pour Adam et Ève. Brutale, irréparable et définitive. Et comme dans la Genèse, la faute originelle l'entacha de culpabilité. La culpabilité sournoise d'avoir eu l'audace de choisir d'autres parents que les siens.

C'était le printemps et Jolene se tenait droite en bout de table, entre ses grands-parents. Tout était clair pour elle à présent. Papy à sa droite, mamie à sa gauche. Chacun sa place et toujours la même.

— Ta maman ne viendra pas ce lundi, ma chérie, parce qu'elle a un amoureux. Un monsieur très gentil qui s'appelle Bob.

— Comme le chien de l'ancienne maîtresse ?

Jeanne n'aurait pas eu l'idée de faire un tel rapprochement, mais Pierre se mit à rire, un de ces rires nerveux et sarcastiques qui, comme un vernis, cachent toutes les imperfections.

— C'est peut-être un nom de scène, tenta Jeanne pour rattraper le coup.

— Encore un saltimbanque ? s'indigna son mari.

— C'est quoi ça, un sal… ? demanda Jolene.

— Un chanteur qui a une très belle voix.

— N'en rajoute pas, ironisa Pierre, en faisant tourner sa cuillère.

— S'il chante comme maman, ils vont se marier ?

Le couple d'aubergistes retint sa respiration. Jolene laissait courir ses yeux remplis de questions de l'un à l'autre, si bien que, face au silence, chacun eut un mouvement de recul et resta en attente. Enfin, Jeanne combla le vide en déclarant qu'il était temps de passer au dessert. Elle se leva avec entrain, emportant les assiettes et les couverts usagés, mais au moment de s'éloigner, elle fit demi-tour, se pencha vers Jolene et lui murmura d'une voix apaisante :

— Ne t'inquiète pas, ma chérie, les chanteurs n'épousent pas les femmes qui ont déjà une petite fille.

Au lieu d'être rassurée, Jolene se sentit triste soudain. Une tristesse d'enfant coupable persuadée que, par sa faute, les rêves maternels volaient en éclats. Jeanne revint avec trois coupelles de salade de fruits disposées en triangle sur un plateau. Pommes, poires, kiwis et fraises étaient coupés en menus morceaux comme Jolene les aimait. Tout en attrapant la coupelle, elle piqua délicatement un bout de fruit à la fourchette et le porta à sa bouche, pour faire plaisir, sans faim et sans envie, absorbée par l'harmonie des trois couleurs. Manger avec un semblant d'appétit était sa façon de ne pas contrarier sa grand-mère, mais l'inquiétude grouillait dans son ventre et les questions se bousculaient dans son esprit.

— La prochaine fois, j'ajouterai de l'ananas ! s'exclama Jeanne pour conclure leur conversation muette.

— C'est délicieux !

— Oh oui, c'est délicieux ! se força à confirmer Jolene, en écho à son grand-père.

Pour elle, que les fruits soient frais ou en conserve ne faisait pas de différence. D'habitude, elle se régalait de tout ce que lui préparait sa grand-mère et sortait de table, de l'énergie à revendre, prête à travailler sa musique dans sa chambre ; mais ce jour-là, la culpabilité avait piétiné le plaisir et le piano était resté silencieux.

Après dix ans passés au *66*, Lysiane avait donc rendu son appartement du Vieux-Lille et fait sa valise pour suivre Bob en tournée. Ils se fréquentaient depuis quelques semaines seulement, mais il était l'un des rares hommes qu'elle avait invités chez elle.

Un soir, pour lui faire plaisir, il lui avait offert une place au Nouveau Siècle et ils étaient allés écouter Véronique Sanson. Il l'adorait, elle avait fait semblant. Ensuite, ils avaient bu un verre au Yéti. En la ramenant chez elle, il lui avait proposé de l'accompagner en tournée et elle avait sauté sur l'occasion, persuadée qu'ensuite ils s'installeraient quelque part ensemble et peu lui importait où, pourvu qu'elle rompe sa solitude et mène la vie dont elle avait toujours rêvé. La scène, les concerts, les cocktails, le succès… Et tant pis si elle goûtait à tout cela par procuration. C'était mieux que la routine et le sentiment d'avoir trahi ses idéaux. Elle aurait tout accepté, quitte à être choriste, éclipsée derrière un micro sur pied entre la batterie et le clavier. Elle aurait tout accepté, même de se taire, pourvu qu'il l'emmène.

— Tu t'occuperais de l'intendance, des courses, des repas, du linge et de toutes ces tâches indispensables. On a besoin de quelqu'un de responsable pour assumer ce rôle essentiel. Ça te dirait ?

Il savait la flatter. Ajouter l'adjectif mélioratif pour relancer la possibilité de se faire encore quelques illusions. Il lui accordait de l'importance. Pas dans le domaine qui aurait dû être le sien, certes, mais à force de mentir et de tergiverser au lieu de se risquer à chanter, Lysiane avait fini par admettre que la fréquentation des musiciens la mènerait plus loin que ses propres ambitions.

— Plutôt deux fois qu'une, avait-elle répondu, sans la moindre retenue, lâchant un étrange petit rire de satisfaction qui avait échaudé le rockeur.

Parce que Bob était de ces chanteurs qui ont une voix tellement puissante qu'elle se suffit à elle-même, elle s'était soumise à ce stentor, quitte à se charger des corvées ordinaires pour être de la partie, voir du pays et laisser courir le bruit qu'elle chantait dans le groupe.

Et lorsque Jeanne l'interrogeait sur la manière dont elle comptait s'y prendre avec sa fille durant son absence prolongée, Lysiane n'entendait que des reproches et se défendait en enroulant le fil du téléphone, bien serré autour de son index.

— Mais tu ne comprends décidément jamais rien ! Ils m'embauchent comme choriste. Grâce à Bob, je vais faire le tour de l'Europe et me produire sur les plus grandes scènes !

— Et ta fille, pendant ce temps-là ? Tu y as pensé ? As-tu l'intention de lui téléphoner ? On pourrait fixer un jour, une heure…

L'insistance de Jeanne la rendait à ce point lourde et maladroite qu'elle en devenait exaspérante pour Lysiane. Si Pierre avait pris le relais, il aurait été plus frontal, c'est pourquoi Jeanne le tenait à distance, de peur qu'il ne s'emporte et ne prononce le mot de trop. Celui qui les aurait séparés, pour toujours.

— Laisse-moi tranquille avec ça ! avait-elle abrégé en se libérant du fil téléphonique pour mieux balayer ses cheveux en arrière. Il n'y en a que pour Jolene, tu ne pourrais pas t'intéresser à moi, au moins une fois dans ta vie ?

Tel un insecte capturé par une toile d'araignée, Jeanne avait tenté de s'extraire du piège de la jalousie de Lysiane. Une jalousie farouche, maladive. De ces jalousies qui transforment les mères en tyran, autant pour elles-mêmes que pour leur enfant.

— Mais je m'intéresse à toi, ma chérie. N'en doute surtout pas. Je suis sûre que tu rayonnes sur scène et que ta voix trotte longtemps dans la tête des spectateurs qui ont la chance de t'écouter. Alors, dis-moi, où vas-tu chanter ?

Lysiane en avait un peu rajouté. Les concerts se donneraient dans des villes moyennes et dans des salles de petite envergure. Ils ne dormiraient pas à l'hôtel, comme elle aimait à le laisser croire, mais dans un grand camping-car comprenant un lit jumeau et un lit capucine pour caser tout le monde. Elle ferait les lessives au Lavomatic, car l'évier mobile serait trop petit et l'espace de séchage ridicule pour mettre au propre les tenues de scène du groupe. Elle en rajoutait, saupoudrait de paillettes et prenait à ce point ses rêves pour des réalités que ses récits rocambolesques finissaient par se colorer d'une touche de crédibilité.

Jeanne n'était pas dupe pourtant, elle se doutait bien que sa fille aurait un rôle subalterne et, après son départ, ses appels aussi aléatoires que subitement abrégés ne firent que la conforter dans cette idée. Elle le sentait à sa voix trop aiguë, à l'accumulation entêtée de détails superflus et à la répétition ridicule de l'expression : « C'est incroyable, pas vrai ? » Une litanie ressassée, répétée d'appel en appel, à la mère et à la fille, chacune leur tour.

— Tu es fière de maman, hein, Jolene ? Tu pourras dire à l'école et à la maîtresse que maman donne des concerts en Europe et que bientôt elle ira chanter à New York !

Les répliques de Lysiane, toujours calquées sur le même modèle, se résumaient pour Jolene à une logorrhée incompréhensible que Pierre s'efforçait de traduire en réalité concrète grâce à un planisphère. Le périple maternel permit ainsi à la fillette d'apprendre à situer l'Europe à l'échelle du monde et de pointer le doigt sur des grandes villes telles que Bruxelles, Berlin, Turin, Vienne, Prague, Madrid ou encore Lisbonne, autant d'étapes – toutes fictives – où Lysiane se targuait de se faire applaudir.

La fillette n'avait pas l'âge de remettre en question les élucubrations de sa mère redevenue Lili dans son vocabulaire usuel. Jolene l'imaginait chanter sur scène comme elle le lui racontait. Elle la voyait debout derrière un micro à la façon des choristes des émissions de variétés qu'elle regardait allongée dans le canapé le samedi soir pendant que ses parents s'activaient au restaurant. Parfois, elle essayait de composer une mélodie pour Lili, un petit air facile à retenir qu'elle cherchait du bout des doigts sur son clavier qui comprenait trente-six touches depuis son dernier anniversaire. C'était le cadeau de Jeanne et Pierre pour ses dix ans. À l'école de musique, elle ne faisait encore que de l'éveil, flûte à bec, chant, lecture de notes sur une portée avec une clé de *sol*. Si elle avait vécu en ville et fréquenté le Conservatoire de musique, elle aurait déjà appris tout cela depuis longtemps, déchiffré couramment clé de *sol* et clé de *fa* en même temps pour laisser ses doigts virevolter sur un piano d'étude de quatre-vingt-huit touches. Mais, à l'auberge des Flandres, au bord de la grande route perdue dans les champs de colza en fleur, on ne se plaignait pas d'ignorer la clé de *fa* autant que la clé d'*ut*, car on ne manquait de rien, ignorant qu'il existait plus.

Lysiane, au contraire, avait tôt pressenti ce manque qui lui avait donné la sensation d'étouffer tel un poisson rouge dans son bocal, s'offusquant de devoir tourner en rond quand d'autres fréquentaient les eaux illimitées d'un océan d'espoir. Par chance, Jolene n'avait pas ces états d'âme et cheminait étape par étape, contente de tout ce qui s'offrait à elle. Libre dans sa chambre au balcon, libre d'écrire à l'encre rouge sur le carnet au point qu'elle avait dû en demander un nouveau, rouge lui aussi et parfaitement identique, pour empiler le récit de ses expériences quotidiennes. C'est là aussi qu'elle traçait des lignes de portées par-dessus les petits carreaux pour y marquer au fer rouge les notes de ses premières mélodies.

Durant les six mois au cours desquels sa mère partit en tournée, Jolene grandit autant en taille qu'en maturité. Par la force des choses, elle apprit à gérer le troublant sentiment de malaise qui s'emparait d'elle lorsque Lysiane la réclamait au téléphone. Elle appelait à l'improviste, quand elle pouvait, quand elle trouvait le temps. Très tôt le matin, en général, alors que la petite troupe s'oubliait dans le sommeil après une nuit de fête à rallonge. Dès qu'elle entendait le son de sa voix, Jolene se mettait à appuyer ses doigts un à un sur le pouce de sa main droite, comme à la maternelle. C'était son moyen de supporter la litanie qu'elle finissait par connaître par cœur et d'écouter, sans broncher, les demandes incessantes que Lysiane lui adressait.

— N'oublie pas de raconter à ta maîtresse et à tes copines que ta maman chante dans les plus belles villes du monde. Dis-leur que j'ai plein de succès et qu'on m'applaudit en me jetant des fleurs pour me remercier. Si tu voyais les immenses bouquets de roses que j'emporte dans ma chambre d'hôtel chaque soir ! Il n'y a jamais de vase assez grand pour toutes les garder, c'est incroyable, pas vrai ? Tu leur diras tout ça, promis ?

Et Jolene, consciente que son rôle était d'accéder à tous ses désirs, répondait sans ciller :

— Oui, maman.

Elle savait qu'il ne fallait la contrarier sous aucun prétexte, Jeanne le lui avait assez répété, mais jamais elle ne parla de sa mère à l'école pour autant. Honteuse de l'aplomb invétéré de sa mère absente, Jolene apprit à mentir à son tour.

— Alors qu'a dit ta maîtresse ? Et tes copines de classe ?

— Oh ! Elles trouvent que j'ai beaucoup de chance d'avoir une star pour maman !

— Et elles sont jalouses de toi, je parie ?

— Bien sûr, tu penses ! Surtout quand je leur ai annoncé que j'allais te rejoindre pour les vacances et venir sur scène avec toi pendant le concert que tu donneras à Varsovie. Papy m'a montré cette ville sur le planisphère. C'est en Pologne. Tu m'achèteras des poupées gigognes ?

La mère avait pesté avant de répondre :

— Qui t'a dit de pareilles sottises ? On ne va pas en Pologne et il n'y a pas de place pour les enfants dans notre camping-car.

— Je croyais que tu dormais à l'hôtel ? Dans des cinq étoiles avec des robinets en or, c'est ce que tu m'as dit !

— Oui, oui, c'est tout à fait ça ! Bien sûr. Le camping-car, c'est pour les manouches, pas pour les artistes comme nous !

Jolene avait eu le malheur d'utiliser le mot « saltimbanque » pour qualifier le groupe de Bob, et Lysiane s'était mise à hurler comme la sirène de midi le premier mercredi du mois. D'un geste brusque, Jolene avait écarté le combiné de son oreille et laissé ses doigts rebondir sur son pouce pour supporter la crise. Elle réfléchirait mieux avant de parler, à l'avenir… Une fois la colère écrasée par un amas de rectifications aussi farfelues les unes que les autres, Jolene avait annoncé à sa mère qu'à l'école tout le monde l'appelait *Jolène*, sans la prononciation anglaise de la lettre initiale, depuis son passage en CM2.

— Qu'est-ce que tu dis ? On t'enlève tout le charme et l'originalité de ton prénom ! Demande à ta grand-mère d'aller voir ta maîtresse pour qu'elle se corrige.

— C'est un maître ! Il est âgé, mais très sympa. Et puis *Jolène*, c'est un peu comme Mylène. Tu sais ? La chanteuse avec ses longs cheveux roux en palmier sur sa tête. Tante Suzanne vient de m'offrir son CD, *Innamoramento*. C'est beau, comme mot, j'adore ! J'ai tous ses disques, je te les montrerai quand tu reviendras.

Lysiane faillit s'étouffer, éructant son amertume dans la cabine téléphonique d'une ville paumée de Poméranie allemande, réclamant Jeanne avec la ferme intention d'interdire cette musique insupportable aux paroles incompréhensibles qui ne pouvaient que nuire à l'équilibre mental de sa fille. La preuve, elle se réjouissait d'entendre son prénom dénaturé ! Jeanne nuançait, rectifiait, promettait que les albums en question seraient mis sous clé en serrant la main de Jolene qui blêmissait à l'idée d'être privée de ses disques. De temps en temps, Jeanne lui lançait un clin d'œil complice et la petite comprenait que de nouveaux mensonges allaient s'inviter dans la paisible auberge des Flandres.

Grâce à l'absence prolongée de Lysiane, les cheveux de Jolene commençaient à atteindre ses épaules et à s'épaissir, si bien qu'elle avait l'impression d'avoir une crinière sur la tête pour la protéger, une perruque d'ébène qu'elle rêvait de teindre en rouge pour être raccord avec son écriture. Parce que, depuis le bouquet de stylos rouges et les premières pages du carnet, Jolene écrivait de cette couleur dès qu'elle en avait l'occasion. Pas un mot qui ne soit rouge. Comme les cerises qu'elle pendait à ses oreilles au début de l'été, comme les rosiers qui longeaient le bourloire et comme les cheveux de Mylène sur la couverture d'*Ainsi soit je* où la chanteuse console un pantin triste qui lui rappelle « Le Clown » de Giani Esposito.

— Ton maître est un âne et Mylène Farmer une dévergondée. Je te préviens, si tu continues à avoir si mauvais goût, je te mets en pension dès que je reviens de la tournée.

Lysiane avait tenu à dire un dernier mot à sa fille avant de raccrocher et Jolene avait pris le combiné des mains de Jeanne en tremblant.

— Compris ?

— Oui, maman.

Comprendre était peut-être un bien grand mot pour une fillette de cet âge, mais s'adapter était envisageable. Aussi, Jolene cessa-t-elle définitivement d'aborder sa vie et ses goûts musicaux avec sa mère. Elle alla même jusqu'à renoncer à lui parler tout court, se contentant d'un monosyllabe atone pour acquiescer et satisfaire ses moindres caprices. Tant que sa mère était loin, l'impact sur sa vie lui semblait très réduit, car ses grands-parents redoublaient d'efforts pour la mettre en confiance et lui donner tout l'amour dont Lysiane était incapable. Et lorsqu'il lui arrivait de ressentir de la tristesse, elle se réfugiait dans sa chambre et se mettait à écrire ses états d'âme pour s'en libérer.

Bientôt, lorsqu'elle entra au collège, Jolene remplaça les carnets par des cahiers, à pages blanches cette fois, plus adaptés aux partitions qu'elle se plaisait à composer, le soir, après la classe.

Seule avec son clavier désormais posé sur un pied amovible, elle entrait en vibration. Ses doigts se plaquaient pour trouver les quelques accords qui porteraient la mélodie que sa main droite viendrait bientôt improviser. À gauche, elle plongeait dans les abysses, à droite, elle tournoyait au-delà des cimes. Toujours suspendue en équilibre, tendue sur la ligne d'horizon. L'émotion restait proche de celle des *Quatre Saisons* ; un grand frisson avant de décoller pour planer sans limites. Et dans la gravité sombre des notes profondes, la respiration s'étiolait, portant le corps dans les recoins des couches subaquatiques, là où le son résonne à des fréquences que l'instinct seul perçoit. Elle n'était qu'une, transportée et ailleurs, en quête d'un bel accord que le hasard offrirait à sa main encore petite, si bien que l'air s'inventait au gré de ses fantaisies les plus brutes, sauvages et dépourvues de règles, absolument libres. Nul cadre rigide, nulle ossature, juste quelques fondamentaux que l'école de musique distillait sans rigueur, en dehors de toute compétition.

Pour Jolene, la musique se résumait à un plaisir simple, spontané comme la cueillette d'une fleur sur le bord d'un chemin. Ce n'était rien de plus que boire ou manger, rien de plus que respirer. C'était naturel. Normal et sans histoire. Elle ne cherchait pas, comme sa mère le faisait lorsqu'elle était enfant, à se faufiler sous la chaise de l'oncle pour l'écouter jouer de l'accordéon. Sa tanière lui tenait lieu d'univers familier plus que de royaume. Elle était ce genre de fillette assez autonome pour passer inaperçue. Sans vouloir être la première, elle avait de bonnes notes et sortait même du lot à l'école de musique où elle semblait en savoir plus que ce qu'on lui avait appris parce qu'elle avançait toute seule et à son rythme, prenant appui sur les livres que ses professeurs lui fournissaient. Dans les petites villes, sans magasins spécialisés, le professeur apportait les livres dans un carton et les distribuait contre un chèque ou un billet. Jolene revenait avec ces pages toutes neuves dans son sac et, après les avoir dévorées en quelques heures, rangeait soigneusement le livret dans la niche sommitale du secrétaire avant de faire coulisser la vitre à onglet.

Finalement, aucun album ne fut jamais enregistré. Lysiane avait pourtant tout tenté pour que le projet aboutisse, se permettant de relancer elle-même l'agent du groupe par des appels récurrents. Lorsqu'elle comprit que les flatteries et les minauderies ne menaient à rien, elle haussa le ton et se montra plus pressante pour obtenir des réponses. Elle se mit à vociférer, enfermée dans une cabine téléphonique plantée au milieu d'un terrain vague. Elle hurlait tant et si fort qu'elle ne s'aperçut même pas que l'agent lui avait raccroché au nez. De rage, elle était retournée au pas de course au camping-car, ses talons se gondolant sur les gravillons. Elle le traitait encore de tous les noms, passant ses nerfs sur la vaisselle en plastique qu'elle envoyait valdinguer à travers la caravane, lorsque Bob poussa la porte en tôle.

— Pourquoi tu hurles comme ça en pleine journée ? demanda-t-il avant de s'avachir sur la banquette.

Ils étaient arrivés en Bavière deux jours plus tôt et s'étaient installés à proximité d'une salle polyvalente flambant neuve. Le soleil qui illuminait la région les avait réconfortés. La route rythmait leur vie depuis une demi-année, de sorte que la fatigue devenait pesante, accentuée par la tension de plus en plus palpable dont Lysiane était le catalyseur.

En traversant le centre de Nuremberg, lassés des salles de seconde zone, ils s'étaient pris à rêver de jouer dans le célèbre Staatstheater dont la façade Art nouveau arborait une statue flamboyante. Lysiane avait alors localisé leur destination sur la carte, à cinq kilomètres du cœur de la ville, dans une banlieue résidentielle qui s'était offert le luxe d'une salle qui servirait à tout. Cent places au maximum, des chaises pliantes et un carrelage basique. Les trois clampins s'étaient retrouvés sur une estrade trop haute, perchés comme des échassiers dans un parc animalier. L'accueil avait pourtant été chaleureux. En anglais. Le directeur des associations était enchanté d'inaugurer sa nouvelle scène avec des musiciens français en tournée dans toute l'Europe. Lysiane s'était félicitée une fois encore d'avoir bien étudié l'anglais au collège pour faire l'éloge du groupe baptisé Triade tout en prenant soin d'accentuer le mérite de Bob dont la voix de bronze galvanisait les foules. Elle fit son effet, avec ses pendants d'oreilles à fleurs et ses boucles blondes cascadant sur sa poitrine. Rayonnante, elle jouait l'imprésario pendant que les garçons mimaient un enthousiasme contrefait. La soirée avait été décevante, comme les précédentes, achevée dans le premier bar qu'ils avaient trouvé.

— Qui t'a permis d'appeler Brunet ? s'indigna Bob.

D'un air de triomphe, elle se posta face à lui, prête à en découdre pour le sortir du déni dans lequel il s'était réfugié.

— Il n'y aura pas d'album. La tournée est minable, jamais plus de trente personnes, aucun journaliste, aucun article, aucune pub. Rien ! Tu comprends ? Brunet vous a lâchés ! Il m'a même raccroché au nez, figure-toi.

— À qui la faute ? T'as pas honte de passer pour une hystérique et de mettre ton grain de sel partout ?

— Et toi, ça ne te dérange pas de te faire balader ? Ton disque, tu peux l'oublier.

— C'est déjà fait ! Brunet n'est pas magicien, que je sache. Inutile de le traiter comme un chien. On pédale dans la semoule, bien sûr. Personne ne nous connaît, donc personne ne vient nous voir. Rien de plus normal. Il faut du temps, de la patience et du travail. Tu peux comprendre ça ?

Ils en étaient à la cinquantième date de concert et il leur restait à arpenter l'Italie. Bob attendit le retour de ses deux musiciens pour s'éclipser sans inviter Lysiane à les accompagner. Sur le chemin qui devait les mener dans un bar, ils firent un stop dans une cabine téléphonique et appelèrent leur agent. Bob tenait la porte vitrée d'une main et le combiné de l'autre. Les deux autres écoutaient la conversation de l'extérieur, le regard fixé sur le chanteur. Par chance, Brunet fit court sur son altercation avec Lysiane.

— Oh, un simple malentendu. Le ton a monté, mais bon...

Bob était désolé, vraiment désolé. Il n'y avait pas de quoi, avait soutenu son interlocuteur, ravi de leur annoncer qu'il leur avait trouvé d'autres contacts, d'autres dates, d'autres salles pour jouer dans les mois à venir.

— Et l'album ? avait osé Bob après avoir exprimé une reconnaissance polie.

— Pour l'instant, *nada*, avait conclu l'agent, je suis désolé. Je n'arrive pas à caser votre musique. J'y travaille, je vous le garantis, mais le réseau est saturé. Il y a déjà trop de grosses pointures sur le marché, alors...

Brunet avait l'art de refuser sans blesser, d'ajourner tout en maintenant une touche d'espoir.

Résigné, Bob avait conclu en admettant qu'ils avaient tous trois bien conscience d'être loin des objectifs qu'ils s'étaient fixés, mais que l'essentiel était de se produire afin d'avoir l'opportunité de se faire repérer un jour. Brunet avait abondé dans son sens, persuadé que le succès venait toujours quand on s'y attendait le moins.

Quelque peu désabusés, les musiciens avaient noyé leur dépit dans une tournée de bières pendant que Lysiane peaufinait sa manucure sur la table amovible du camping-car, un casque sur les oreilles. Une fois ses ongles couverts de deux couches de grenat brillant, elle se sentit seule dans sa maison ambulante et pensa à Jolene. Un enfant, au moins, c'était sûr, pas comme un mec. Ça ne bougeait pas et ça restait à soi. Dans son baladeur, la bonne vieille cassette de Dolly Parton avec l'indémodable « Jolene » dont elle ne s'était jamais lassée. Elle aimait cette façon d'avaler les syllabes et de faire swinguer les mots. Tout ce qui manquait à Triade. Si Bob avait accepté de composer en anglais comme elle le lui avait si souvent répété, nul doute qu'ils auraient enfin connu le succès. Parfois, elle se disait que si elle avait chanté à la place de Bob, qui sait… S'ils lui avaient fait confiance, les choses auraient peut-être tourné autrement. Ce soir-là, à force d'écouter le tube de Dolly, elle finit par croire que c'était sa propre voix qui résonnait dans la cellule de la caravane. Elle en était sûre, persuadée. Et quand le trio rentra à grand bruit au milieu de la nuit, elle lui ouvrit la porte, suppliante comme un petit oiseau réclame la béquée pour grandir et espérer s'envoler un jour.

— Laissez-moi chanter avec vous, c'est notre dernière chance de décoller et je sens que ça va marcher !

L'alcool les avait rendus euphoriques, débridés et passablement excités. Ils partirent d'un grand rire et s'approchèrent de Lysiane, les mains baladeuses et l'œil oblique.

— Calmez-vous, ordonna-t-elle, sur le qui-vive.

Soudain revenue à la réalité, seule avec ces trois hommes ivres, elle prit peur, oubliant un instant tous ses rêves de gloire.

— Bob, fais quelque chose, ne leur permets pas de me coller comme ça !

Mais le chanteur laissa ses acolytes tourner autour de sa belle et se jeta sur le réfrigérateur où il attrapa une bouteille de vodka dont ils avalèrent chacun une gorgée à même le goulot.

Lysiane essayait de tenir les musiciens à distance avec la foudre de ses yeux et une flopée d'insultes dont l'effet fut à l'opposé de ses intentions.

— Arrête de nous prendre la tête et amuse-toi un peu, lança Bob, les lèvres déformées par un rire enivré. Ça manque de filles dans ce trou paumé. Tu peux bien faire un effort pour une fois, allez, c'est juste pour rigoler…

Prise à la gorge, Lysiane brandit ses longs ongles rouges tout en reculant jusqu'à culbuter sur la banquette. Le pianiste tenta une approche dont il ressortit la joue éraflée, le batteur reçut le même traitement sous le regard moqueur de Bob qui se régala de la scène.

— Tu les vires maintenant ou c'est moi qui pars, menaça-t-elle en glissant vers la porte d'entrée.

— Personne ne t'oblige à rester. Tu joues le jeu ou tu te barres ! À toi de décider.

Les deux musiciens revinrent à la charge malgré les griffures qui tailladaient leurs joues. De rage, elle leur balança un coup de pied et virevolta jusqu'à la porte où elle s'efforça, une dernière fois, de raisonner son amoureux, son amour, son unique, celui qu'elle aurait pu aimer toujours s'il s'était appelé Fred Solange.

Bob avala une autre lampée de vodka, aborda Lysiane la bouche avinée et laissa courir ses mains sur ses seins en la plaquant contre le mur.

— Pauvre type ! Tu me dégoûtes ! tonna Lysiane, les cheveux défaits.

D'un geste vif, elle le repoussa et il alla s'affaler sur la banquette avec ses deux partenaires.

— Alors, si j'ai bien compris, tu prétends vouloir chanter avec nous ? ironisa le batteur.

— Va falloir te détendre, ajouta le pianiste en s'essuyant la joue avec un Sopalin.

— Eh bien, vas-y, montre-nous ce dont tu es capable ! On t'écoute ! la pressa Bob en posant la bouteille sur la table.

— Ouais, ben espérons qu'elle soit plus ouverte pour ça que pour le reste, sinon on est mal barrés ! renchérit le batteur.

— Au pire, elle peut toujours te refaire le portrait ! s'exclama le pianiste en secouant le morceau d'essuie-tout taché de sang.

Un chahut de rires envahit le camping-car tandis que la bouteille de vodka se remettait à circuler de main en main pour souder le groupe et le propulser dans un monde parallèle où rien n'était plus pris au sérieux. Surtout pas Lysiane.

Aucun d'entre eux n'avait la moindre envie d'entendre sa voix.

Ils étaient trois loques sur la banquette, trois âmes perdues que l'alcool attise et rend aussi bêtes que des gosses qui miment l'ivresse pour se sentir importants.

Elle était seule, adossée à la porte. Seule avec trois bras cassés qui la prenaient pour une jolie cruche depuis six mois. Bob avait choisi son camp et ce n'était pas le sien. Lorsqu'elle prit soudain conscience du pathétique de sa situation, Lysiane resta figée sur place, les bras ballants et le souffle court. Ça grondait à l'intérieur. Un orage si fort qu'il empêche la pluie de tomber et règle ses comptes à coups d'éclairs. Et comme si la foudre s'était abattue sur elle pour la mettre dans un état second, elle attrapa sa valise qu'elle bourra de ses vêtements, agrippa son vanity case où toutes ses affaires de toilette se trouvaient déjà rangées et emporta son sac à main. Elle avait beau s'agiter, personne ne semblait plus la remarquer.

— Lyzzie, amène une autre bouteille ! grogna Bob au moment où la porte claqua avec fracas.

— On dirait qu'elle s'est tirée, s'étonna le pianiste.

— Bon débarras ! conclut Bob en se levant pour aller chercher une autre bouteille de vodka.

Lourde et encombrante, sa valise lui donnait du fil à retordre. Son sac à main, elle l'avait mis en bandoulière, de sorte qu'il rebondissait sur son ventre à chacun de ses pas maladroits. Le vanity dodelinait à gauche. Dans l'épaisseur nocturne percée du halo des lampadaires, elle errait comme une ombre prise au piège. Où aller ? Vers qui se tourner ? Comment se débrouiller seule dans un pays étranger dont elle ne parlait pas la langue ?

Au milieu du terrain vague, elle repensa soudain au directeur des associations qui les avait gentiment accueillis à leur arrivée. Il habitait deux rues plus loin et elle ne connaissait que lui. Il était deux heures du matin quand elle souleva le heurtoir de sa porte qui brillait comme une étoile dans la nuit.

Un vieil homme en pyjama écossais traîna la savate avant de jeter un œil dans le judas. Ne voyant rien d'autre que du noir tant la nuit était avancée, il alluma la lumière extérieure et distingua les boucles blondes de la jeune Française qu'il pensait bien installée dans son camping-car.

— Ils ont trop bu, s'était-elle contentée de dire en anglais quand le retraité avait fini par ouvrir la porte.

Il l'avait invitée à entrer, lui avait offert un lit confortable et un petit déjeuner.

Trois jours plus tard, sans avoir prévenu personne, Lysiane déboulait à l'auberge des Flandres par l'autocar de seize heures.

Les vacances d'automne approchaient et la plaine se déclinait en une symphonie de couleurs dont le jaune, l'orange et le rouge formaient les mouvements. Jolene était rentrée tôt du collège et en avait profité pour aider son grand-père à ramasser les feuilles de l'érable qui dessinaient une rosace au pied de l'arbre. Munie d'une brouette miniature tirée par un manche, elle ramassait les feuilles mortes à pleines mains, se délectant de leur senteur de terre humide. Un peu plus tard, ils avaient taillé la haie de rosiers le long du bourloire. Pierre coupait les branches au sécateur avant de les tendre à Jolene qui, de ses mains gantées, les empilait dans sa brouette, prenant soin de récupérer les dernières roses pour en faire un ultime bouquet avant l'hiver. En fin d'après-midi, Jeanne lui avait préparé un chocolat chaud et avait bu un café pour passer un moment en sa compagnie avant de retourner au restaurant. Le jeudi, c'était carbonade flamande pour tout le monde. En semaine, un plat unique était désormais au menu chaque soir pour alléger la charge de travail de Jeanne qui se plaignait parfois d'être fatiguée. Pierre lui avait proposé d'embaucher une apprentie pour la soulager, mais Jeanne avait préféré réduire la carte et fermer les deux premiers jours de la semaine plutôt que le jeudi. C'est ainsi que la flamiche au maroilles était devenue le plat rituel du mercredi, la carbonade flamande celui du jeudi et le potjevleesch le régal du vendredi. L'auberge n'en avait pas désempli pour autant. Ce qui ne changeait pas, c'était l'extraordinaire variété des desserts.

Avant de s'échapper du restaurant, Jeanne avait fait cuire de la pâte dans son appareil en fonte pour remonter à sa petite fille une gaufre toute chaude nappée de sucre glace sur une assiette en porcelaine. Jolene l'avait mangée de bon cœur, mise en appétit par ses travaux de jardinage, les yeux fixés sur le bouquet de roses qu'elle avait installé au centre de la table. Après ce moment de calme durant lequel la famille avait parlé du jardin, elle avait rejoint sa chambre à toute allure, portée par un petit air qui tournoyait dans sa tête, inspiré par la nature et les plaisirs simples qu'elle venait d'éprouver.

Elle s'était assise au clavier et la musique était venue immédiatement. Une mélodie épurée, répétitive et hypnotique qui berçait Jolene pour mieux l'emporter dans un état de transe. Là, elle n'était plus elle-même, mais devenait l'oiseau, l'arbre et la fleur, le souffle du vent ou la caresse d'une goutte de pluie sur le bout de son nez. Elle se sentait libre, quasi illimitée, propulsée au-delà des murs de sa chambre pour déployer les ailes qu'elle sentait pousser dans son dos. Elle se voyait végétale, vêtue de vert, tourbillonnant comme une libellule au-dessus des eaux d'un étang. Parfois, elle vibrait, tremblait des pieds à la tête, envahie par le *leitmotiv* que ses doigts répétaient *ad libitum*. Elle avait appris ces termes à l'école de musique, mais ne les appliquait pas à ses compositions. Elle cherchait la musique comme les animaux rôdent à l'instinct. Sans règles, mais tout à leur mémoire.

Quand la frénésie de ses mains se calmait et qu'elle revenait à la réalité, Jolene restait silencieuse devant les touches bicolores, inclinée en avant. Elle était comme Marie recevant la parole de l'ange dans l'*Annonciation de Cortone*, les mains sur la poitrine et le visage offert, servante d'une inspiration divine qui s'invitait en elle par le plus grand des mystères.

Dans un pur silence, elle savourait cet instant de grâce puis, retirant doucement ses mains jointes sur son cœur, elle se levait pour se mettre au bureau où, troquant le clavier contre son stylo rouge, elle remplissait les lignes de portées.

Sur la partition, pas de titre, mais une lettre. Elle archivait ses mélodies comme un alphabet, espérant que le mélange des airs finirait par former un langage codé, dont elle seule détiendrait la clé.

Hors du temps, elle divaguait à l'écriture, la main sous la lampe, absorbée par les notes qui, comme des fourmis écarlates, avançaient en farandole sur des rails immuables.

Les cheveux mi-longs coiffés à la diable, elle en était à la lettre L. C'était donc la douzième partition sur son carnet. Celle qui, faisant écho au dernier mois de l'année, lui donnait des ailes ; mais, pour bien voler, encore fallait-il en avoir deux, alors elle décida que le morceau suivant porterait la même lettre pour garantir son équilibre.

Il n'y eut pas de morceau suivant sur ce carnet-là pourtant.

Alors qu'elle rabattait le plan incliné de son bureau, Jolene crut entendre la voix de sa mère hoqueter en bas des escaliers. Elle sursauta. Tourna la clé et tendit l'oreille.

Plus rien.

Elle s'accroupit pour sortir ses cahiers et ranger son cartable. Connaissant par cœur son emploi du temps, il lui était facile de trier ses affaires pour être sûre que rien ne manquerait le lendemain. Lorsqu'elle attrapa son sac par la lanière pour le poser sur sa chaise, la voix de sa mère résonna à nouveau. Un long appel suraigu dont elle doutait que son clavier numérique soit capable. Bientôt, il lui faudrait un autre piano, pensa-t-elle. De ces beaux pianos en bois qui se tiennent droit comme des victoires et dont on peut relever le couvercle et ôter la table d'harmonie pour libérer le son. Un piano disposant d'un pupitre qui maintenait les partitions, lui évitant de les laisser glisser sur les touches. Sacrifice de la grâce. Elle avait vu cela à l'école de musique, dans la salle d'orchestre dont le plafond était recouvert de boîtes d'œufs. Le piano ouvert, les marteaux à nu et la barre de repos au-dessus. Elle avait observé les cordes qui se croisent comme les lignes des frises que la maîtresse lui demandait de dessiner autrefois entre la date et le premier exercice. Elle aurait voulu toucher, sentir, explorer la langueur d'une touche blanche et la confronter à la nervosité d'une touche noire. Des gammes que l'on répète inlassablement sur ces engins de luxe, une méthode rose sur le pupitre, elle ne connaissait rien ; mais elle aurait pu se débrouiller et improviser pour s'envoler. Aux yeux des spécialistes, la petite se serait réduite au pauvre Icare qui se jette de la falaise avec ses ailes de cire et de plumes, mais pour elle, le plaisir était absolu. Elle n'avait besoin de jouer ni Bach, ni Mozart, ni Chopin pour se sentir libre.

Après le *contre-ut* resté lettre morte, Lysiane lança un autre cri strident qui scia en deux le prénom de sa fille. Jolene se précipita à la porte, l'ouvrit et se faufila dans le couloir où, en quatre bonds de chèvre, elle se retrouva au sommet de l'escalier, la main droite posée sur la rampe et le bout des orteils agrippé à la marche. En bas, sa mère continuait à hurler en lui tournant le dos.

— C'est toi, Lili ? Je croyais que tu étais en Italie.

— Appelle-moi maman, une bonne fois pour toutes. Descends immédiatement et tâche de te déboucher les oreilles, il y a un quart d'heure que je t'appelle !

L'escalier, fraîchement ciré, était en chêne et Jolene le descendit les pieds nus en se tenant à la rampe pour ne pas glisser. Sa mère lui fit signe de la suivre sans l'embrasser.

— Viens là, toi, j'ai à te causer, ordonna-t-elle perchée sur les mêmes talons que ceux qu'elle portait le jour où Jolene l'avait vue pour la dernière fois.

Dans le salon, elle découvrit la valise et le vanity vert qui contenaient les affaires de sa mère. Lui avait-elle apporté des vêtements pour jouer à la poupée ? Avait-elle, une fois encore, l'intention de la coiffer ?

D'un geste nerveux, Jolene releva ses cheveux pour qu'ils paraissent moins longs. Presque six mois d'absence n'avaient pas suffi à lui prodiguer la chevelure dont elle rêvait que déjà sa mère revenait, menaçant de lui ôter sa beauté naissante.

Mais Lysiane n'était pas venue pour cela.

À peine arrivée, elle avait appelé sa fille sans signaler sa présence à ses parents qui s'affairaient à l'auberge. Pour elle, tout était clair à présent. Elle avait eu le temps de réfléchir dans le train cahotant. Et puis surtout, elle crevait de faim. Le voyage avait été long, difficile, éprouvant. Ses bagages étaient lourds, ses souliers mal adaptés et ses boucles avaient disparu.

Dans d'autres circonstances, le soir, Jolene descendait à la cuisine du restaurant pour dîner près de sa grand-mère. Elle ne mangeait pas forcément les plats au menu, préférant une tartine de pain grillée, du fromage, quelques légumes, une crêpe, une gaufre ou un simple fromage blanc pour terminer le repas.

Ce soir-là, Lysiane descendit avec elle et s'installa en bout de table à côté de sa fille comme elle le faisait quand elle était enfant.

Jeanne faillit s'évanouir en la voyant.

— Mais tu es de retour ?

— C'est toute la joie que ça te donne ! répliqua Lysiane en concluant son exclamation d'un reniflement ironique.

Au comble de la surprise, Jeanne ne réagit pas tout de suite. Elle commença par ôter son tablier avant de s'approcher de sa fille pour l'embrasser, mais Lysiane détourna son visage, se leva et alla s'adosser au mur, les bras le long du corps.

Jeanne jeta une œillade complice à Jolene qui semblait aussi bouleversée qu'elle par le retour inopiné de la chanteuse dont le voyage était censé durer encore plusieurs semaines. D'après ce qu'elles avaient compris, Lysiane avait prévu de s'offrir ensuite quelques jours de vacances sur la Côte d'Émeraude en Sardaigne, seule avec Bob, pour fêter le succès et la fin de la tournée. C'est ce qui avait été annoncé lors du dernier coup de fil, passé à la hâte le samedi soir précédent, cet appel imprévisible que Jolene avait manqué, car elle avait été invitée chez une copine. Jeanne avait dû laisser sa cuisine en plan pour courir répondre à Lysiane qui réclamait de lui parler sur-le-champ, car elle risquait de ne pouvoir la joindre avant un moment. « Comment ! s'était-elle indignée dans la cabine téléphonique d'une aire d'autoroute du sud de la Poméranie. Tu la laisses dormir chez n'importe qui ? »

Pour contrer l'attaque, Jeanne avait expliqué qu'il s'agissait de la fille de la voisine qui avait la gentillesse d'emmener Jolene toutes les semaines à l'école de musique et que rien ne pouvait lui arriver avec des gens aussi charmants si ce n'est d'être heureuse et de s'amuser comme toutes les collégiennes de son âge devraient pouvoir le faire. Lysiane avait serré les dents. *Avait-elle eu des amis, elle ? Avait-elle eu le droit d'aller dormir ailleurs que dans sa petite chambre sans balcon ?* Étouffant ses pensées, elle avait voulu avoir le dernier mot et, d'un ton cassant, avait affirmé qu'elle préférait savoir sa fille occupée à étudier dans sa chambre plutôt qu'à faire une soirée pyjama en dehors des vacances. Alors, comme par miracle, la liaison avait été coupée et, pour être sûre que sa fille ne pourrait pas la joindre à nouveau, Jeanne n'avait pas raccroché le téléphone. Elle en avait assez entendu et les silences de Lysiane étaient éloquents. Accorder à Jolene ce qu'elle n'avait jamais daigné proposer à sa fille était une grave erreur, elle le savait, mais les temps avaient changé, sans compter qu'elle n'était plus la même et n'assumait pas vraiment le même rôle. N'avait-on pas le droit d'évoluer, de décider de faire autrement, sans s'attirer des torrents de reproches ? Ensuite, la tristesse l'avait envahie, comme à chacun de ses échanges avec Lysiane, une tristesse insidieuse et résignée, car Jeanne ne se sentait pas le droit de contredire les volontés d'une mère tout en sachant que sa lâcheté finirait par retomber un jour ou l'autre sur Jolene.

Pierre, quant à lui, refusait de cautionner les fantaisies de Lysiane. À ses yeux, elle était instable, insatisfaite et imprévisible, si bien qu'il s'était fait fort que Jolene ne lui ressemble en rien. Pour cela, il s'occupait beaucoup d'elle, allant jusqu'à l'initier au ponçage et au vernissage de ses engins volants. Avec sa petite-fille, il agissait à l'inverse de ce qu'il avait fait avec sa fille, la complimentant et l'encourageant à longueur de journée.

Repoussée par Lysiane, Jeanne retourna à son fourneau et remua la carbonade flamande à l'aide d'une longue cuillère en bois. Jolene se demandait si ses cheveux étaient assez relevés pour paraître plus courts pendant que Lysiane hésitait à prononcer les paroles qui lui brûlaient les lèvres.

Le silence fut rompu par l'arrivée de Pierre qui, avec son enthousiasme spontané, réclama trois carbonades supplémentaires, en poussant des deux mains la porte western. Quand il vit sa fille avachie contre le mur, sa réplique partit comme la cartouche d'un 22 long rifle.

— Qu'est-ce que tu fais là, toi ?

— Bonsoir, papa, dit-elle lentement de son sourire en coin.

Lui ne chercha pas à l'embrasser. Il n'y avait pas pensé.

— Tu ne devrais pas être en Italie ?

— Mes plans ont changé.

Maintenant il ne s'agissait plus seulement de cacher ses cheveux qui avaient poussé, mais de se faire intégralement oublier afin d'écouter la conversation sans risquer d'être renvoyée dans sa chambre. Jolene se laissa donc glisser sous la table et se terra à quatre pattes contre le mur. Jeanne aperçut la manœuvre et s'adressa à sa fille pour détourner son attention.

— Alors, ma chérie, que nous vaut ta présence ce soir ? Quelle joie de te revoir !

Lysiane fit la moue, dubitative. Incapable de croire que sa mère pouvait, ne serait-ce qu'un instant, se réjouir de son retour quoique ce fût pourtant le cas.

— Je suis venue chercher Jolene.

— Mais les vacances ne tombent que dans dix jours ! Tu vas lui faire manquer les cours alors qu'elle vient d'entrer au collège !

— Pas du tout, je compte l'inscrire à Lille dès la semaine prochaine. Je ne l'emmène pas en vacances, je l'emmène avec moi.

Sous la table, Jolene se boucha les oreilles par réflexe. Comme si le fait de se rendre sourde pouvait effacer les paroles qu'elle venait d'entendre. Jeanne laissa tomber la cuillère par terre et plaqua sa main droite contre son cœur, la respiration coupée.

— Tu ne vas tout de même pas nous faire ça !

— Oh que si et c'est pour le bien de la petite, posa-t-elle comme une sentence.

— Et depuis quand te soucies-tu du bonheur de ta fille ? s'enquit Pierre en attrapant la main tremblante de Jeanne. Tu ne l'appelles jamais, tu critiques absolument tout ce que nous faisons pour elle, tu disparais avec le premier venu et tu voudrais, après tout ça, l'emmener avec toi sur un coup de tête ?

— On part dès demain. J'ai loué une voiture et La Madelon est d'accord pour nous héberger toutes les deux en attendant que je trouve un appartement près du Conservatoire. Je vais y inscrire Jolene pour qu'elle soit armée dans la vie, contrairement à sa pauvre mère.

D'un pas énergique, Lysiane plongea sous la table, attrapa Jolene par les cheveux et la traîna sur le sol comme une bête.

— Lève-toi et ouvre grand tes oreilles. Sans diplômes et sans recommandations on n'est rien. Rien de plus qu'une potiche à côté d'un homme qui fait le beau, mais qui finit quand même par se casser la gueule s'il n'a pas assez de talent. C'est le cas de Bob ! Toi, tu as du talent et tu réussiras ! Tu seras ma revanche et ma victoire sur tous ces mecs qui m'ont menée par le bout du nez parce que j'ai grandi comme une idiote dans un trou paumé.

— Tu ne peux pas faire ça, l'interrompit Jeanne. Jolene est attachée à nous, elle a ses habitudes au collège, à l'école de musique, elle a sa chambre et des amis. Tu n'as pas le droit de la priver de tout cela du jour au lendemain.

— Elle s'adaptera. C'est comme ça. Je ne vous demande rien de toute façon. Je suis sa mère et je décide. Elle aura un vrai piano, de vrais cours avec un vrai professeur et elle entrera au Conservatoire…

— Il est où, mon père ? lança Jolene sans comprendre d'où lui venait cette idée soudaine, cherchant désespérément un autre appui, une sorte de *deus ex machina* qui surgirait du décor pour venir la sauver à l'instant même où tout semblait perdu.

Lysiane devint rouge écarlate et empoigna sa fille par les épaules en la fixant droit dans les yeux.

— Ton père… Ton père ? répéta-t-elle en montant d'une octave après une hésitation outrée. Il mène la grande vie pendant que je galère depuis des années. Alors, tu vois, celui-là, tu le laisses où il est, tu ne m'en parles plus jamais, mais tu te débrouilles pour réussir aussi bien que lui. Et pour ça, tu suivras mes conseils ! Compris ?

— Ne la secoue pas ainsi, je t'en prie, l'implora Jeanne dont la douleur à la poitrine était devenue si intense que sa voix n'était plus qu'une note étouffée sous le poids de la sourdine.

— Ta fille n'est pas une marionnette que tu peux manipuler à ta guise, réfléchis bien, s'il te plaît ! ajouta Pierre en un ultime recours.

— On partira demain matin. Jolene, va faire ta valise et laisse-nous discuter.

Sans ménagement, Lysiane poussa sa fille devenue molle comme une poupée de chiffon jusqu'à la porte battante, puis, d'un air de triomphe, répéta à ses parents ce qu'elle venait de dire, se gardant bien de préciser comment elle en était arrivée à interrompre sa tournée pour tout plaquer et décider, subitement, d'endosser son rôle de mère.

Trop abasourdis, Jeanne et Pierre ne purent émettre la moindre réserve sur l'irrévocable décision de leur indomptable fille. Dans ces moments-là, mieux valait se taire et courber l'échine plutôt que d'attiser une douleur qui préférait la politique de la terre brûlée à la sagesse du compromis. Lorsqu'elle en eut fini d'éructer tout ce qu'elle avait sur le cœur, Lysiane rafla une poignée de gaufres fourrées, prit congé et monta dans sa chambre où son lit était fait. Comme toujours.

Depuis trois nuits, elle s'était contentée de somnoler sur des fauteuils, agrippée à ses bagages, aussi avala-t-elle ses gaufres à la vanille avant de plonger dans le sommeil, grisée par l'odeur de paille du matelas de son lit de jeune fille.

Jeanne et Pierre auraient pu imaginer des stratagèmes de fuite pour Jolene ou de dissuasion à l'encontre de Lysiane, mais ils n'étaient pas de ceux qui combattent et s'opposent, même par l'esprit. Après avoir terminé le service comme si de rien n'était et lustré l'auberge plus que de raison, ils avaient dû se confronter à la réalité.

Résignés autant que dévastés, côte à côte sur le canapé, ils se serrèrent l'un contre l'autre et pleurèrent en silence jusqu'à ce que Jolene vienne les rejoindre sur la pointe des pieds, disant :

— Ne craignez rien pour moi. Tout se passera bien. Je vous le promets.

Dans la petite chambre, Lysiane dormait à poings fermés.

Bien sûr, elle avait du retard. Elle venait d'une petite école et sa mère était bien plus maquillée que les autres, mais la candidate, toute maladroite et peu sûre d'elle qu'elle était, perdue dans l'immense auditorium du Conservatoire, avait un je-ne-sais-quoi d'original qui retenait l'attention.

Quelques mois plus tôt, Lysiane s'était présentée au secrétariat pour enregistrer la candidature de sa fille.

— Je désirerais l'inscrire au cours de piano, avait-elle conclu après quelques questions liminaires, en désignant Jolene qui s'était assise à côté d'elle, sur une chaise pliante.

— Son niveau ?

— Elle suit des cours à domicile, alors je ne sais pas trop.

— Dans ce cas, les professeurs décideront lors de l'audition.

— Et que devra-t-elle jouer ?

— Un morceau du répertoire classique de son choix, mais si elle est retenue, sachez qu'il faudra également l'inscrire au cours de solfège. C'est obligatoire à raison de deux séances par semaine. Quant à la chorale, c'est facultatif.

— Je vois, je vois, acquiesça Lysiane, prenant soin de griffonner les informations sur la plaquette de présentation pour être sûre de les répéter correctement au professeur particulier.

— Son âge ?

— Huit ans. Ma fille a huit ans.

— Dix, maman, intervint Jolene dont les lèvres dessinaient un sourire voué à atténuer la maladresse de sa mère.

— Ah oui, c'est vrai, je confonds avec sa sœur ! Pardonnez-moi.

Jolene baissa la tête. Depuis qu'elle vivait avec sa mère, elle avait appris à ne plus s'étonner de ses mensonges, mais n'avait pas encore réussi à contrôler la sensation de malaise qui lui serrait la gorge chaque fois qu'elle se sentait complice de ses affabulations.

— Dix ans, c'est tard pour commencer le piano, j'espère qu'elle a déjà un solide niveau. Les places sont rares, ici. Au fait, comment t'appelles-tu ? demanda la secrétaire en se tournant vers la musicienne pour l'encourager malgré ses mises en garde.

Comme à son habitude, Lysiane vola la parole à sa fille, captant au passage le regard de son interlocutrice. Sa main, furtivement glissée sous la table, secoua le genou de Jolene qui, pressentant ce qui allait suivre, se recroquevilla sur elle-même comme un escargot rentre dans sa coquille.

— *Joline*. Elle s'appelle *Joline*, répéta Lysiane en lissant le *j* pour le faire sonner comme *jolie* plutôt que comme *jazz*.

Persuadée que la consonance anglaise du prénom de sa fille pouvait être un handicap pour intégrer une école aussi stricte que le Conservatoire, elle avait décidé de rectifier le tir, quitte à se renier un peu. Elle voulait mêler sa fille à ceux qui se tiennent le dos bien droit, tirés à quatre épingles et rompus à des rituels exigeants. Rien que pour enregistrer l'inscription de Jolene aux examens d'entrée, elle l'avait vêtue d'une robe blanche et de souliers vernis noirs. Elle lui avait tressé les cheveux avant de rouler la natte en un chignon serré par une résille sertie de strass. Ainsi, le Conservatoire avait-il eu la vertu de sauver les cheveux de Jolene, car, au fil des mois durant lesquels Lysiane avait erré aux alentours de ce lieu idéal, elle avait eu le temps d'étudier l'allure des petites filles qui, dans cet univers calme et feutré, rivalisent par la longueur de leurs cheveux autant que par leur talent.

— Et son nom de famille ? interrogea la secrétaire en s'adressant directement à la mère pour remplir son formulaire.

— C'est Joline Vermeulen. Je vous l'épelle, peut-être ?

Avec le plus grand sérieux, la mère exemplaire se mit à articuler chaque lettre de leur nom avec l'exagération typique des chanteuses qui d'un simple détail font un événement. Le dossier fut ensuite complété par les informations de rigueur et, à son grand soulagement, Lysiane put signer en bas du formulaire.

Elle écrivit son nom et le souligna de deux traits nets avant de remettre la feuille à la secrétaire. Jolene la regarda s'appliquer comme une fillette qui trace les lettres de son prénom pour la première fois. Un sentiment de honte la traversa de nouveau, une gêne sournoise qui la rendait vulnérable aux yeux des autres, comme si l'imposture se lisait sur son visage. Lorsque Lysiane eut terminé de signer, elle rendit le stylo à la secrétaire et se redressa fièrement sur sa chaise. Ensuite, elle attendit sans bouger, les mains croisées sur ses genoux, de recevoir les dates des auditions (solfège et piano) que la secrétaire gribouillait sur un carton estampillé du logo du Conservatoire.

Après avoir lu les annotations inscrites sur le carton à haute voix pour être sûre de ne faire aucune erreur, Lysiane posa une dernière question :

— Vous pensez qu'elle a des chances d'être prise, ma fille ?

Sa voix étranglée laissait deviner l'ampleur de son inquiétude, si bien que la secrétaire ôta ses lunettes, observa la candidate d'un air dubitatif et remarqua la posture faussement sage de la mère dont l'excès de maquillage trahissait le milieu social.

— Si votre fille a du talent, elle sera sélectionnée. Quant à toi, *Joline*, présente un morceau difficile et ne fais pas de fautes si tu veux être choisie.

Mère et fille inclinèrent la tête en signe d'approbation, puis Lysiane se leva et exécuta une petite révérence en disant au revoir à la secrétaire. Jolene fit de même, un ton en dessous, avant de passer devant sa mère pour traverser un long couloir jalonné de photographies en noir et blanc qu'elles n'osèrent pas regarder.

Dehors, la pluie tombait drue et Lysiane songea que sa mise en plis n'y résisterait pas, mais c'était sans importance.

Pour elle, le plus dur était fait.

Pour Jolene, c'était une autre histoire, car elle avait laissé sa musique chez ses grands-parents. Plus de clavier numérique, plus de cahiers à feuilles blanches pour tracer à l'encre rouge les portées qui lui donnaient l'envol.

Plus rien depuis son enlèvement.

La Madelon avait été gentille pourtant, lui offrant du papier, des trousses entières de crayons et des livres à foison pour lui faire plaisir. La petite était si triste… À peine arrivée, elle avait rejoint le collège du quartier, à quelques encablures du faubourg Saint-Maurice. Jolene s'y rendait à pied, son sac sur le dos, sans se plaindre, mais tremblante, ne connaissant personne pour la rassurer. À son retour, parfois, elle versait une larme et La Madelon la consolait. Drôle d'idée d'arracher une si petite fille à ses habitudes, à ses amis, à ceux qui l'avaient élevée depuis sa naissance… Elle savait que Jeanne et Pierre devaient être aussi désolés que l'enfant et, sans rien dire à Lysiane, laissait Jolene utiliser le téléphone autant qu'elle le voulait pour appeler ses grands-parents et sa meilleure amie. C'est à eux que Jolene pensait avant de s'endormir : elle se revoyait à l'auberge, au pied du héron dans la salle du restaurant ou dans le jardin avec ses gants, sa brouette à roulettes et son petit râteau. Elle se revoyait perchée sur les rondelles de cuivre du bourloire, penchée sur son clavier numérique, courbée sur son carnet rouge vif. Tout cela s'était évaporé. Du jour au lendemain, sa mère l'avait déplacée dans l'appartement de La Madelon où elle dormait sur le canapé du salon en compagnie du chat angora de la vieille dame. Parfois, cette dernière essayait encore de raisonner Lysiane. La petite était perdue en ville, seule et sans repères, mais Lysiane ne voulait rien entendre. Après avoir écouté aux portes, Jolene s'éclipsait, résignée, ne réclamant rien, mais n'appelant sa mère que Lysiane, quitte à supporter ses colères quand, fatiguée au retour du travail, elle traitait sa fille d'ingrate, en retirant ses bas.

— Tu sais ce que c'est de servir les gens toute la sainte journée ? répétait-elle pour se donner raison.

— C'est ce que font maman et papa et ils ne s'en plaignent pas.

— Ce ne sont *que* tes grands-parents et ils possèdent *leur* auberge. Ils ne sont pas forcés comme *moi* de ramper devant un patron et de s'user en sourires pour quelques sous de plus qui payeront *tes* leçons de musique !

Lorsque Lysiane forçait le trait sur certains mots, Jolene baissait les yeux. Elle aurait pu rétorquer qu'elle n'avait rien demandé, mais elle n'était ni contrariante ni rebelle et préférait se taire plutôt que de contredire sa mère officielle.

En quelques semaines, Lysiane était devenue si agressive que La Madelon n'avait plus supporté sa façon de parler à Jolene et lui avait demandé de trouver rapidement un logement. Bien sûr, elle avait invoqué une raison bien éloignée de la réalité, pour ne pas la braquer. Elle avait prétexté son état de santé, son diabète et la fatigue qui en découlait. Afin de faciliter les choses, elle avait signé un chèque qui correspondait à plusieurs mois de loyer et avait accepté de se porter caution pour Lysiane. Deux jours plus tard, mère et fille s'installaient dans un meublé de trois pièces, rue de Rennes, au quatrième étage d'une demeure située à cinq cents mètres de la brasserie *66*, où Lysiane n'avait osé retourner puisqu'elle en était partie sans prévenir. C'était une manière de vengeance pour elle. Partir. S'évaporer et espérer qu'on entendrait parler d'elle dans les journaux, à la télévision ou de bouche à oreille. Elle l'espérait tellement qu'elle croyait cela possible. Comme tout le reste.

Dans les premiers temps de sa soudaine installation à Lille, Jolene n'eut pas la moindre occasion de faire de la musique. Elle se mit donc à lire. Des livres qu'elle empruntait au collège, dans un lieu appelé centre de documentation et d'information plutôt que bibliothèque, ce qu'elle ne comprenait pas. Malgré tout, elle y trouvait de quoi s'occuper après les cours, car les devoirs étaient vite faits et le temps lui semblait long. Bientôt pourtant, elle cessa d'être triste et de pleurer, et trouva toujours le moyen d'appeler ses grands-parents sur le chemin du collège, dans une cabine téléphonique. La Madelon lui avait fourni des cartes, beaucoup de cartes pour tenir le temps de revoir Jeanne et Pierre, mais ces derniers la rappelaient toujours au numéro indiqué dans la cabine. Plutôt que de se plaindre et de se lamenter durant ces conversations, chacun préférait raconter sa journée, rêvant de ce qu'ils feraient ensemble quand ils se retrouveraient, sans jamais faire allusion à une quelconque date. À défaut de se voir, ils s'embrassaient longuement par des mots tendres remplis d'une affection débordante. Jeanne taisait sa fatigue, Jolene son chagrin, Pierre sa révolte, faisant de Lysiane un sujet tabou pour se donner l'illusion que rien n'avait changé.

En secret, Jolene s'inquiétait du nouveau changement qui l'attendait, car le collège du quartier Saint-Maurice était trop éloigné maintenant qu'elles avaient emménagé dans le centre. C'est dans un établissement huppé, où elle avait senti d'emblée le fossé qui la séparait des autres élèves, qu'elle allait échouer sans avoir son mot à dire. Coupée, une fois de plus, des récents repères qu'elle avait tant bien que mal su se fixer.

Au bout d'un mois passé dans le trois-pièces où Jolene ne pouvait compter que sur elle-même, Lysiane rentra triomphante de sa journée de travail. Jolene préparait de la pâte dont elle ferait des crêpes, regrettant le gaufrier de Jeanne.

— Bonne nouvelle ! Je t'ai enfin trouvé un professeur de piano ! Et figure-toi que c'est ton professeur de musique au collège. Il accepte de te donner deux leçons par semaine et te laissera répéter dans sa salle chaque soir après les cours. Je lui ai dit à quel point tu étais douée et combien il était important que tu passes le concours d'entrée au Conservatoire en mai prochain. Il a remarqué ta jolie voix en classe et il est prêt à t'aider pour pas cher. Tu es contente ?

Tout en faisant couler la pâte dans la poêle tapissée de beurre, Jolene prit le temps de réfléchir, mais sa mère la pressa de répondre.

— Alors, tu es contente au moins ?

L'adolescente hésita avant de se lancer. La crêpe cuisait à feu doux, mais elle la retira du gaz avant de trouver le courage d'affronter sa mère.

— Désolée, mais je n'ai plus envie de faire de musique. Il y a trop longtemps que je n'ai pas joué, je préfère lire maintenant.

Indifférente à la réponse de sa fille, Lysiane posa son sac sur la table de la cuisine, s'assit sur une chaise, ôta ses chaussures à talons et poussa de longs soupirs excédés.

— Tu vois ce qui t'attend, si tu fais ta mauvaise tête. Regarde les pieds de ta mère ! Rouges, gonflés, épuisés.

Elle retira ses bas et se massa les orteils en les faisant craquer avant de sortir quelques pièces de la poche de sa jupe qu'elle jeta négligemment sur la table.

— Regarde, Jolene. Quatre heures de courbettes pour dix euros de pourboires. Avant, j'en avais le double en une heure de temps, mais j'étais plus jeune et plus belle surtout. On me flattait, on me désirait. Je ne veux pas que tu sois obligée de quémander pour gagner ta vie. *Tu-me-coû-tes-cher-Jo-lene*, insista-t-elle en accentuant chaque syllabe. Tes cours me coûteront bien plus que toutes les pièces que j'accumulerai dans ma pitoyable carrière de serveuse, mais cela n'a pas d'importance, car tu réussiras, et après, tu me revaudras tout ça.

Jolene baissa la tête. Avait-elle bien saisi ce que sa mère venait de lui signifier ?

Elle avait compris la précarité, la dureté du travail, la dette qu'elle venait de contracter malgré elle et, d'une certaine façon, elle avait pitié de sa mère. Un éclat de lumière avait percé dans l'obscurité du laïus maternel : le professeur de musique du collège lui faisait confiance et s'engageait à lui donner de vraies leçons de piano, sur l'instrument en bois et sans prise électrique qu'elle avait passé son temps à admirer durant ses dernières heures de cours.

Sans broncher, Jolene se mit à préparer la pièce du répertoire que son professeur lui conseilla, note à note. Cinq mois ne seraient pas de trop pour apprendre à déchiffrer la clé de *fa* et coordonner ses doigts. Le temps filait, toujours trop court pour rattraper. À défaut de clavier chez elle, Jolene récupéra des bouts de carton qu'elle assembla en accordéon pour déplier un piano de substitution. Le soir, avant de s'endormir, elle s'entraînait encore. Sur le même morceau. Trop difficile, inaccessible, qu'elle travaillait mesure après mesure, cours après cours. En quelques mois d'exercices acharnés, ses doigts mémorisèrent la partition. L'unique partition qu'elle savait jouer.

Aussi, lorsque le jury, désarçonné par la prestation aléatoire de la jeune fille, lui demanda d'interpréter un second morceau de son choix, elle dévisagea les trois professeurs comme des extraterrestres surgis de nulle part ; puis, sans réfléchir et pour ne pas désobéir, elle déclara d'une voix grave que la rareté de ses paroles rendait âpre :

— Je peux vous jouer la lettre L, si vous voulez. Je ne connais que cette mélodie-là par cœur.

Le jury, curieux, demanda qui était le compositeur de ce morceau dont ils n'avaient jamais entendu parler. De l'air le plus innocent qui soit, Jolene leur répondit que c'était elle qui l'avait écrit, un soir après l'école, dans l'auberge de ses grands-parents.

Les interrogateurs étouffèrent un rire, mais, intrigués par la réplique de la candidate, ils prirent la peine de l'écouter.

— Allez-y, *Joline*, jouez-nous votre composition, nous sommes tout ouïe.

C'est alors que, dans le désordre émotionnel le plus total, la pianiste sentit la terre humide et le parfum des roses envahir ses narines et, comme chez ses grands-parents, elle se revit dans la chambre au balcon pendant que la musique courait au bout de ses doigts, dictée par un ange venu du ciel sous un plafond d'étoiles.

Elle laissa ses mains cavaler sur les touches blanches et noires, galoper et s'oublier, comme son âme sortait de son corps pour attraper la beauté.

Médusé, le jury la regarda vibrer sur le clavier tout en échangeant des coups d'œil circonspects.

— Mais elle sort d'où, celle-ci ? finit par demander l'un des professeurs.

— Du ciel, répondit la seule femme du groupe.

Elle a la musique dans la peau, mais son niveau est catastrophique, écrivit le troisième sur son cahier de notes.

Enfin, Jolene ôta ses mains du clavier et garda les yeux rivés sur l'immense couvercle du piano à queue, ensorcelée par la pureté des sons qu'elle venait d'entendre. D'un bond, elle se mit debout et sortit sans saluer, veillant à ne faire aucun bruit en avançant sur le parquet.

Lorsque la lettre arriva et que Lysiane déchira l'enveloppe pour connaître la décision, un orage grondait dans le ciel étriqué du centre-ville, mais le tonnerre ne frappa pas avec l'intensité du cri qui transperça l'appartement quand elle compris que sa fille entrait en premier cycle au Conservatoire de musique.

Survoltée, elle enfila ses plus beaux vêtements, doubla sa couche de maquillage et se parfuma plus que jamais. De son côté, Jolene lisait dans sa chambre dans la plus totale discrétion, indifférente au cri de Lysiane dont l'exubérance ne l'étonnait plus.

La porte claqua et aussitôt Jolene sortit de sa couette pour improviser sur son clavier imaginaire. Seule et libre dans l'appartement, elle oubliait tout, grâce à la magie des sons.

Jolene n'apprit ainsi la nouvelle que le lendemain, Lysiane étant partie sans penser à la prévenir. Cette dernière lui tendit le courrier en même temps que les pains au chocolat qu'elle avait achetés, pour la première fois, sur le chemin du retour au petit matin. Pour elle, la nuit avait été une fête qu'elle avait eu à cœur d'éterniser au bar en sirotant quelques verres, histoire de flirter un peu après son service. Les grandes joies se faisaient rares, répétait-elle, mais sa fille, elle, allait réussir.

Le piano droit, Lysiane finit par l'acheter, à crédit. C'était le minimum pour permettre à Jolene de garder sa place au Conservatoire, d'autant qu'elle avait rapidement pris le rythme grâce à son oreille absolue et son irrépressible envie d'apprendre. Longtemps, elle s'était contentée de pianoter sur son clavier électrique sans désirer davantage. Elle picorait comme les oisillons qui ne soupçonnent pas encore qu'ils finiront par se nourrir plus loin, en solitaire, poussés par une faim toujours plus grande. Au début, elle avait obéi, s'était assise devant le piano du professeur et avait appris par cœur. Le temps était compté. Une poignée de mois trop courts pour se retrouver devant le jury du Conservatoire.

Lysiane se faisait une telle montagne de cette école que, dès que Jolene y fut admise, elle lui mit encore plus la pression. Il fallait s'efforcer de se tenir droite, porter des vêtements inconfortables et des souliers vernis. Il convenait aussi de se plier à des codes bien éloignés de ceux qu'on lui avait inculqués à l'école de musique de Cassel où l'on ne sortait les beaux habits que pour le concert de fin d'année. Au lieu de vibrer sous ses doigts, comme elle l'avait imaginé autrefois en observant l'ossature du piano de la salle aux boîtes d'œufs, les touches de l'instrument lui semblaient dures, rêches et rétives. Elles ralentissaient ses notes, lui donnaient mal aux articulations, la privant de l'euphorie qu'elle goûtait quand elle s'oubliait dans ses improvisations. Désormais, les notes étaient calibrées sur des portées noires et les feuilles agrafées sous une couverture épaisse. Jamais de photocopies au Conservatoire, le professeur achetait les partitions et, comme à l'école de musique pour le livre de solfège, les distribuait en début de cours en échange d'un chèque que Jolene sortait de la poche de son blouson.

La veille, il fallait réclamer, indiquer le prix, attendre que Lysiane daigne signer de son nom doublement souligné, immense sur le morceau de papier.

Comme chaque fois, elle finissait par lui tendre le chèque du bout des doigts, insistant pour que Jolene ne le perde pas. Puis, sac à la main et prête à sortir, elle lui murmurait en guise d'au revoir :

— N'oublie jamais les efforts que je fais pour toi. Je me sacrifie pour que tu réussisses, mais plus tard tu me revaudras ça.

Jolene souriait pour traduire une approbation qu'elle n'était pas en mesure d'accorder librement et, tandis que sa mère partait travailler pour la soirée, elle glissait le chèque dans la poche de poitrine du blouson pendu au portemanteau de l'entrée avant d'aller se préparer un repas avec ce qu'elle trouvait. Elle était loin des plats mijotés dont Jeanne avait le secret, loin de la douceur de recevoir une assiette chaude d'une main aimée, loin de ceux qu'elle portait en elle comme une force vive ; mais, lorsqu'elle se retrouvait seule, le soir, débarrassée de Lysiane, elle s'imaginait dans la cuisine de l'auberge et reproduisait les gestes de sa grand-mère tout en lui faisant la conversation. Parfois, le téléphone sonnait à ce moment-là. Jolene décrochait, entendait la voix de Jeanne puis celle de Pierre. Elle ne les avait pas revus depuis plus d'un an, Lysiane était débordée, travaillant tous les jours pour payer les cours de sa fille qui était trop jeune pour prendre l'autocar toute seule, alors (bien sûr !) le temps et les moyens manquaient toujours pour se retrouver. Et puis, surtout, elle devait travailler dur pour réussir, s'entraîner sans failles au moindre temps libre, vacances d'été comprises. C'était sa seule et unique chance de percer dans ce milieu.

L'air de rien, Lysiane marquait ainsi son territoire et traçait ses lignes de démarcation comme une renarde repentie qui récupère son petit après l'avoir rejeté.

Par la force des choses, Jolene trouva le moyen de s'adapter, au point que lorsqu'elle entra au lycée après avoir validé son premier cycle de piano et de solfège, elle était tellement métamorphosée que Jeanne et Pierre crurent l'avoir perdue pour de bon. Elle avait adopté le ton terne de ceux qui déclinent les invitations avec l'indifférence d'un regard porté ailleurs. Les appels téléphoniques avaient fini par s'espacer et elle résumait les répétitions, la compétition et les auditions comme un élève formaté récite sa leçon.

Jeanne en était désolée, si triste que Pierre refusait désormais d'en parler. Où était passée sa charmante petite-fille qui papotait sans fin avec le héron ? Où était celle qui lui offrait des bouquets de fleurs et jouait sur son clavier, s'interrompant brusquement, comme envoûtée, les mains en l'air, dessinant des ombres chinoises sur le mur, avant de reprendre la cavalcade des doigts sur les touches noires et blanches ? Elle la regardait parfois, en secret, quand la porte était entrebâillée. Elle voyait ses mains s'enflammer, se déployer comme des grues du Japon durant l'envol. Elle voyait sa nature sauvage et instinctive, comprenait que sa voix restait enfermée pour vibrer en bas, dans les mains, dans les pieds, loin des aigus maternels. Elle savait, elle sentait que cette nature-là avait besoin d'espace vierge et infini pour se propager comme les herbes folles dans les champs de luzerne. Et voilà qu'on l'avait mise en cage, conditionnée pour se noyer dans la masse et adopter les airs convenus des jeunes filles sages. Jolene était disciplinée pourtant, dotée de cette rigueur qui se passe de règles pour tracer la voie où l'inspiration la mène. Elle avait reconnu la beauté très tôt, écouté Vivaldi à en oublier le temps, recherché une forme d'harmonie propre à elle-même. Pure dans sa solitude d'enfant ouverte aux autres. Double déjà. Complète. Pourquoi avait-il fallu que Lysiane vienne la leur arracher ? Et pourquoi n'avaient-ils pas pris un taxi pour la récupérer ?

Ils n'avaient pas osé.

Et, bien malgré eux, ils s'étaient soumis à une autorité sans discernement, une volonté brute, mère impitoyable qui sourit de se croire toute-puissante.

Jolene n'avait eu d'autre choix que de s'éloigner pour supporter l'arrachement et les protéger. Eux autant qu'elle. Ils l'obsédaient pourtant. Lui manquaient parfois à s'en crever les yeux. C'était un vide affreux, un gouffre béant que les heures de gammes ne pouvaient combler.

Lysiane voulait l'exclusivité. La question malheureuse et spontanée de Jolene à propos de son père, quelques années plus tôt, avait fait naître en elle une crainte irrationnelle et irrépressible. Une jalousie nouvelle. Honteuse de sa solitude de chanteuse avortée, elle refusait de donner à ses parents la moindre occasion de révéler à Jolene l'identité de son père.

De pareilles retrouvailles lui seraient fatales. N'avait-il pas réussi, lui ? N'avait-il pas transmis son talent à sa fille ? La simple perspective de les imaginer ensemble la révulsait. Elle avait prévenu ses parents, allant jusqu'à les menacer. Jamais sa fille ne devrait savoir qui était l'égoïste de première zone qui avait gâché sa vie.

C'était *son* histoire, et elle comptait bien la garder pour elle.

Toujours sur le qui-vive, elle espionnait Jolene, l'acculait de questions. *Avait-elle eu ses grands-parents au téléphone ?* Elle prenait sa petite voix tendre, évitant pourtant les caresses. Elle ne touchait pas sa fille, jamais. C'était impossible. Trop de souvenirs, d'une autre peau, juste effleurée pour transformer son corps et la condamner. Alors, elle y allait de sa voix doucereuse, pour lentement, subtilement, tirer les vers du nez. La petite parlait, un peu, juste un peu, juste assez pour apaiser la fringale maternelle. Ils ne s'échangeaient que des banalités, lui assurait-elle, des bricoles, d'insignifiantes histoires de jardinage, d'avion en bois et de recettes de cuisine. Quand Jolene se fit plus apte à poser les questions interdites, Lysiane insista davantage, retournant le couteau dans la plaie, le sourire exagéré. Jolene tenait, comme Ulysse attaché au mât du navire, elle écoutait la voix d'une sirène qui ne devait en aucun cas l'envoûter. Résister, c'est tout ce qu'elle apprit. Résister et dissimuler. Mentir, jamais, ou si peu. Elle n'avait pas le choix, alors ce n'était pas coupable. C'était juste l'attitude à adopter pour échapper à la frustration d'une mère qui critique tout avant d'avoir donné. Elle tenait, tenait, les yeux rivés sur ses partitions et les doigts rompus à toutes les gammes. Ses pieds avaient appris à rebondir sur les pédales et à vibrer pour libérer l'élasticité des doigts. Elle progressait, grisée, les mains capables d'ensorceler le clavier. La difficulté initiale se transforma en étude assidue. Tout était bon, docile et poli avec *Joline*.

Impeccable.

Mais quand Lysiane la laissait le soir, avant le repas, après les devoirs, elle ôtait la table d'harmonie et soulevait le couvercle du piano, abaissait le pupitre et jetait ses partitions pour laisser ses doigts survoler la lagune. Et c'était un autre monde, pétri de sons totalement aléatoires, interdits par la théorie, sons telluriques qu'elle étouffait en jouant de la pédale ou en pressant le feutre des marteaux. Et lorsque la note se tenait par le miracle de la pédale de droite, elle laissait ses mains danser autour de son visage, attisant le feu de ses doigts remplis de frisson. C'était la transe d'autrefois, la transe archaïque de la chambre au balcon, la nourriture primaire d'une mère volée, le reflux d'une énergie donnée, à même le berceau.

Si Jeanne avait senti ces instants de symbiose vécus par la musique.

Si Jeanne avait imaginé cet amour qui, parce qu'il est interdit, se transmue dans une création qui sublime le manque en beauté.

Si elle avait compris, elle n'aurait pas développé un petit quelque chose de mauvais dans le creux de sa poitrine désolée. Elle n'aurait pas pleuré dans l'ombre des nuits longues, couteaux d'étoiles qui ne brillent plus. Elle n'aurait pas ressenti la fatigue, toujours plus grande, plus lourde et plus pesante, jusqu'à ce que Pierre appelle l'ambulance, réclame des examens, et apprenne soudain qu'un cancer se logeait, bien caché, trop bien caché sous les couches d'un sein devenu inutile.

Quand il retrouva sa petite-fille, il était trop tard.

Jeanne n'avait plus que six mois à vivre, Jolene venait d'entrer au lycée et cela faisait plus de quatre ans qu'ils ne s'étaient pas vus.

Avec le temps, les angoisses de Lysiane s'étaient accrues au point qu'elle avait sommé ses parents d'arrêter de perturber sa fille. Elle s'était déplacée en personne. Avait loué une voiture. Déboulé dans la cuisine du restaurant. Inventé une histoire pour justifier que Jolene souffrait au moindre échange avec eux, et qu'en aucun cas elle ne les laisserait se retrouver. Elle n'avait pas confiance, aucune confiance en sa mère qui ne l'avait jamais comprise et qui, à ses yeux, avait toujours pris le parti de sa petite-fille plutôt que le sien.

— Je sais que dès que tu la reverras, tu trouveras le moyen de tout lui dire. Son père, son abandon, ma honte.

— Je peux l'appeler aussi.

— Je sais. C'est pour ça que je viens de déménager. Pour t'empêcher de lui parler et de me trahir.

Elle y était allée au bluff, se contentant de changer de numéro de téléphone, mais elle savait jouer de la vérité comme on fait un coup de poker. Avec ses parents, c'était facile. N'avaient-ils pas la crédulité des gens de la campagne et l'ignorance des sédentaires ? Lysiane avait vécu en quelques années plus qu'ils ne vivraient jamais en une vie. Cela lui donnait des armes pour les mener par le bout du nez.

Le cœur de Jeanne s'était serré plus fort encore que le jour où Jolene lui avait été arrachée, mais sa faiblesse passée lui avait servi de leçon et lui avait donné la force de lutter.

À ce stade, c'était devenu vital, quitte à en payer le prix si Lysiane se transformait à nouveau en furie.

— Tu n'as pas le droit de faire ça. Tu n'as pas le droit de lui cacher le nom de son père. C'est le minimum à savoir pour se construire dans la vie.

— J'ai tous les droits au contraire et je me passe de tes leçons. C'est moi, sa mère, et c'est à moi de décider !

Pierre s'était interposé entre les deux femmes, leur coupant la parole pour calmer le jeu.

— Bien sûr, Lysiane. Personne ne remet tes choix en cause. Cet homme t'a blessée et privée de ta liberté, mais cela ne change rien à la fierté et à l'amour que nous te portons, ne l'oublie jamais.

Prise de court, Lysiane était restée bouche bée, suspendue entre le doute et la colère, mais son orgueil dépassant de loin sa raison, elle avait dédaigné la déclaration d'amour paternelle comme on rejette la moindre caresse quand on n'a reçu que des coups.

Lorsque Pierre retrouva Jolene, il était trop tard ou presque.

Il l'attendit devant le Conservatoire durant toute une journée, posté à la porte d'entrée, redoublant de vigilance dès qu'un groupe de musiciens entrait dans sa ligne de mire. Inquiet à l'idée de ne pas la reconnaître, il passait chaque visage au crible, mais Jolene n'y était pas.

Elle arriva pourtant, accompagnée d'un garçon aux cheveux mi-longs, légèrement ondulés. En pleine conversation, elle faillit passer à côté de son grand-père sans le voir.

Quand Pierre l'aperçut, il sentit les larmes lui monter aux yeux et se pinça pour se ressaisir et éviter de la mettre mal à l'aise en présence de son camarade.

Pas à pas, elle se rapprocha, Pierre leva la main et lui fit signe. Jolene s'arrêta brusquement, le souffle coupé, au comble de l'émotion. Lorsqu'il remarqua que sa partenaire avait pilé en arrière, le garçon se retourna et pressentit qu'il devait la laisser le rejoindre plus tard.

Autour d'eux, rien ne semblait plus exister.

Pierre s'avança et ouvrit les bras à sa petite-fille. Ils se serrèrent l'un contre l'autre, les larmes coulèrent et le temps reprit son cours avec la sérénité d'un fleuve.

Depuis quand l'attendait-il ? Comment avait-il su où la trouver ? Pourquoi s'était-il déplacé si ce n'était pour lui annoncer une catastrophe ? Jolene déversa ses interrogations comme une cascade impétueuse que rien ne contient. Pas un instant elle ne songea à adresser le moindre reproche à son grand-père de n'être pas venu la voir plus tôt ; elle savait que sa mère avait tout fait pour les séparer et qu'elle avait elle-même capitulé. Pierre aurait voulu remonter à la source, expliquer l'arrachement, les retrouvailles impossibles, la peur de perdre définitivement sa trace s'ils contrariaient Lysiane, mais le temps leur était compté.

Alors, Pierre commença *pianissimo*. Jeanne avait un problème.

Poursuivit *piano*. Elle était malade.

Expliqua *forte* que c'était un cancer et conclut *fortissimo* que dans six mois elle ne serait plus là.

Sa voix n'avait pourtant pas monté d'un cran. Le *crescendo* se forma dans la tête de Jolene, ouvrant sa gueule de requin pour la dévorer sans pitié.

— Je veux la voir, dit-elle à son grand-père qui l'avait serrée de plus en plus fort contre sa poitrine. Ne t'inquiète pas, je saurai me débrouiller pour venir à l'auberge sans que Lysiane le sache. Je dois y aller maintenant, mais je vais venir. Bientôt, promis…

Lentement, comme on retire un bateau des eaux qui le portent, Jolene se détacha des bras de Pierre et entra dans le Conservatoire où elle suivit le couloir orné des immenses portraits en noir et blanc des compositeurs les plus illustres. Elle les regarda un à un, droit dans les yeux, prélevant dans chacun de leurs regards une bonne raison de continuer à avancer.

Au bout, Jan l'attendait. Sans lui poser la moindre question, il l'accompagna jusqu'à la salle de répétition où elle joua sa partition avec la froideur d'un marbre, la tête ailleurs et le cœur en lambeaux.

Elle était entrée au lycée quelques semaines plus tôt. C'était le matin du premier jour et, perdue dans une foule compacte, elle avait été soulagée de reconnaître deux amies du Conservatoire assises sur le dossier d'un banc. Les violonistes lui avaient fait signe d'approcher et à peine s'étaient-elles mises à parler qu'elles avaient supposé qu'elles seraient dans la même classe puisqu'elles avaient toutes les trois choisi la musique en option. Était-ce vraiment un choix pour Jolene ? Elle était sur le point de se poser la question lorsqu'elle vit un garçon traverser la cour plantée de tilleuls d'un pas rapide et assuré, à l'écart du flux continu des élèves agglutinés. Il portait une étrange veste à carreaux orange et blancs qui lui rappela le papier peint de sa chambre au balcon. Aussitôt, elle se mit à vibrer sans comprendre ce qui lui arrivait, les yeux rivés sur le garçon dont elle craignait déjà de perdre la trace.

Contre toute attente, il s'approcha du banc.

Il connaissait bien les violonistes pour avoir fait son collège avec elles, il avait même un peu flirté avec la plus blonde des deux. Celle-ci, encore un peu amoureuse, fit les présentations.

— *Joline*, voici Jan. Il est musicien et joue du piano comme toi, mais il chante en plus.

Sûr de lui, le nouveau venu tendit la main à Jolene qui trouva ce geste cavalier sans pour autant refuser de se plier au jeu.

— Tu es au Conservatoire, Jolene ? lui demanda-t-il, en lui restituant la prononciation originelle de son prénom.

Elle hésita. Il se justifia.

— *Joline*, ça fait trop sage, je préfère le prononcer à l'anglaise, si ça ne te dérange pas. Alors, tu es au Conservatoire comme ces deux-là ?

— Oui, confessa Jolene, surprise de ne l'avoir jamais rencontré avant.

— Dommage ! conclut-il en agitant la tête pour repousser sa longue frange en arrière.

Les violonistes explosèrent de rire. Elles s'appelaient Claire et Agathe et semblaient jumelles, blondes toutes deux, les cheveux relevés en un chignon déstructuré, les pieds chaussés des mêmes tennis en toile.

— Tu peux parler, reprit Agathe, toi qui rafles tous les premiers prix avec les félicitations du jury, solfège compris.

Jan poussa un soupir d'agacement.

— C'est pour me barrer plus vite, figure-toi. Mon père m'a promis qu'une fois que j'aurai mon diplôme de fin d'études, je pourrai enfin cesser toute cette mascarade et faire la musique que je veux.

Agathe reconnut en quelques mots l'insolence qui lui avait plu chez lui, mais jugea prématuré de revenir sur leur béguin avorté par les vacances d'été. De son côté, Jolene eut l'impression de se trouver face à un double, et ce fut comme une révélation.

C'est à lui qu'elle pensa, en quittant le Conservatoire après ce cours où elle avait joué sa partition, absente à elle-même.

D'habitude, la *Mazurka* en *do* mineur de Mikhaïl Glinka coulait dans ses veines et voyageait dans ses fibres les plus profondes, mais tout s'était pétrifié dans le sillage de l'annonce fatale.

C'est donc ensemble qu'ils prirent l'autocar de Lille en direction de Cassel, un jeudi matin de la fin du mois d'octobre. Jan s'occupa de trouver des excuses et d'apposer une fausse signature sur deux lettres de justification d'absence que Jolene avait rédigées de manière différente et qu'ils avaient remises avec deux jours d'intervalle à l'administration. Une fois arrivés à Cassel, ils se précipitèrent vers la porte d'Aire pour rejoindre la maison en briques rouges de l'oncle et de la tante, espérant que quelqu'un serait là pour les conduire à l'auberge. Suzanne sortait de chez elle quand elle tomba nez à nez avec sa petite-nièce. La surprise passée, elle hurla son prénom en exultant de joie. Aussitôt, Jolene présenta Jan et s'engouffra dans la voiture. Les paroles fusèrent pour rattraper le temps perdu. Jan écoutait, médusé. Jusque-là, Jolene ne lui avait jamais parlé de sa vie, limitant leurs conversations à la musique qui les passionnait suffisamment pour occuper toutes leurs pensées. Lui rêvait de composer et, quand il évoquait les mélodies et les sons qu'il entendait résonner dans sa tête sans savoir comment leur donner forme, Jolene repensait aux carnets rouges qu'elle couvrait de notes du temps où, à défaut de technique pour jouer les morceaux des autres, elle laissait ses doigts se frayer un chemin en dehors des sentiers battus.

La plaine ressemblait à une mosaïque et le mont des Récollets se parait encore de teintes fauves en ce milieu d'automne. Tante Suzanne se gara près de l'auberge pendant que Pierre aidait Jeanne à enfiler un pantalon en coton brun, suffisamment large pour la mettre à l'aise tout en soulageant les douleurs abdominales que la maladie lui infligeait.

Un héron cendré survola l'auberge lorsque Jolene retrouva enfin ses grands-parents.

Le choc fut violent. Pour Jeanne surtout. Pierre avait passé sous silence son escapade lilloise, prétextant une journée de courses pour renflouer les stocks de l'auberge et un rendez-vous avec une jeune serveuse qui, après avoir obtenu son bac professionnel et enchaîné quelques mois de stage, cherchait du travail dans la région. Ils avaient déjà trouvé deux cuisinières et deux serveuses pour remplacer Jeanne qui, dès lors que le diagnostic fut posé, s'était affaiblie jour après jour jusqu'à limiter son espace au canapé. À présent, elle ne sortait plus que pour recevoir ses traitements. La mort rôdait autour d'elle, cruelle et imparable. Son corps n'était plus qu'un assemblage d'os, sa peau avait la blancheur grisâtre des maladies longues et toutes sortes de douleurs lui tordaient le ventre et lui fracassaient le dos. Livrée à elle-même, il lui arrivait de pleurer en songeant à Jolene qu'elle ne reverrait jamais, mais en présence de Pierre, elle s'efforçait de garder le sourire parce qu'elle savait qu'elle lui laissait assumer seul la charge de l'auberge et, surtout, le poids d'une absence obsédante qui les avait plongés dans le désespoir. En secret, il lui arrivait de se sentir soulagée, comme si la mort seule pouvait la délivrer de ce chagrin.

Elle dormait sur le canapé au moment où Jolene franchit la porte sur la pointe des pieds comme lorsqu'elle était petite.

Jeanne ouvrit les yeux et se tourna vers elle, sans surprise.

— Tu es là, ma chérie. Alors tu es venue… Comme tu as grandi et comme tu es belle ! Viens, viens près de moi que je te regarde.

Jolene s'était jetée à ses pieds, libérant ses pleurs sur le bras nu de sa grand-mère. Pendant ce temps, Jan avait échangé quelques mots avec Pierre avant de faire le tour du propriétaire et d'attendre son amie dans la grande salle, près de la cheminée, les yeux rivés sur le héron empaillé. En milieu d'après-midi, la tante était venue les chercher pour qu'ils reprennent l'autocar. Agrippée à Jeanne, les yeux encore baignés de larmes, Jolene s'était arrachée à cette étreinte à la seule condition de revenir auprès d'elle tous les dimanches aussi longtemps que possible, mais au lieu de se réjouir, Jeanne avait paniqué.

— Ta mère, que va dire ta mère ? Si elle sait que tu es venue ici, tu te feras gronder et qui sait de quoi elle sera capable si…

— Ne t'inquiète pas, lui avait murmuré Jolene, en lui caressant le front, ne t'inquiète plus. Je suis grande, maintenant.

Même si elles avaient perdu en volume, les bouclettes de Jeanne étaient restées agrippées à son cuir chevelu, son traitement s'étant limité à de la radiothérapie. Aucune chimio n'aurait été utile pour la guérir, la maladie s'était enracinée de façon sournoise depuis trop longtemps, depuis que Jolene lui avait été arrachée sans doute. C'est du moins ce qu'elle pensait en son for intérieur.

— Elle sait que tu es venue nous voir ? demanda la malade, agrippant Jolene au poignet.

— Pas encore, mais je ne compte ni mentir ni manigancer comme elle. Si elle refuse de me laisser vous voir, je reviendrai m'installer avec vous définitivement. Et si elle tente quoi que ce soit, j'appellerai mon père.

— Ton père ? s'étonna Pierre. Elle t'a donc enfin parlé de lui ! Elle nous l'avait interdit, mais ce n'est pas grave, l'important est que tu saches…

— Elle ne m'a rien dit, s'empressa-t-elle de l'interrompre pour l'empêcher de dévoiler ce qu'elle n'était pas prête à entendre. Elle est encore trop blessée et je ne veux pas la forcer.

Pierre s'approcha de sa femme et s'assit près d'elle sur le canapé. Que savaient-ils du père de Jolene, à part qu'il était musicien, lui aussi ? Rien. Toute parole aurait été une fausse promesse, un jeu de pistes dont ils n'étaient pas sûrs de connaître la destination finale. Mieux valait garder le secret que Lysiane leur avait imposé.

— Je ne vous demande pas de me révéler son nom, les rassura Jolene, comme si elle avait lu dans leurs pensées. D'ailleurs, je n'en ressens pas le besoin, mais c'est la seule menace dont je dispose pour la faire fléchir. Lysiane est persuadée que vous m'en avez dit assez pour que je puisse le retrouver. Alors autant en profiter.

Les dernières feuilles du marronnier se mirent à trembler plus fort quand le vent se leva au moment de partir. Le temps tournait, l'hiver se préparait et la pénombre se répandait déjà sur la plaine. Avant de se séparer de Jeanne, Jolene avait tiré la couverture sur son corps amaigri et vu ses paupières fatiguées se fermer. Comme un chant lointain et triste, elle lui avait murmuré qu'elle l'aimait et qu'elle reviendrait, la tête penchée sur sa poitrine. Enfin, elle s'était détachée de cette femme chérie, comme on décolle un pansement sur une peau mal cicatrisée, dans la douleur. À regret, elle avait quitté la pièce où le sommeil semblait repousser le vivant pour préparer à la mort.

Dans le couloir, son grand-père l'attendait, roc de silence adossé à sa peine. Il lui avait ouvert les bras et elle s'était réfugiée tout contre son cœur. Il avait senti ses larmes mouiller sa chemise et picoter sa peau, entendu les reniflements et les sanglots. Tout cela, il connaissait, en secret ; cependant, au plus près de la peine de sa petite-fille, il n'était rien de plus qu'une consolation, un baume sur une blessure qui ne se refermerait pas.

Plus tard, dans l'autocar, c'est Jan qui l'avait prise dans ses bras. Son étreinte avait la force de tous les mots qu'ils ne se disaient pas, mais lorsque Jolene ouvrit la bouche, il déposa sur ses lèvres un baiser pour effacer les paroles qu'elle avait prononcées dans un sursaut de panique.

Jeanne était tombée malade et c'était ainsi, personne n'était coupable, pas même Jolene.

Immédiatement après leur passage dans la plaine des Flandres, Jan se sentit investi d'une mission. Elle pouvait l'appeler à n'importe quelle heure sans la moindre gêne. Il savait tout de Jolene à présent, ou du moins le croyait-il, et c'est avec un sentiment d'inquiétude qu'il la laissa, après un baiser un peu plus long que le premier, rentrer chez elle et affronter sa mère.

Dans la minuscule cuisine à peine équipée, Jolene résuma la situation avec une froideur de métronome, sans verser une larme. Elle confessa son escapade, répondit aux questions toujours plus intrusives de Lysiane. Comment as-tu fait pour le lycée ? Qui t'a accompagnée ? C'est qui, celui-là ? Tu ne m'en as jamais parlé… il aurait pu… tu dois te méfier des garçons… je te l'ai dit cent fois… avec eux, on ne sait jamais, ils t'approchent, t'embrassent et après… tu te retrouves en cloque, comme moi, ta vie brisée…

Et Jeanne était oubliée et on en revenait à elle. À ses souffrances, à ses manques, à ses peines. À cet incommensurable sentiment d'injustice qui la rendait hermétique au malheur des autres.

Jolene avait suspendu son récit, les poings serrés, les lèvres automatiques.

— Je sais, je sais, je sais…

— Tu sais, mais tu fais le contraire de ce que je t'ai dit. Un jour, tu te feras avoir toi aussi et ce sera bien fait pour toi !

— Je te parle de Jeanne. Elle va mourir.

— Et quoi encore ? Je parie que c'est juste un moyen de nous forcer à revenir à l'auberge. Quatre ans, ça fait long, c'est vrai, mais ce n'est pas une raison pour nous embobiner.

— Tout le monde n'arrange pas la vérité à sa manière, murmura Jolene en baissant les yeux.

— Qu'est-ce que tu veux dire par là ? répliqua Lysiane en montant sur ses grands chevaux. Je ne te permets pas. Jamais ! De m'accuser de mentir ! Pigé ?

— Jeanne a un cancer, depuis quatre mois. Il lui en reste deux à vivre, au mieux.

Elle avait senti les larmes monter à nouveau, titiller ses paupières, irriter son nez, mais elle avait résisté. Jamais de pleurs devant Lysiane. C'était une promesse qu'elle s'était faite. Les larmes, c'était la perle qu'elle n'offrait qu'aux êtres chers, à ceux qui savaient l'écouter et l'accompagner sans lui reprocher d'exister.

Pour tenir, Jolene s'était approchée de la fenêtre et en avait ouvert les battants. Sur les trottoirs de la rue de Rennes, à peine une poignée de passants dont elle n'apercevait que le sommet de la tête. Trois casquettes, un chapeau, des cheveux à nu, un béret, une tignasse rousse, un bonnet, un autre bonnet, orange celui-là. Elle se mit à faire le détail pendant que Lysiane tournait en rond dans la cuisine.

— Je descends chercher des cigarettes, dit-elle. Il faut que je me calme.

Jolene resta stoïque à la fenêtre, le baiser de Jan au bord des lèvres, le parfum de Jeanne à la narine. Une fragrance d'eau de Cologne, de violette et de muguet. La peau douce de ses mains petites.

Sa grand-mère avait réclamé une cigarette que Pierre lui avait apportée (il ne lui refusait plus rien). Elle en avait fumé la moitié, puis en avait eu assez.

— Ça m'écœure vite, je n'en reviens pas ! Rien n'est plus comme avant, mais j'essaie encore. On ne sait jamais. Il y a des moments où ça passe, des instants où la douleur me quitte et où tout semble possible.

C'est la grâce des mourants, avait-elle pensé, mais elle s'était gardée de le dire. Ce n'était pas la peine.

La porte avait claqué au retour de Lysiane. Le sac à main, éventré sur la table de la cuisine, révélait une forme de négligence. Elle avait attrapé une cigarette et laissé le rabat du paquet ouvert dans le sac, la Cellophane flottant comme une méduse par-dessus.

Bonnet vert, chevelure blonde frisée, caquette à carreaux, kipa, cheveux tressés, foulard, casque de policier…

D'un geste brusque, Lysiane poussa Jolene et prit sa place à la fenêtre.

La boîte d'allumettes était posée sur le plan de travail et elle n'aurait eu qu'à étendre le bras pour l'attraper, mais elle préférait se faire servir.

— Claque-moi l'allumette, Jolene !

Et elle tendit sa Lucky du bout de ses doigts vernis.

La même que Jeanne, pensa Jolene. Peut-être le seul point commun entre ses deux mères, et encore… Lysiane ne fumait qu'en période de grand stress, à cause de l'odeur du tabac, poisseuse et âcre.

— Il n'y a vraiment rien à voir d'ici ! s'exclama Lysiane après avoir expiré une longue bouffée de fumée.

— J'y retournerai dimanche. Je prendrai l'autocar.

— Pour être avec lui ? Comment il s'appelle déjà ? Jean, c'est ça ?

Jolene resta perplexe, les bras lui en tombaient. Comment Lysiane pouvait-elle s'intéresser à son camarade de lycée plutôt qu'à la maladie incurable de sa propre mère ?

— Pour m'occuper d'elle. Le temps nous est compté.

— Oh, mais, il ne faut pas tout dramatiser comme ça ! Il y a des traitements pour ralentir.

— C'est trop tard dans son cas. Tu n'as qu'à demander à ton père, il t'expliquera mieux que moi.

Lysiane avait pris une double bouffée en tapant du pied, sans cela, une gifle serait partie, mais elle avait encore des informations à glaner avant de clore le débat.

— Alors, comme ça, tu veux passer tes dimanches au chevet de ta mamie ? J'espère que tu feras pareil quand mon tour viendra, n'est-ce pas, ma Jojo ?

Un pesant silence avait envahi toute la pièce et Jolene s'était reculée jusqu'à la porte, les index collés aux pouces, à bout de souffle.

— Dans ce cas, je viendrai avec toi. C'est mon devoir de fille après tout ! On ira dimanche, je prendrai ma journée et ça nous fera une petite virée.

Le corps de Jolene se mit à trembler comme si les paroles de Lysiane réveillaient brusquement le choc de l'annonce de l'irrémédiable perte à venir, mais pour une fois, sa mère la tira d'affaire en la renvoyant à l'ouvrage.

— Il est l'heure de travailler ton piano. Allez, file, tu as déjà pris plus de retard qu'il n'en faut. Et moi aussi !

Trois jours plus tard, elles prirent donc la route toutes les deux, dans une voiture que Lysiane avait empruntée au barman qui, le dimanche, pionçait toute la journée pour rattraper ses nuits d'insomnie. Au volant, elle se tenait droite, les bras tendus à l'extrême, crispée au point que ses ongles marquaient des traces pareilles à des virgules sur la paume de ses mains.

Sa fille, elle l'avait fait lever plus tôt. Pas un jour sans piano, c'était la clé de la réussite. Matin et soir, avec la sourdine, par respect pour les voisins. Sur le trajet, Lysiane n'avait que faire des *Petits Préludes* de Bach, des *Bagatelles* de Beethoven ou de la *Romance sans paroles* de Felix Mendelssohn que Jolene jouait maintenant sans partition. Elle préférait se laisser griser par la voix enveloppante de Dolly Parton pour donner du relief à l'interminable route et oublier combien ce retour lui coûtait.

Quand la face s'achevait par un clic, Jolene savait qu'il lui revenait de retourner la cassette. Cela n'était pas automatique dans le véhicule du barman.

Quelle caisse pourrie ! se répétait Lysiane en repensant à la Golf qu'elle avait bradée pour suivre Bob.

Parfois, Jolene la surprenait en train de scander le rythme sur le volant en articulant quelques sons d'une voix de tête éraillée et elle sentait combien il était vital pour sa mère de croire en ses délires. Comme une fillette s'accroche à son rêve pour se construire, elle avait besoin de se projeter dans Dolly et de prendre des poses de star afin de nier l'évidence.

Et lorsque la plaine des Flandres semblait ne jamais vouloir en finir, elle abaissait la vitre pour se donner un coup de fouet, laissant ses impeccables boucles prendre le vent. Cachée derrière ses lunettes de soleil immenses, elle croyait se sentir libre et ses doigts pianotaient de plus belle sur le volant, pendant que Jolene se faisait oublier, silencieuse et repliée sur elle-même, accablée de tristesse.

À l'approche du mont des Récollets, alors que la voiture serpentait entre les champs labourés et l'ancien Moulin perché sur les hauteurs de Cassel, Lysiane se revoyait jeune fille sur sa bicyclette, héritière d'une terre dont l'auberge était le noyau dur.

C'était beau ici, pensait-elle, grand, infini, mais comme c'était fade aussi. Comme elle avait bien fait de partir !

Ce fut comme une bougie qui lentement se consume pour laisser à la flamme le temps de s'éteindre sans bruit. Ainsi Jeanne rendit son dernier souffle discrètement, chevillée à l'auberge qu'elle aima jusqu'au bout. Lysiane lui tenait la main tandis que Jolene conjurait sa tristesse à l'encre rouge. Depuis son retour chez ses grands-parents, elle avait ressorti le clavier numérique et retrouvé l'inspiration des nuits au balcon. En quelques semaines, ses mains avaient repris les rituels anciens, les envolées de petites manières qui se jouaient de l'air comme d'une onde magnétique. Les doigts dégourdis, une mélodie s'était imposée et elle avait fini par l'écrire, reprenant à l'endroit exact où elle en était restée quatre ans plus tôt.

Le L qu'elle écrivit ne portait plus les boucles de la capitale d'autrefois, se limitant à deux barres à angle droit. Elle avait abandonné son écriture d'écolière aux hampes exagérées pour un script qui accentue les traverses et préfère l'abréviation au mot complet. Gagner du temps, écrire vite, capturer l'instant fugace qui s'évapore comme l'âme de Jeanne s'était échappée à peine une heure avant leur départ.

Jolene venait d'achever le morceau V quand elle avait entendu sa mère appeler Pierre.

— Papa, viens vite ! avait-elle imploré d'une voix fendue.

Pour faire prévaloir la lettre sur le chiffre et ne pas rompre l'harmonie de son alphabet mélodique, Jolene avait pris soin de ne pas ajouter d'empattement au sommet de sa majuscule. Dans ce morceau, elle avait cherché l'envol, la libération d'un corps grignoté par la prolifération de cellules migrantes qui avaient eu la décence d'œuvrer dans l'ombre. C'était une mélodie noire qui virait au rouge, une régression pour initier à la transformation. Elle voyait les couleurs danser dans son esprit, le rouge et le noir, la vie et la mort, incantation sauvage que l'instinct révèle quand le gouffre s'ouvre devant soi. Car Jolene sentait le vide se creuser et l'œuvre s'accomplir, espérant que la musique serait le reliquaire de celle qu'elle rappellerait auprès d'elle en jouant l'air du V, grand vase dans lequel un bouquet de roses jaunes serait bientôt déposé, près du corps embaumé.

Jolene veilla toute la nuit, à côté de sa mère et de son grand-père. Muette et immobile, en attente.

Jeanne fut incinérée trois jours plus tard, mais Jolene resta sans larmes. Toujours muette et immobile, suivant le mouvement en silence. Le jeudi soir, elles rentrèrent à Lille et Jolene reprit les cours dès le lendemain. Après le lycée, elle se rendit au Conservatoire avec Jan. Incapable de parler, elle luttait. Contre les larmes, contre l'absence, contre le vide. Contre la peur aussi. Que deviendrait Pierre, seul à l'auberge ?

Elle avait réussi à poser la question à sa mère, le soir, avant de la regarder partir assurer son service dans un bar où elle était préposée aux cocktails le week-end. Agressive, Lysiane avait répondu que si Pierre daignait ravaler son orgueil et l'inviter à travailler avec lui, elle reviendrait.

— Et on vivrait où, dans ce cas-là ? avait demandé Jolene, tremblante.

— À l'auberge.

— Et le lycée ? Et le Conservatoire ?

Les mots s'étaient précipités comme les sinistrés se sauvent en panique pour échapper à l'incendie qui les piège.

— Je ne sais pas. Tu prendrais le car et voilà.

— Et mes cours qui se terminent tard le soir ?

— On verra. On peut toujours demander à ton professeur de te prendre plus tôt.

— Je préfère être interne au lycée et revenir à Cassel le week-end, imposa Jolene en haussant la voix.

La mère fronça les sourcils, attrapa son sac, ouvrit la porte et se retourna :

— Pour passer tout ton temps avec ce Jean, c'est ça ! Ça t'arrangerait bien, j'imagine.

— Mais pas du tout, ça n'a rien à voir avec Jan, se défendit-elle sans comprendre la digression. Et tu pourrais au moins essayer de prononcer correctement son prénom ! C'est une voyelle nasale propre au flamand.

— Arrête avec tes mots savants et baisse d'un ton quand tu me parles, je te prie. De toute façon, c'est moi qui décide, donc pas la peine de discuter.

Au fond, Jolene savait ce qui l'attendait, car ce n'était pas la première fois. Trop jeune pour faire sa valise et mener sa vie, elle n'aurait plus qu'à plier dans l'espoir de ne pas rompre. Sans musique, arrachée à son lycée et ses amis, qu'allait-elle inventer de nouveau pour se transplanter dans un lieu qu'elle aimait, certes, mais sans Jeanne et sans l'essentiel qu'elle avait fait sien ? Le piano. Sa mère accepterait-elle de déménager son instrument avec le reste ?

De plus en plus souvent, Lysiane se plaignait de manquer d'argent, de la charge que Jolene représentait pour elle, se gardant bien de lui révéler que ses parents alimentaient un compte sur lequel elle n'avait qu'à se servir pour subvenir aux besoins de sa fille. C'était un autre moyen de la manipuler et de la culpabiliser, une façon de la soumettre en lui faisant sentir qu'elle avait la chance d'accéder à tout ce qui lui avait été refusé. Jolene ne réclamait pas grand-chose en dehors du règlement nécessaire de ses partitions. Le professeur devinait-il le prix que chacun de ces fascicules coûtait à son élève ? Le nombre de demandes, de courbettes et de remerciements auxquels il fallait avoir recours pour que Lysiane daigne enfin signer le chèque ?

Une fois seule dans l'appartement, Jolene sentit sa gorge et son ventre se nouer. Penser à Jeanne lui donna du courage. Elle s'assit sur le siège en velours noir et s'inclina sur le clavier du piano que sa mère payait soi-disant à crédit. Elle n'avait pas le droit à l'erreur. Il fallait réussir pour justifier le sacrifice. Elle fit donc ses gammes, travailla ses études et peaufina son morceau. Lentement, note à note, elle articula le moindre trait et, répétant jusqu'à ce que la nuit transforme la pièce en un obscur tombeau, elle s'abrutit au point de s'endormir sur le clavier.

Soudain, elle se réveilla en sursaut et se demanda pourquoi elle se trouvait là, seule dans le noir, avachie sur les touches dont le son s'était évanoui. Le souvenir de la mort de Jeanne lui revint en mémoire et elle revit les roses jaunes posées près de son lit. Ces roses qu'elle avait discrètement emportées pour les faire sécher et les garder le plus longtemps possible.

Il était tard, mais sa mère n'était pas rentrée. Le ventre vide, elle se remit à pianoter au hasard et l'air du V s'invita sous ses doigts pour traduire sa tristesse. Alors, comme par miracle, elle entendit la voix de Jeanne lui susurrer à l'oreille : *Joue, joue, ma chérie. Je suis là, je t'écoute et je t'aime.*

Avait-elle vraiment senti la main de sa grand-mère lui caresser la joue à cet instant précis ? Peu importait. Jeanne vivait en elle et rien ne pourrait lui retirer cette force.

Épuisée de fatigue, Jolene joua une dernière fois l'air du V, en levant la sourdine.

Et lorsque ses doigts se figèrent en un point d'orgue sur les touches, elle reprit son souffle et alla se coucher pour se laisser absorber par un sommeil plus profond que l'oubli.

Les mois passèrent et il en fallut vingt-quatre pour que Lysiane s'installe définitivement à l'auberge, grappillant l'espace, un jour après l'autre. Pierre était tellement désemparé par l'absence de Jeanne qu'il en oubliait parfois de remonter au restaurant pour accueillir les clients. La cave lui tenait lieu de refuge. L'odeur de sciure de bois était si prégnante qu'elle effaçait de sa mémoire le parfum de violette, de cigarette et d'eau de Cologne qui formait l'empreinte olfactive de sa regrettée. Le personnel de renfort avait été gardé et Pierre pouvait continuer à se terrer au sous-sol puisque sa fille était taillée pour mener son monde à la baguette.

Tirée à quatre épingles, Lysiane se levait à l'aurore et maquillait son visage en s'observant dans un miroir à main. Elle appliquait des couches de fard comme un peintre peaufine un glacis, par petites touches. Jeu d'ombres et de lumières sur sa peau sans rides. Elle n'était pas de ces beautés maigres dont les traits ne tardent pas à se durcir, mais gardait la rondeur des jeunes filles en fleurs. Et sa trentaine bien tassée n'y changeait rien.

Sous ses airs de poupée de porcelaine, elle avait l'art de s'imposer et personne n'osait la contredire, c'est pourquoi Jolene avait appris à user de détours pour sauver l'essentiel.

Dans les premiers temps, Lysiane l'avait laissée seule dans leur appartement. À l'approche de ses dix-huit ans, Jolene était assez mature pour se prendre en charge. Elle connut alors des instants de bonheur intense où la solitude la délivrait de la surveillance intrusive de sa mère. Le soir, à force de travailler son piano en sourdine, les notes devenaient métalliques et vibraient plus intensément. Une fois les exercices exécutés, elle ouvrait le couvercle et ôtait la table d'harmonie afin de dompter les rouages de son instrument. Alors seulement, elle se libérait du monde et d'elle-même. L'index et le majeur collés l'un à l'autre, elle actionnait une unique touche, la main gauche entre le marteau et l'étouffoir pour poser une basse qui marquait le tempo. Ainsi le piano devenait guitare ou percussion, dévoyé pour mieux grandir. Puis la main gauche répétait des arpèges jusqu'à l'obsession et la droite tissait le thème en une boucle hypnotique. C'était un chant proche d'un battement d'ailes. Par la musique, elle ne faisait plus qu'un avec la mécanique de bois et de métal, et cette symbiose se sublimait encore lorsque, au-dessus de la mélodie, on croyait entendre l'envol des oiseaux migrateurs. Parfois, c'était la pluie que l'on devinait. Une pluie de mousson dont les gouttes rebondissaient sur le sol. Avec Jolene, la musique se passait de clés et d'altérations. Elle inventait une autre ligne dont l'armure ressemblerait aux éléments qui mutent et se transforment avec les saisons.

C'était une quête d'absolu, une façon de décoller tout en restant assise, une manière de frémir dans l'ombre par le miracle des sons. Au piano, elle osait tout et se sentait libre. Et puis la magie s'évaporait, deux doigts sur une touche, en une ultime répétition farouche apte à la réveiller. Douche froide après la canicule de sa musique débridée.

Sans Jeanne, Jolene n'avait plus qu'à explorer l'espace que lui laissait la solitude. Un espace rien qu'à elle, mais qui ne lui appartenait pas et dont elle s'attendait à être arrachée à tout moment.

Pourquoi Lysiane lui avait-elle confié l'appartement sans l'emmener ? Jolene ne se l'expliquait pas. Elle croyait sa mère devenue trop possessive pour lui accorder cette autonomie. Et puis, surtout, elle avait senti la suspicion s'installer au fil des mois, remarqué les questions d'apparence anodine, les parenthèses de gentillesse mielleuse auxquelles s'ajoutait une interrogation, de façon sous-jacente.

Dans ces moments-là, Lysiane se faisait douce et tendre. Souriante et presque détendue, elle simulait de l'intérêt pour sa fille afin de savoir ce qu'elle faisait en son absence. N'était-elle pas en âge de se laisser piéger comme elle ? Pour se rassurer, elle traquait. Ses questions se mirent à dévier sur Jan. Des questions indiscrètes auxquelles Jolene répondait en termes voilés pour protéger son intimité. Lysiane, sentant la faille, s'empressait d'en rajouter : « Ne fais pas la même bêtise que moi, travaille ton piano et deviens une grande musicienne pour leur clouer le bec à tous autant qu'ils sont ! »

Jolene acquiesçait, constamment sous pression, sommée de calmer l'angoisse d'une mère que toute autre réponse aurait transformée en dragon.

Une fois les premiers jours de transition passés, Jolene continua à craindre que Lysiane ne vienne la chercher, vidant les lieux à toute vitesse, quitte à réduire ses chances de réussite. Au mieux, elle la mettrait à l'internat pour terminer l'année, au pire, elle l'emmènerait à Cassel avec elle. La deuxième éventualité lui serrait le ventre au point qu'elle répétait ses gammes de plus en plus rapidement pour surmonter la douleur. Elle connaissait déjà le synopsis. La scène se jouerait dans la voiture (impossible de s'en échapper). Au début du trajet, Lysiane lui annoncerait, à la manière dont on énonce mécaniquement les plats au menu, qu'elle l'avait inscrite au lycée d'Hazebrouck, sans Conservatoire ni musique, pour simplifier les choses et, comme toujours, Jolene ne trouverait rien à redire.

L'attente mêlée d'inquiétude s'éternisa durant trois mois. Ce fut le temps dont Lysiane eut besoin pour être sûre de son choix. Le lendemain de la signature de son contrat avec son père, elle quitta l'auberge à l'aube et trouva sa fille endormie sur le sol, collée aux pédales dorées du piano.

Elle se revit soudain au même âge. Allongée sur le parquet, casque aux oreilles. Comme Jolene, elle avait passé des nuits avec la musique, enivrée par la voix de Dolly Parton, envieuse et passionnée, prête à tout pour devenir. Sur le piano, une partition était encore ouverte et les persiennes n'étaient pas fermées. Rien ne traînait à la cuisine, tout était propre et rangé, impeccable. *Elle n'a donc nul besoin de moi*, se dit-elle. Un instant, elle songea à repartir comme elle était venue ; mais elle craignait d'avoir des problèmes si le lycée ou le Conservatoire découvrait que sa fille encore mineure était livrée à elle-même.

Alors, à contrecœur, Lysiane se mit à rassembler ses affaires et celles de Jolene dans les quelques cartons qu'elle avait apportés.

Elle aurait pu préparer un petit déjeuner, mais cela ne lui était pas venu à l'esprit.

Lorsque le réveil sonna, Jolene se redressa brusquement sur le sol.

— Allez, dépêche-toi de t'habiller. On file à l'auberge ! lâcha froidement Lysiane, sans lui laisser le temps d'ouvrir les yeux.

— Mais…, répéta Jolene, cherchant des repères, les paupières encore collées par le sommeil.

— Fais ce que je te dis, sans discuter.

— Et le piano ?

— Sans discuter, je t'ai dit ! Vérifie plutôt qu'il ne reste rien qui t'appartienne ici. Nous ne reviendrons plus. Et va vite éteindre ce fichu réveil qui me casse les oreilles !

— Et le piano ?

Jolene s'agrippa à son instrument, comme on s'agrippe à une planche lors d'une première immersion dans une piscine dont on ne voit pas le fond.

La sonnerie allait *crescendo*, quasi endiablée.

Lysiane s'énerva, prit ses grands airs, déplora les caprices de sa fille et l'attrapa par la peau du dos pour la jeter dehors avant de fermer la porte derrière elles.

— Tu ne sais rien de ce qui t'attend, alors cesse de geindre et de me prendre pour une méchante. Contrairement à ce que tu t'imagines, je n'ai pas l'intention de te priver de musique. Loin de là, tu verras…

Ni une ni deux, Jolene se retrouva en voiture et somnola tout le long de la route. C'était son seul moyen de ne pas pleurer. Dans l'appartement, le réveil continuait à sonner.

Les cheveux ébouriffés rabattus devant ses yeux, Jolene sent le roulis de la voiture la ramener à son point de départ. Que les cerisiers bourgeonnent pendant que les jonquilles fanent pour laisser place aux tulipes ne l'intéresse pas. Elle pense aux salles feutrées du lycée, où elle retrouve ses camarades en fin d'après-midi avant de se rendre au Conservatoire. Petites salles couvertes de moquette où musiciens et apprentis cinéastes se réunissent pour créer. Jan préfère cet espace à celui du Conservatoire. Il y arrange des morceaux sur un synthétiseur. Jolene, dans un coin, commence à rédiger un devoir qu'elle fera en deux versions parfaitement distinctes. Jan n'aura qu'à recopier le sien. C'est elle qui écrit bien, il le lui dit. C'est elle aussi qui lit les livres conseillés par le professeur et lui en expose les grandes lignes avant les contrôles. Elle seule semble comprendre ces *Chimères* qui, pour lui, ne signifient rien. Rien de plus qu'un amas de noms tirés d'une mythologie qui le laisse froid. Elle ne comprend pas tout pourtant, loin de là, mais elle ressent.

Quand le professeur a expliqué que l'auteur a écrit ses poèmes à l'encre rouge lors d'une crise de folie, elle s'est mise à trembler. Projetée ailleurs, dans la chambre au balcon, dans la solitude nocturne de l'appartement duquel on l'arrachera bientôt. Elle tremble de ressembler à Nerval. Pour le rouge sur les pages. Ces mots qu'elle lit en noir dans un Garnier-Flammarion de 1994.

Et pour la douleur aussi.

L'attaque du premier sonnet résume sa détresse, lue et relue, *Je suis le ténébreux, – le veuf, – l'inconsolé*… Il n'y manque que le féminin pour traduire exactement ce qu'elle ressent ; mais qu'importe, elle sait devenir l'autre qui lui ressemble. Même solitude, même noirceur, même souffrance. Même *soleil noir* depuis la perte de Jeanne. Prise de mélancolie, elle déplore son *cœur désolé* tout en regrettant *le baiser de la reine. Sa reine*. Elle revoit les notes rouges écrites pour elle. Créer pour combler.

Chacun son rouge quand la folie guette…

Jan répète un air tandis qu'elle rédige pour deux. Il s'agit de percer le mystère de l'alliance du profane et du sacré entre lesquels « El Desdichado » – *le déshérité* – tâtonne pour revenir deux fois de la mort par la magie de sa poésie. Pendant ce temps, Jan fredonne et se perd dans un charabia qui lui semble creux. Il n'a pas les mots pour faire beau, lui. Alors, il appelle Jolene.

— Trouve-moi des paroles pour cet air-là, s'il te plaît.

Elle lève les yeux de sa copie.

— Tu veux un poème ?

— Écris, Jolene, écris tout ce qui te passe par la tête. Il me faut des mots de feu pour coller à ces notes-là !

Elle acquiesce, parrainée par Nerval. Change de stylo, récupère une feuille dans la poubelle.

— Joue, dit-elle. Répète, sans t'arrêter jusqu'à ce que j'aie terminé.

Elle plonge son regard sur la feuille usagée dont un seul côté reste vierge. L'encre coule, rouge. Chaque note est une syllabe, chaque rythme une ponctuation. Elle écrit comme elle improvise, inclinée et offerte, ailleurs en elle-même.

Dans la voiture qui l'arrache de Lille, elle repense à ce moment. Le grave des notes de l'introduction de Jan, la petite phrase sur laquelle ses mots se suspendent comme des fruits sur un arbre.

Elle ne s'est pas levée pour lui apporter la feuille. Il a vu qu'elle avait terminé et s'est jeté dessus. Elle avait l'esprit dans le flou des inspirations fortuites. Il a lu le texte rouge, pressé comme un jus de grenade. Il l'a posé sur le pupitre et s'est remis à jouer, commençant à faire glisser sa voix sur les mots empourprés. Il s'est écouté. Jolene aussi. Il a repris, recommencé. Insatisfait. Comme en peine.

— Viens, Jolene, a-t-il demandé. Viens chanter ton texte, je ne trouve pas la manière de le caler, je ne sais pas comment tu l'as imaginé sur ma musique.

Jolene reste bête sur sa chaise. Elle ne chante pas, elle.

Il insiste, elle se lève sans savoir pourquoi.

Elle s'approche de lui, observe ses doigts danser sur le clavier. Elle a simplement envie de l'embrasser. C'est déjà arrivé. Ensuite, ils n'en ont plus jamais reparlé. Elle fixe son texte comme si elle ne l'avait jamais vu. Trop vif soudain. Repoussant.

— Vas-y, lui répète-t-il sans violence.

Il la connaît assez pour savoir que sa propre voix lui fait peur. Alors, il reprend en boucle jusqu'à ce qu'elle se lance et, parce qu'il a cette patience, elle se met à chanter le texte qu'elle a tissé sans la moindre rature.

La voiture cahote parfois sur la voie rapide. À cause de la chaussée déformée et de la conduite aléatoire de Lysiane qui vérifie son maquillage dans le rétroviseur, histoire de s'assurer qu'elle reste jolie en toute occasion. Parce que jolie, elle l'est, toujours et sans effort, alors que Jolene ne ressemble à rien, avec ses cheveux en bataille et ses yeux vitreux.

N'en déplaise à sa mère qui essaie de lui adresser la parole, elle fait celle qui dort, dissimulée sous sa tignasse brune.

— Recommence, tu veux bien ? lui demande encore Jan, reprenant sa mélodie. Recommence et prends ton temps. Je vais te suivre.

En différé, elle entend sa voix dans le roulis des roues, dans le frottement des mains maternelles sur le volant, dans les crans de l'embrayage aussi.

Une voix qui lui était étrangère jusque-là et qu'elle jauge d'une oreille sceptique.

Par trois fois, il la fait recommencer sans rien dire. Et elle recommence, sans rechigner.

— C'est magnifique, conclut-il. Ta voix est magnifique. C'est toi qui dois chanter.

Et elle n'y croit toujours pas, elle n'y croira jamais, mais elle chantera pourtant. Elle le sait. Lui, plus encore. Jan renonce à son rêve comme on cède la place à plus fort, convaincu que marcher dans les traces de Jolene le portera plus haut. Il sait ce qu'il lui reste à faire, tout est clair dans son esprit.

Elle pense à lui dans son faux sommeil. On les croit frère et sœur au lycée, parce qu'ils se ressemblent. Ils en jouent et s'en servent pour se fuir encore un peu avant que les choses ne prennent une tournure trop sérieuse.

Le lendemain de la première chanson ensemble, il écrit un autre morceau pendant qu'elle poursuit le devoir et se demande : *Suis-je Amour ou Phébus ?* tout en rêvant de *la grotte où nage la syrène*... La beauté ne s'explique pas, se dit-elle, elle ne s'enferme pas dans une réponse cadrée ; mais puisqu'il faut s'y résoudre, elle garde ses délires pour elle et se conforme à la méthode, sans être dupe. Jan joue et, lorsqu'il est prêt, elle change de stylo. Vire du bleu au rouge. De la mélancolie à la délivrance. Car les notes de Jan sont joyeuses comme des fillettes qui font la ronde, coiffées de couronnes de fleurs. Jolene trouve les paroles, les pose sur le pupitre et leur prête voix. Une fois, deux fois, dix fois, il la fait recommencer. Et elle recommence. Elle ne se lasse jamais. Insatisfaite par nature, elle creuse par la répétition le puits d'une inspiration toujours plus grande.

Et le jour suivant, pareillement, ils composent.

Le devoir touche à sa fin.

Ils auront la même note et recueilleront chacun les compliments du professeur.

L'air de rien, ils échangeront un sourire de connivence quand, sur le point d'arriver à la treizième chanson, ils quitteront la salle de cours pour s'enfuir au sous-sol et la façonner ensemble.

Elle se souvient. Bercée par la route qui file tout droit, aveugle au monde qui l'entoure.

Elle se souvient et se cramponne à un autre poème des *Chimères* qui l'a inspirée pour écrire.

La Treizième revient… C'est encor la première ;
Et c'est toujours la seule

Une note renvoie au treizième arcane du tarot baptisé « La Mort », mais que l'on appelle aussi « L'Arcane sans nom ». Jolene ne nomme pas la mort de sa grand-mère. Elle n'en parle pas ou si peu, à Jan parfois, car la mort effraie, squelette muni de sa faux pour se couper le pied gauche qui lui servait de racine.

Perte irrémédiable ou nouveau cycle de vie ?

Pour l'instant, le vide l'emporte. Sans Jeanne, Jolene erre dans un Achéron que seule la lyre d'Orphée lui donne l'espoir de traverser, mais la poésie promet un renouveau auquel Jolene se raccroche comme elle peut ; si bien que lorsque Jan émet l'idée de former un duo pour faire vivre leur musique, elle repense immédiatement à « Artémis ».

— Nous avons treize chansons, dit-elle. Comme dans le poème de Nerval. Tu t'en souviens ?

— Oui, mais où veux-tu en venir ?

— Disons que l'on pourrait jouer sous le nom d'Arcane XIII.

— Ça sonne bien !

— Et comme cet arcane, je resterai sans nom. C'est ma seule condition.

Jan n'est pas sûr d'avoir bien compris. Veut-elle rester anonyme et si oui, pourquoi ? Sa mère, sans doute, quoi d'autre ? Il brûle de lui poser la question, mais craint de la froisser.

Sur le chemin du Conservatoire, il peaufine son projet. Pourquoi ne pas organiser un premier concert au lycée ? Jolene approuve, pourvu qu'il ait lieu en semaine, et à ce propos-là aussi Jan évite toute question.

La route commence à serpenter. Jolene sait que la voiture a quitté la voie rapide et qu'elle reviendra bientôt à son point de départ. Elle prend conscience qu'elle ne parlera plus à Jan que le soir, au téléphone, lorsque sa mère voguera de table en table, un sourire artificiel au bout des lèvres.

À nouveau, ses espoirs sont anéantis.

Elle est persuadée que Lysiane s'apprête à l'arracher encore à tout ce qui lui tient à cœur, mais elle se trompe. Lysiane n'a pas cette intention.

Pas tout de suite.

Elle prévoit au contraire de la laisser terminer son année sans rien changer à ses habitudes. C'est pourquoi, à peine a-t-elle entassé leurs affaires dans l'auberge familiale, qu'elle explique à Jolene qu'elle la ramènera au lycée dès le dimanche soir.

— Si je prends cette décision, c'est parce que j'ai des ambitions pour toi, mais n'oublie pas qu'en contrepartie, tu dois me ramener un bac avec mention et une médaille d'or, ce sera ma revanche.

— Ta revanche sur quoi ? s'étonne Jolene.

— Sur tout ! Tu as vu ma vie ? Ma vie de merde au service des autres alors que j'aurais pu briller, être applaudie, adulée et couverte des plus beaux bijoux…

— Si je n'étais pas née, c'est ça ?

L'atmosphère devient glaçante. Pour l'une comme pour l'autre. Lysiane dévisage sa fille avant de la toiser des pieds à la tête. On dirait qu'elle la regarde pour la première fois.

Mais elle s'esclaffe, balaie ses cheveux en arrière et élude la question. Toute tête brûlée qu'elle soit, elle n'a les mots ni pour se justifier ni pour percer son propre mystère.

— Fais ce que je te dis. Après, tu n'auras plus qu'à passer les concours qui t'ouvriront les portes des plus grandes scènes du monde. Je te laisse à Lille pour ça. Uniquement pour ça. Ne me déçois pas !

Jolene, qui ne s'attendait pas à un tel revirement de situation, reste sans voix, figée au pied du fauteuil comme un lampadaire. Lysiane place la barre trop haut, ses rêves sont des délires. Jolene a conscience qu'il ne suffit pas de bien jouer et d'obtenir une médaille pour percer dans ce milieu, mais elle se tait et serre les dents un peu plus.

Pendant ce temps, Pierre ponce du bois dans la cave, loin de se douter que sa fille est de retour avec Jolene. Pour une fois, cela arrange bien Lysiane. Il fuit constamment pour noyer son chagrin et ne daigne sortir de son trou que pour raviver la mémoire de Jeanne, résolu à ne rien changer. Lysiane, au contraire, nourrit de grands projets pour l'auberge. Elle veut tout moderniser, tout rebaptiser, mais elle attend.

L'armoire de Jeanne est encore toute pleine de son odeur.

Le soir de son arrivée, elle relègue Jolene dans la petite chambre.

— J'ai besoin d'espace, maintenant que je vis ici. Toi, tu ne viendras qu'en coup de vent, alors…

Jolene déménage, renonce à l'armoire à glace, au bureau, au balcon, n'emportant que son clavier.

Elle s'exécute et se tait. Elle obéit, mais cela ne suffit pas. Lysiane lui reproche sa froideur et se félicite de l'éloigner. Elle souffle le chaud et le froid, soumettant Jolene et la redoutant à la fois. Dans la jeune femme qu'elle devient, elle reconnaît les traits de Fred et se sent menacée, persuadée que son silence cache une arrogance capable de la pulvériser.

Qu'a-t-elle su de lui ? Que lui a-t-il appris de sa vie ?

Rien.

Quelques virées à moto, quelques cocktails dans un bar, quelques nuits d'amour, et après…

Le temps avait passé et le souvenir ne passait pas.

Comme l'odeur du linge de Jeanne dans l'armoire ne passerait pas.

Jolene, par sa présence, n'aurait de cesse de raviver tout cela, et elle lui en voulait d'être celle qui s'obstinait à garder la mémoire de ce qu'elle cherchait à oublier.

— Et le piano, il arrive quand ?

Jolene pose la question lors du trajet qui la ramène à Lille pour sa première nuit d'internat.

— Comment ça ? s'étonne Lysiane pour cacher son embarras.

— Quand est-ce qu'il arrive à l'auberge ?

Lysiane hésite, cherche à gagner du temps, serre un peu plus fort le volant, foudroyée par le regard inquisiteur de sa fille qui détecte un nouveau mensonge, avant de se lancer :

— Je l'ai vendu pour te payer l'internat !

Sans demander l'autorisation, Jolene coupe l'autoradio au moment où Dolly répète pour la énième fois son prénom.

— Mais tu n'as plus de loyer à payer, je ne comprends pas, dit-elle d'une voix posée exempte de reproches. Et je suis sûre que papy aurait bien voulu le déménager ici, si nous le lui avions demandé.

— Ne te mêle pas de ce qui ne te regarde pas. Il y a un piano à l'internat, alors ne te plains pas.

Lysiane redémarre la cassette, Jolene ravale ses larmes.

Comment lui décrocher la médaille sans piano pour s'entraîner ?

Encore une injonction contradictoire, encore un fardeau à porter.

La voix de Dolly berce l'une autant qu'elle étouffe l'autre comme pour les renvoyer dos à dos. Une fois encore, une fois de trop.

Lysiane seule connaît la vérité.

Tout ce que j'ai pour moi, constate-t-elle en faisant le trajet inverse en solitaire.

Elle sait que, ce piano, elle ne l'a jamais acheté mais seulement loué pour un prix modique à un habitué du *66* qui l'avait suivie dans tous les autres bars où elle avait servi. Un de ces mecs un peu paumés un peu lourdauds qu'elle mettait dans sa poche et pressait comme un citron. Le genre de balourd qui ne quittait le comptoir qu'en titubant, torché au whisky-Coca, laissant derrière lui un billet de dix euros qu'elle glissait dans son tablier en le traitant d'imbécile.

Tout éloignée que Lysiane se tenait, rien ne lui échappait.

Elle pensait que, comme les champions olympiques, sa fille lui rapporterait une énorme pièce d'or qu'elle exposerait sur le grand mur de l'auberge. Elle trouverait toujours le moyen de glisser une petite remarque à ses hôtes. Elle dirait : *Ma fille est une grande musicienne, je me suis saignée aux quatre veines pour elle, mais ça valait le coup !* Ensuite, elle n'aurait plus qu'à broder si, d'aventure, on se montrait curieux comme elle l'espérait. Avec un peu de chance, elle pourrait finir par conclure que, sans elle, sa fille n'en serait jamais arrivée là et on la complimenterait. Ce serait sa revanche, en attendant mieux !

Attendre… mais quoi, au juste ?

Un autre Fred, un nouveau Bob pour mettre un grain de folie dans sa vie ?

Pour elle, plus rien n'était *funny* et chaque jour ressemblait au précédent. Elle rêvait encore d'escapades au clair de lune et de virées improvisées. Elle s'imaginait choisir un pays au hasard sur le planisphère et prendre un vol pour en visiter la capitale à la vitesse de l'éclair.

Les années s'étaient écoulées, sa fille aurait bientôt dix-huit ans et elle, le double.

Qu'avait-elle fait de tout ce temps ?

En voyant Jolene devenir femme, elle repensait à celle qu'elle avait été dans sa jeunesse, chevillée à sa campagne, sans la moindre confiance en elle, malgré ses grands airs ; mais à présent elle se sentait prête. Au lieu de piétiner à Lille, elle tenait les rênes de l'auberge pendant que sa fille transformait en or tout ce qu'elle touchait.

Chacune avait son destin à tracer, c'était maintenant ou jamais.

Depuis la mort de Jeanne, Jolene avait beaucoup changé. Les traits de son visage s'étaient affinés et ses cheveux étaient devenus lisses et épais, presque dociles. Il lui poussa enfin une poitrine, trop maigrichonne au goût de Lysiane, mais visible.

Un matin à l'auberge, elle surprit sa fille en train de lire dans le fauteuil et la trouva jolie. Elle sentit son cœur se serrer, eut envie de l'embrasser, mais se revit alors au même âge avec son ventre gros de huit mois et sa vie gâchée. Jolene, elle, lisait tranquillement, parfaite image de ce qu'elle aurait souhaité pour elle, si elle en avait eu la chance. Car pour Lysiane, tout était toujours une question de chance. Jolene avait la chance d'être intelligente, d'être la préférée de ses grands-parents et la protégée de ses professeurs. Une chance insolente que la vie lui avait refusée, à elle.

Chacune avait son destin à tracer, mais la vie était injuste et les chances inégales. Rien ne pouvait la libérer de cette croyance bien ancrée.

L'invitation qui se glissa bientôt dans la boîte aux lettres ne fit que la conforter en ce sens. À sa grande surprise, le lycée Fénelon de Lille où étudiait Jolene avait l'honneur de convier les parents des élèves les plus talentueux à un concert exceptionnel dans le nouvel amphithéâtre.

Lysiane resta sans voix et relut plusieurs fois le courrier, car Jolene ne lui avait jamais parlé d'un tel événement.

La lettre en mains, elle s'était tournée vers Pierre qui terminait son repas par des lamelles de pomme juste coupées avec son couteau fétiche.

— Jolene t'a parlé d'un concert au lycée ? Elle t'a invité, toi, je parie !

Pierre la fit répéter. Quel genre de concert ? Elle ne savait pas, ce n'était pas précisé, mais dans les « élèves les plus talentueux », il y avait forcément sa fille, il ne pouvait en être autrement.

— Certainement, conclut-il avec détachement. Nous n'aurons qu'à lui demander quand elle rentrera ce week-end.

— J'y compte bien ! conclut Lysiane en repliant la lettre en trois avant de la glisser à nouveau dans l'enveloppe.

Le trognon de pomme entre les doigts, Pierre se leva pour jeter le reste de fruit à la poubelle.

— Au fait, se permit-il quand le couvercle métallique se referma, si Jolene fait partie du concert, ça me ferait plaisir d'aller l'écouter. On pourrait fermer l'auberge, de manière exceptionnelle, ça nous changerait les idées !

Lysiane se leva et remplit le lave-vaisselle comme si elle n'avait rien entendu. À la manière dont ses lèvres tombaient, Pierre comprit qu'elle était vexée parce que Jolene lui avait fait un secret. Pour ne pas envenimer la situation, il descendit à la cave et décida de laisser tomber.

Les fleurs blanches des cerisiers n'étaient déjà plus qu'un souvenir lorsque Jolene descendit de l'autocar le vendredi soir et trouva sa mère assise sur le capot de sa nouvelle voiture tout aussi rouge que la précédente, les cheveux au vent. D'habitude, elle terminait la route à pied, longeant la nationale, son sac à dos toujours un peu trop lourd à porter ; mais ce soir-là, Lysiane s'avança vers elle pour la libérer de ce fardeau qu'elle déposa elle-même dans le coffre. Face à tant de sollicitude, Jolene s'attendit au pire. Jamais Lysiane n'avait pris la peine de venir la chercher, à l'exception du jour où elle avait passé son examen d'entrée au Conservatoire.

Que s'était-il donc produit de si important qui ne pouvait attendre quinze minutes supplémentaires pour être annoncé ?

Elle prit place à côté de sa mère et patienta sans poser de question, persuadée qu'un malheur était arrivé à son grand-père, mais Lysiane orienta la conversation sur un tout autre sujet.

— J'ai reçu une invitation pour un concert des talents prévu la semaine prochaine dans ton lycée. Tu ne m'en avais pas parlé, petite cachottière ! Je parie que tu comptais me faire la surprise, mais la lettre est arrivée trop vite, c'est ça ?

— C'est ça, exactement. Oui, c'est ça, ânonna Jolene, prise au dépourvu.

Jamais elle n'aurait pu imaginer qu'une invitation nominative soit envoyée aux parents pour les convier au premier concert qu'elle allait donner avec Jan.

— Voilà une bonne occasion de t'écouter jouer du piano et de faire une petite virée à Lille… Depuis le temps que je n'y ai plus remis les pieds !

— C'est sûr, se força à articuler Jolene. Ça te changera de l'auberge.

En bout de phrase, sa voix s'était étranglée et ses mains s'étaient mises à trembler au point qu'elle les avait glissées sous ses cuisses pour dissimuler son trouble ; mais c'était peine perdue. Rompue au mensonge, Lysiane avait un sixième sens pour détecter les zones d'ombre et les réponses floues. Pareille au limier, elle flairait la moindre trace d'embarras qui la conforterait dans sa traque.

Sur leurs treize titres, ils en interpréteraient trois. Une aubaine pour des débutants. Jolene pensa alors que Jan n'allait pas tarder à se retrouver pris au piège, lui aussi. Ils étaient loin de se douter que l'information puisse s'étendre au-delà de quelques affiches placardées de-ci de-là sur les murs du lycée.

— Et qu'est-ce que tu vas jouer ? Avec qui ? reprit Lysiane d'une voix nerveuse, grinçante et contrefaite.

Jolene se racla la gorge. Son silence était un aveu de trahison pour Lysiane, elle le savait, même si sa réponse serait également passée au crible. Quoi qu'elle dise, c'était toujours la même impasse, le même sentiment d'impuissance à satisfaire les attentes d'une mère omniprésente.

Repue de ce silence suspect qui la confortait dans ses intuitions, Lysiane tapotait sur le volant en attendant de la mettre en échec. Jolene savait que c'était à son tour de jouer, mais elle n'avait ni la tactique ni la défense pour attaquer au lieu de battre en retraite.

— Je ne joue qu'un petit morceau, tu sais. Pas la peine de te déplacer.

À la manière dont la voix de sa fille s'éteignit, Lysiane flaira l'embrouille, mais fit celle qui n'avait rien remarqué.

— Ah… Je vois, c'est dommage, déclara-t-elle, déçue. J'aurais bien quitté l'auberge pour t'écouter et en profiter pour refaire ma garde-robe en ville ! On aurait pu faire du shopping entre filles, mais ce n'est que partie remise, pas vrai ?

Jolene vomit un *oui* de crapaud tandis que Lysiane, doublement vexée, pestait intérieurement.

Elle va voir de quel bois je me chauffe, si… La phrase se dupliquait dans son esprit, ritournelle menaçante pour dompter une nouvelle angoisse d'être trompée.

Insidieusement, c'était toujours la même scène qui se rejouait, la réactivation de la douleur première qui dégoulinait sur tout le reste, sans distinction aucune.

Persuadée que Jolene ne lui avait pas tout dit, elle pensa à Fred et s'imagina qu'il serait au concert puisque sa fille en était réduite à mentir pour l'en tenir éloignée.

Alors elle se fit discrète pendant les deux jours durant lesquels Jolene retrouva son grand-père, si ce n'est pour seriner son regret de devoir renoncer au concert qui faisait sa joie.

— Il y aura d'autres occasions, ne t'inquiète pas, répétait Pierre, ajoutant qu'il viendrait avec elle.

Les joues de Jolene s'empourpraient comme les ongles de sa mère, un rouge de honte et d'inquiétude que nul ne pouvait ignorer.

La salle du nouvel amphithéâtre était comble. Dans la précipitation, Lysiane parvint à entrer en se faufilant dans une foule aussi compacte que désorganisée. On aurait dit qu'elle nageait dans une eau à contre-courant. Esseulée autant que mal à l'aise, elle dériva sur l'ultime chaise vacante de la rangée la plus éloignée de la scène. Prise en étau entre deux femmes munies l'une d'une caméra et l'autre d'un appareil photo, elle serra son sac contre sa poitrine. Comment pouvaient-elles s'agiter ainsi à la simple idée de voir leur progéniture se produire sur scène ? Intérieurement, elle méprisa leur manque de tenue, leur allure négligée et leurs coiffures ordinaires. Se moquer était sa façon de se rassurer. Crispée comme jamais, elle remit ses cheveux en place et jeta un coup d'œil dans son miroir de poche avant de se repoudrer le nez. D'un geste expert, elle referma sa boîte à poudre. Un clic retentit, elle l'enfouit dans son sac et fit glisser la fermeture Éclair avant de le poser sur ses genoux.

Une fois encore, elle se sentit perdue et le rouge lui monta aux joues. *Quelle chaleur !* se dit-elle. *C'est un calvaire, et tout ce bruit…* Rien à voir avec l'atmosphère rassurante de l'auberge qui n'assurait guère plus de cinquante couverts. Si Pierre l'avait écoutée, ils auraient pu en servir le double, mais puisque rien ne pouvait changer, il ne fallait pas s'étonner qu'elle perde l'aisance acquise au *66*. À l'époque, l'agitation la grisait, c'était une façon d'oublier sa pauvre vie entravée, de se perdre jusqu'au petit matin dans des bras plus ou moins différents qui la flattaient sans s'attacher.

Une main baladeuse ne l'aurait pas rendue aussi écarlate qu'elle l'était ce soir-là. Elle était si gênée qu'elle avait l'impression que tous les regards se concentraient sur elle. À l'auberge, elle se savait observée et ce n'était pas pour lui déplaire ; mais en dehors de ses repères familiers, elle se croyait traquée par des œillades imaginaires qui lui ôtaient tout naturel. Repousser un geste déplacé lui était facile, il lui suffisait d'une réplique cinglante pour tout remettre en ordre. L'impression d'être jugée, au contraire, était une sensation diffuse autant qu'invérifiable qui lui faisait tourner la tête et la maintenait aux aguets.

Tout la persécutait et augmentait sa méfiance. L'organisation était bancale, le discours inaugural interminable et le spectacle n'en finissait plus de se faire attendre. S'il faisait chaud, déjà, alors que rien n'avait encore commencé, qu'en serait-il après ? *Pourvu qu'ils éteignent au moins les lumières*, pensa-t-elle, en lorgnant sa montre pour la énième fois. L'obscurité l'apaiserait, refroidirait ses joues et calmerait son feu intérieur. À bien y regarder, personne n'avait les cheveux aussi blonds ni la jupe aussi courte qu'elle. Les sacs à main se résumaient à des besaces quelconques alors que le sien était d'un vert céladon assorti à ses chaussures à talons. Aucun visage n'était aussi maquillé que le sien, mais la plupart des femmes portaient un diamant à l'annulaire. Lysiane portait du vernis, elle, rien de plus.

Elle repensa à l'émeraude de La Madelon. Elle aurait été bien avisée d'en porter une pareille dans de telles circonstances.

Soudain, un riff joué au médiator capta la salle surchauffée. Enfin, le spectacle commença.

Deux guitares électriques se toisent de part et d'autre de la scène, le son émane d'enceintes Marshall inclinées sur un parquet tout neuf. Plongés dans le noir, les visages des musiciens se limitent à des ombres mouvantes pour laisser la musique envahir l'espace. Une cymbale charleston retentit, doublant le son de la guitare de droite, un projecteur braqué sur elle.

Le rythme est lent, le groove syncopé, souvent à contretemps pour mieux laisser respirer les silences. Les mains des guitaristes sont parfaitement synchronisées lorsque le chanteur entre en scène. Nombreux sont ceux qui frissonnent de reconnaître *Back in Black*, l'un des plus grands succès d'AC/DC, symbole de la renaissance du groupe après la mort de Bon Scott. La salle chauffe vite, c'est l'effet du hard rock, dose létale d'hypnose.

Dans les coulisses, Jan et Jolene entendent plus que le tube planétaire, ils détectent la gamme pentatonique mineure, frémissent à l'écoute de la *blue note* et exultent à la fin du lead qui propulse une sixte majeure.

Lysiane déteste cette musique de sauvage. Elle se gaine, se raidit, s'évente à l'aide d'un dépliant qu'elle attrape sous la chaise de devant. Trop pressée d'entrer sans se faire refouler, elle n'a pas reçu le programme comme tout un chacun. Maintenant, il est trop tard pour le lire et identifier Jolene dans la liste des participants. Elle n'a plus qu'à attendre et à subir cette chaleur insupportable que le brouhaha ambiant ne fait qu'attiser. Pour elle, tout cela n'est rien d'autre que du bruit, un simple cri de rebelle, abruti et cassé en deux sur sa guitare de dément.

Au troisième morceau dans le même registre, elle cessa de s'éventer pour se boucher les oreilles. La salle était debout, elle n'y voyait plus rien, étouffant entre les deux mères groupies déchaînées à côté d'elle. Si la suite du programme fut moins musclée, les voix lui paraissaient toujours trop grossières, la musique trop rock et les jeunes trop sûrs d'eux pour pas grand-chose. Autour d'elle, le public était emballé, les applaudissements spontanés et les flashs permanents, raison de plus pour se sentir en parfait décalage avec tout ce petit monde.

Lorsque sa fille entra en scène, elle ne la reconnut pas.

D'abord, elle n'était pas au piano comme prévu, et surtout, elle portait ses cheveux longs, peignés avec soin, la frange retombant légèrement sur son front. C'était forcément une autre fille, la première à se présenter au micro pour chanter. D'ailleurs, Jolene ne chantait pas, refusant même de participer à la chorale sous prétexte d'avoir du retard à rattraper au piano. Lysiane avait cédé sur ce point, sans problème. Le chant, c'était son domaine, pas celui de sa fille.

Délicatement, la chanteuse posa ses mains sur le manche du micro. Elle jeta un regard au garçon, debout derrière un synthétiseur, tout en l'écoutant interpréter les dernières notes de l'introduction.

Le garçon portait un jean et un t-shirt pareils à ceux de la fille qui approcha ses lèvres du micro, le visage neutre, les yeux dans le vague, fixant un point que nul à part elle ne pouvait deviner.

Alors, une voix grave et épaisse recouvrit la polyphonie de l'appareil électronique.

Là encore, Lysiane eut un doute. Sa fille n'aurait jamais délié ses cheveux, jamais chanté d'une voix aussi grave, jamais laissé le clavier à un autre, et pourtant, les traits de ce visage étaient bien ceux de Jolene. La frange ne trompait pas.

Mais ce n'était pas possible. Cette voix-là ne pouvait être que la voix d'une autre qui ressemblait à sa fille. D'aussi loin qu'elle s'en souvienne, la phonation de Jolene se limitait à un mince filet, à une empreinte hésitante typique de sa réserve naturelle. En sourdine, c'est ainsi qu'elle s'adressait à elle. À l'écouter, on aurait dit un léger murmure qui louvoie dans les interstices sans jamais oser prendre sa place.

Donc la fille, en simple jean et t-shirt, ce n'était pas la sienne.

Car *sa* Jolene portait des chemisiers à col rond et des pantalons en toile. Des souliers vernis et des jupes à plis. Pas de musique sans cette élégance. Elle le lui avait assez répété. *Sois jolie et ça passera ! Sois polie et ça passera ! Sois docile et ça passera !*

Cette chanteuse-ci était négligée. Tout le contraire d'une artiste digne de ce nom et du modèle qu'elle lui avait donné.

Non, décidément, ce n'était pas possible.

Lysiane ferma les yeux. Soulagée que ce ne soit pas *sa* Jojo qui chante sur scène, en dépit des similitudes. Cette voix-là était trop puissante pour elle, trop abrupte, trop animale.

Il y avait pourtant un petit quelque chose de commun, logé dans le regard, une sorte d'absence, de vague à l'âme, une certaine façon d'être là sans y être, de flotter dans un ailleurs dont elle s'était efforcée de percer le secret en vain. Pour en avoir le cœur net, elle ramassa le programme au pied de sa chaise et profita d'une série de flashs de sa voisine pour parcourir la liste des participants et tomber sur Arcane XIII. Un pseudonyme ésotérique en parfait décalage avec l'image qu'elle se faisait de sa fille, cantonnée à la musique classique et au piano droit, sage et bien rangée, aux antipodes de cette louve hurlant au clair de lune.

Au fil de ses expériences, Lysiane avait compris que sa revanche ne passerait que par l'inversion des codes, quitte à renier ses intimes convictions. Sans relâche, elle avait encouragé Jolene à imiter le langage et les manières de ses camarades pour ne pas trahir ses origines populaires.

La chanteuse aux yeux d'or dont la voix âpre semblait peler chaque mot, il n'était pas pensable que ce soit sa fille. Dès lors, elle comprit que le combat, qu'elle s'était acharnée à mener depuis l'instant où elle avait laissé s'échapper ce double d'elle-même de son ventre, était perdu d'avance. Parce qu'il est des mondes inaccessibles que même la volonté la plus farouche n'atteint pas.

Au centre de la scène, la chanteuse se tenait droite, les mains posées sur le micro, hiératique. Sa voix fendait l'air comme une flèche, son timbre faisait vibrer le plancher et son corps transmettait toute l'émotion contenue que son âme lui insufflait. C'était rauque et aérien à la fois, clair et obscur, incandescent et froid. Les paroles chantaient les forêts primaires et les eaux immaculées, les saisons et le rythme d'un temps harmonieux que la cupidité ravage. Elles clamaient la liberté et l'appel sauvage des grandes plaines pour cavaler dans le vent au lieu de s'enliser dans la glaise des préjugés.

Focalisée sur l'apparence de la chanteuse, Lysiane passait à côté du texte, laissant la musique lui échapper autant que tout le reste. Elle la trouvait trop sobre, trop statique, trop figée.

La voix monta d'une octave et elle se remit à hésiter.

C'était tout là-haut, dans le cristal vocal, quelque chose de familier, comme l'inflexion soumise de la petite qui lui tendait les ciseaux pour se laisser coiffer. Sa voix vibrait dans les aigus, frissonnante et déterminée à la fois. Ambivalente, toujours.

Il y avait de la peur dans ce trémolo, une peur refoulée dont seule Lysiane connaissait l'origine.

Plantée sur scène, agrippée à son micro, Jolene se faisait l'effet d'un arbre qui reçoit la foudre et s'embrase sans comprendre ce qui lui tombe dessus. Sa voix la dépassait, littéralement. Dans les pièces du sous-sol, elle chantonnait pour faire plaisir à Jan. C'était sa manière d'essayer de lui plaire sans se prendre au sérieux. Il jouait, elle chantait pour être à ses côtés. Ses textes sur sa musique. Comme un festin. Ensuite, l'engrenage, la promesse pour ne pas décevoir.

— Tu chanteras sur scène, promis ?

Elle avait accepté sans réfléchir, juste comme ça, enfilant des phrases pour venir à bout d'une synthèse sur la poésie romantique dans le prolongement de sa lecture de Nerval.

Et elle se retrouvait là, comme un chêne traversé d'un éclair de lumière autour duquel flottait de la poudre d'or. La voix jaillissait d'en bas, puisant aux racines les plus enfouies et les plus inconscientes. Dans les enceintes, elle lui revenait en écho, aux deux extrémités de la scène. Parfois, elle brûlait de se tourner vers Jan pour se rassurer, mais l'étonnement la figeait. Étourdie, traversée de frissons autant que coupée en deux, elle se sentait envahie, simple passage entre deux mondes.

La première chanson terminée, Lysiane se redressa sur sa chaise, à contretemps du public qui applaudissait avec ferveur. La chanteuse salua d'un pas en avant, la tête légèrement inclinée, une œillade pleine de doute en direction de Jan.

Le chant, c'était l'affaire de sa mère, pas la sienne, pensa Jolene. Les rôles auraient dû être inversés. Jan au micro, elle au clavier, à la rigueur. On était bien loin de la musique qu'elle s'acharnait à pratiquer depuis plusieurs années pour satisfaire les ambitions de Lysiane. Soudain, elle se sentit comme une erreur, des dizaines de regards braqués sur elle. Les applaudissements l'étourdissaient alors qu'elle ne songeait plus qu'à révéler son imposture. Lorsqu'il la vit commencer à vaciller, Jan lança le second titre, une mélodie vaporeuse pétrie de vague à l'âme. Quelques notes suffirent à remettre Jolene en ébullition et elle se laissa emporter, soumise à plus fort qu'elle.

À la fin du troisième titre, la salle était debout, insatiable et bruyante pendant que Lysiane restait assise, son sac sur les genoux.

Sans certitudes autre que la douleur.

Une gifle, en somme.

Une humiliation supplémentaire.

Fallait-il être sans allure et chanter des chansons aux paroles insensées pour faire lever les foules ?

Des textes, elle n'avait rien écouté, de la musique non plus. Tout cela était tellement loin de son univers... Dolly, l'amour, la jalousie et *Jolene Jolene Jolene – Djo-li -i -ine*...

Les applaudissements la torturaient.

Et la chanteuse qui saluait à peine. *Une vraie godiche !* Elle, elle se serait inclinée jusqu'à effleurer le sol de ses doigts. Elle aurait hurlé des mercis dans le micro et envoyé des baisers à gogo. C'était cela, le grand show qu'elle imaginait souvent le soir avant de s'endormir. Fossilisée dans sa jeunesse avortée, elle se retrouvait maintenant hors jeu, perdue au milieu d'une foule de parents fiers et épanouis.

Si c'était sa fille sur scène, elle lui transperçait le cœur.

Le feu sous la glace, pensa-t-elle, en se redressant brusquement pour voir la chanteuse saluer une dernière fois avant de quitter la scène d'un pas léger et retenu, le pianiste dans son sillage.

Le concert reprit et elle se félicita d'avoir laissé Pierre à l'auberge. Il l'aurait reconnue immédiatement, lui, son amour aurait débordé de manière indécente, ses mains auraient applaudi avec ferveur et il aurait senti Jeanne flotter autour de lui pour partager sa fierté. Ça, elle n'aurait pu le supporter.

Seule, au fond de la salle, elle se sentait dépossédée ; car le chant, c'était *son* territoire *à elle*, son rêve avorté que personne n'avait le droit de lui ravir. La colère redoubla la chaleur ambiante. Une autre musique tambourinait à ses oreilles, mais elle en avait assez entendu. Elle se leva à contretemps, s'excusa tout le long de la rangée, et s'échappa de la salle par la double porte latérale.

Sa fuite la ramenait à Fred, toutes ses dérobades la ramenaient à cette échappée-là. Une esquive, un faux-fuyant, une manière de disparaître en une volte-face spectaculaire, laissant un vide inexpliqué pour faire un coup d'éclat et se sentir exister. C'était son piège, la toile qu'elle s'était tissée pour se suspendre dans le vide sans chuter. Tout était là, tel son point d'origine, sa genèse, son mythe fondateur. Un amour volé, un rêve avorté, un enfant prématuré. Une onde de choc qui n'en finissait pas de se jouer d'elle à son insu.

Au lieu de s'orienter vers la sortie, Lysiane bifurqua en direction des coulisses. On lui fit barrage. *Ce n'était pas la place des parents, désolé, il fallait comme les autres regarder le spectacle jusqu'au bout et se retrouver ensuite dans le hall.*

Elle acquiesça, sembla capituler, fit quelques pas dans le bon sens avant de se raviser.

— J'habite loin, vous comprenez ? Je suis la gérante d'une auberge dans les Flandres, loin, très loin d'ici, dans la plaine. Si vous ne me laissez pas entrer quelques instants, je ne verrai pas ma fille. C'est la chanteuse d'Arcane XIII…

— Jolene ? Vous êtes la mère de Jolene, alors ? demanda-t-il, la voix tremblante d'émotion.

Incapable de prononcer un mot, Lysiane afficha le sourire de carte portale dont elle avait le secret.

— Votre fille est un ange, vous le lui direz de ma part, acheva le vigile en lui ouvrant la porte des coulisses. Et surtout, faites vite et restez discrète !

Sans remercier, elle passa de l'autre côté.

Plus elle se rapprochait, moins elle doutait, mais elle ne pouvait s'empêcher d'espérer se retrouver face à une parfaite étrangère qui, de sa voix grave, puissante et assurée, lui demanderait : « À qui ai-je l'honneur, madame ? »

Alors, seulement, elle pourrait respirer, retrouver toute sa force, ressusciter.

— Arcane XIII ? Une référence à Nerval ? Mais quelle idée géniale ! J'adore votre musique et ferai tout mon possible pour vous aider à vous lancer. Bravo, bravo à tous les deux, vous irez loin !

Le proviseur en personne complimentait le jeune duo trop intimidé pour répondre quoi que ce soit.

— C'est ma fille ! lança soudain Lysiane, mettant un terme à la conversation.

Coupé dans son élan, le proviseur la salua avec retenue, préférant inviter Jan et Jolene à se présenter à son bureau à la première heure le lendemain matin.

À peine se fut-il éloigné que Lysiane fondit sur Jolene comme un épervier tombe sur une proie inopinée.

— Méfie-toi de ce genre d'individus, ma chérie. Ils te promettent monts et merveilles et après tu te retrouves enceinte. Crois-en mon expérience !

Sous le choc de ce face-à-face impromptu, Jolene pâlit et mobilisa toutes ses ressources pour murmurer de sa voix de fillette :

— Mais c'est le proviseur du lycée ! Tu ne vas quand même pas…

— Si, justement ! Je vais te protéger et te ramener à la maison dès ce soir. Je ne me suis pas échinée à te payer des cours de piano au Conservatoire pour te voir en arriver là.

— Votre fille a beaucoup de talent, madame, se permit d'intervenir Jan, mais elle est encore plus douée pour le chant que pour le piano. Elle a la grâce, vous avez entendu tous ces applaudissements ?

— Eh bien, figurez-vous que moi aussi j'avais beaucoup de talent à son âge, malheureusement je suis tombée enceinte. Je n'ai pas envie d'un tel plan de carrière pour ma fille.

Jolene aurait voulu répondre, corriger, nuancer. Dire que l'histoire de sa mère n'était pas la sienne, mais aucun son ne pouvait plus sortir de sa bouche. Face à sa mère déchaînée, elle était comme une plage de galets submergée, un grondement invisible qui tremble et s'étrangle sans la moindre échappatoire.

Enfin, elle brisa le silence et se mit à pleurer. Livide et paralysé devant tant de violence, Jan n'osa ni lui attraper la main ni reprendre la parole.

— Tu rentres avec moi, tout de suite, ordonna Lysiane, les joues écarlates.

— Mais le concert n'est pas terminé, implora Jolene entre deux larmes, et je suis convoquée demain à huit heures. Je veux rester ici, assister au spectacle et dormir à l'internat. Tu n'as pas le droit de me priver de tout ça !

— Au contraire, j'ai tous les droits. Et surtout celui de te protéger.

— Tu es parano, complètement frappée !

— Parle-moi sur un autre ton ! tonna Lysiane en tirant sa fille par le bras.

— Excusez-la, elle ne voulait pas dire ça, c'est juste que…, tenta d'apaiser Jan, effaré.

— Toi, tais-toi ! C'est ta faute, tout ça, le coupa-t-elle, en emportant sa fille.

Lorsqu'un professeur tenta d'intervenir, Lysiane redoubla encore d'agressivité.

— Ce n'est rien, ce n'est pas grave, ne vous inquiétez pas, apaisa Jolene, des larmes plein les yeux.

Démunis, le professeur et Jan virent la chanteuse s'éloigner sans se débattre, conscients qu'elle s'était laissé prendre aux griffes de l'épervier pour abréger le scandale. Quelques instants plus tard, elle courait derrière sa mère dont les talons hauts résonnaient sur le carrelage de l'entrée.

Dans la rue, il fallut encore marcher un moment avant de tomber sur la voiture garée le long d'un trottoir. Jolene s'y engouffra, les lèvres plus serrées que jamais, couverte de honte.

Le pire était à venir, elle le savait.

Victime d'un crime de lèse-majesté, Lysiane roula plus vite que de coutume, Dolly à plein régime, fière d'avoir tiré sa fille du guêpier dans lequel, aveuglément, elle s'allait fourrer.

Il était presque minuit à leur retour à l'auberge. Pierre était en train de débarrasser les dernières tables quand il entendit la porte d'entrée s'ouvrir. Jolene apparut alors, la tête couverte de sa capuche pour se cacher. Sans un regard pour son grand-père, elle traversa le couloir et monta directement dans la petite chambre que sa mère lui avait allouée.

Lysiane, de son côté, restait cramponnée au volant, ressassant l'histoire de sa vie, envahie d'une rage qu'elle avait déjà connue deux fois par le passé. Après la nuit de Fred et après la nuit allemande. À deux reprises elle s'était enfuie et, chaque fois, elle avait dû revenir à l'auberge. Pauvre fille prodigue !

Retour au même point d'origine. Tout y contribue, tout nous enlise et nous fige dans un destin couru d'avance, car il est écrit que le transfuge revient toujours, condamné à se réconcilier, mastiquant sa rage jusqu'à la réduire à une bouillie informe.

De longues minutes plus tard, elle s'arracha de sa voiture et regagna l'auberge. Lorsqu'elle poussa la porte, elle croisa le regard sévère de Pierre qui l'attendait à l'entrée du restaurant.

— Qu'est-ce que tu as fait ? lui demanda-t-il sans pitié.

Lysiane sentit son cœur se serrer et ses poils se dresser sur ses avant-bras. De peur.

Encore une fois, ce serait sa faute et c'est encore à elle que l'on ferait les reproches. Rompue à l'exercice, elle lança l'assaut d'une voix nerveuse :

— J'ai fait mon devoir de mère ! Depuis des années, je me sacrifie pour lui payer des cours de piano en plus du Conservatoire et la voilà en train de chanter n'importe quoi sur la scène de son lycée.

— Tu devrais pourtant être fière. N'est-ce pas ce dont tu rêvais lorsque tu avais son âge ?

— Et tu t'en moquais bien, de mes rêves, à l'époque ! Toutes des pin-up, c'est ce que tu disais, non ?

— C'est donc pour me punir de ne pas t'avoir encouragée que tu veux bousiller Jolene ? Parce qu'elle a reçu ce qui t'a manqué pour réussir ?

Excédée, elle balança son sac à main sur le sol et son contenu se répandit tout autour. Pierre poussa un long soupir, comme s'il était venu à bout de ces comédies. Lysiane enjamba ses affaires et s'avança dans le couloir avant de se retourner. Elle constata que son père n'avait pas bougé.

— Il est tard, je suis fatiguée, conclut-elle en traversant le couloir d'un pas aléatoire, ivre sans avoir bu, titubant de désespoir et de jalousie.

Pareille à une petite fille, elle aurait voulu s'effondrer par terre, hurler et s'arracher les cheveux dans l'espoir que son père la prenne dans ses bras et la console. Elle aurait voulu qu'il l'écoute, elle, pour une fois. Juste une fois.

Au bout du couloir, elle retira ses escarpins et les laissa en bas des escaliers avant de rejoindre la salle de bains où elle s'enferma pendant plus d'une heure.

Le lendemain matin, elle se leva à l'aube, ôta ses bigoudis, ajusta sa mise en plis et attendit sa fille à la table du petit déjeuner.

Elle avait beaucoup à lui dire et, pour faciliter les choses, elle avait préparé le bol et le café, la petite assiette et les confitures, le miel et les tranches de pain. À son arrivée, elle lui proposerait un jus d'oranges frais, elle le presserait de ses mains...

Tout cela était donc prêt sur la table couverte d'une toile cirée dont l'imprimé variait tous les ans. Ce jour-là, il s'agissait de poules, de poussins et d'œufs, sur fond jaune. Pierre l'avait achetée à Pâques à la quincaillerie de Cassel.

Lysiane avait trouvé cela hideux. « On n'a plus cinq ans ici ! » avait-elle lâché en installant la nappe coupée sur mesure.

Pierre avait haussé les épaules. Il n'y avait pas trente-six choix dans la plaine des Flandres. Il fallait savoir se contenter du peu.

Une fois la table dressée, les poules disparaissaient. Elle le remarqua en faisant couler le café dans la cafetière électrique.

L'heure tournait dans le mépris de l'horloge toujours en berne. Elle la lisait sur sa montre en or. Celle qu'elle s'était appropriée à la mort de Jeanne sans rien demander à personne.

Elle commença à tapoter sur la tête d'un poussin, mais cela ne fit pas lever Jolene. Excédée, impatiente de vider son sac, elle se précipita sur la cafetière et se mit à verser le café dans le bol de sa fille. *Ça va la réveiller*, se dit-elle. Mais rien, pas un bruit, nul grincement de porte ou écoulement d'eau pour annoncer la petite cachottière.

Durant quelques minutes encore, elle se persuada qu'elle allait descendre en grand silence, sur la pointe des pieds.

Le feu sous la glace, se répétait-elle avec amertume.

Mais rien.

Le café ne fumait plus au-dessus du bol quand elle remballa le petit déjeuner sans que personne n'y ait touché.

— Puisqu'elle le prend sur ce ton, elle restera dans sa chambre toute la journée, ça lui apprendra ! pesta-t-elle tout en passant l'éponge. Elle fera moins la maligne quand elle saura que son bac, c'est au lycée d'Hazebrouck qu'elle le passera.

Une fois la cuisine rangée, elle se rendit au pas de course devant la chambre de Jolene et y entra sans frapper.

Personne.

Le lit était vide et les draps tirés, bien repliés sur la couverture en polyester.

— Jolene ? brailla-t-elle en pivotant sur elle-même.

Un vide absolu se creusait autour d'elle. Prise de panique, elle descendit à la cave où elle trouva son père occupé à raboter une planche de noyer.

— Où est Jolene ?

— Dans le bus.

Ce fut la réponse de Pierre, tranchante comme la lame de son rabot.

— Mais qui lui a permis ? Je suis sa mère et c'est moi qui décide pour elle !

— Je l'ai réveillée quand tu dormais encore.

— Tu n'avais pas le droit ! répéta-t-elle à deux reprises en tapant du poing sur l'établi.

Pierre cessa de raboter et la laissa enrager, absorbant ses paroles chargées de fiel pour mieux tenter de la comprendre. Plus il gardait son calme, plus elle s'animait, à la manière d'une actrice qui surjoue une scène de grand drame. Elle avait tout prévu dans la nuit, tout organisé, tout résolu et lui avait incité Jolene à s'échapper pour la précipiter dans la gueule du loup.

D'un calme troublant, Pierre l'avait écoutée, sans se culpabiliser. Jolene lui avait raconté le concert, la réaction de sa mère, le rendez-vous avec le proviseur... Après avoir longuement pesé le pour et le contre, il s'était glissé dans sa chambre au cœur de la nuit. Elle ne dormait pas. La lumière du chevet allumée, elle pleurait, recroquevillée en fœtus, un oreiller dans ses bras.

— Ne pleure pas, petite, ne pleure pas. Tout va s'arranger.

À cinq heures, il l'avait précipitée hors de la maison. Ainsi, Lysiane ne s'apercevrait de rien... Il lui avait dit de bien se couvrir pour attendre le car sans s'enrhumer. Après, il l'avait embrassée, plus fort que jamais.

— Reste à l'internat. Je t'appellerai dès que possible. Travaille et ne t'inquiète de rien. Allez, file...

Et Jolene avait détalé pour s'évaporer dans la noirceur d'une fin de nuit qui ne ressemblait à aucune autre.

Campés de part et d'autre de l'établi, ils se fuyaient du regard lorsque Lysiane daigna mettre un point final à son réquisitoire.

Le silence se mêla aux copeaux de bois et Pierre prit la parole d'une voix posée, rabotée de toute rancune.

— Écoute-moi bien, Lysiane. Je comprends tes réactions, mais si tu ne laisses pas Jolene passer son bac et faire ce qui lui plaît, je lui dirai qui est son père et ferai tout ce qui sera en mon pouvoir pour le contacter et lui révéler qu'il a une fille talentueuse empêchée par une mère jalouse et hargneuse.

Il y eut alors une envolée de rognure de bois doublée d'un silence d'enclume.

Piquée au vif, le pied de Lysiane avait soulevé la masse compacte des copeaux jonchant le sol, étouffant la cave d'une poudre boisée. Le silence s'éleva et retomba dans un même mouvement.

Une fois le nuage dissipé, Lysiane se mit à tousser.

L'air était devenu irrespirable, mais Pierre en avait l'habitude, contrairement à elle. Enfin, elle reprit la parole d'une voix étranglée sans perdre son agressivité.

— C'est du chantage ! Tu n'as pas à te mêler de l'éducation que je donne à ma fille.

— Pourtant tu ne disais pas ça, autrefois, quand tu nous l'as confiée.

Lysiane aurait pu se justifier, revenir sur les vieilles histoires, mais ce n'était pas sa priorité.

— Je pars immédiatement la récupérer en voiture. Je la ramènerai par la peau du dos s'il le faut, mais elle fera ce que je lui dirai.

— Tu peux toujours chercher tes clés. Tu ne les trouveras pas.

Il n'avait d'yeux que pour son avion en bois, mais elle sentait son regard tomber sur elle comme un couperet. Une fois encore, elle était contrainte, soumise à la volonté d'hommes toujours plus forts qu'elle.

— Je t'interdis de lui parler de Fred ! Jamais, tu m'entends ? Si tu lui dis quoi que ce soit, je ne réponds plus de rien. C'est bien clair ?

— Je me tais si tu la laisses à Lille. C'est ma seule condition.

Refusant de capituler, Lysiane passa la journée à fouiller les moindres recoins de la maison pour mettre la main sur ses clés ; en vain.

Le soir, Pierre la trouva ventre à terre, le bras glissé sous le canapé.

— Tu te fatigues inutilement. Je te l'ai dit. Tu ne les trouveras pas. Viens, allez, relève-toi.

Il lui tendit la main, elle se cabra.

— Viens, répéta-t-il, ne reste pas comme ça. Fais-moi confiance. Jolene est entre de bonnes mains et personne ne lui fera de mal. Rassure-toi. J'ai appelé le proviseur. Tout va bien. Tout ira bien.

Pierre se pencha vers sa fille et s'accroupit. Jamais il n'avait posé la main sur ses cheveux bouclés depuis qu'elle était entrée dans l'adolescence, mais il le fit ce soir-là ; et elle se laissa approcher, recroquevillée sur le tapis comme Jolene, la veille, dans son lit.

Sa voix, à lui, avait changé. Comme un père berce un nouveau-né, il avait fredonné une mélodie douce et rassurante – imperméable aux menaces – et alors seulement, Lysiane avait cessé de se débattre pour laisser couler ses pleurs.

C'est ainsi qu'il avait compris que sa fille criait pour conjurer les peurs qu'elle n'avait jamais su exprimer.

Cachée sous sa capuche, blottie contre la vitre du car, Jolene était à fleur de peau, ballottée par cette nuit de naufrage à laquelle elle n'échappait que par la grâce d'une main tendue. Comme un automate, elle avait enchaîné les étapes pour se présenter à huit heures au bureau du proviseur.

Lorsqu'elle avait franchi le portail du lycée, Jan avait cru apercevoir une revenante. Assis sur le dossier d'un banc avec Agathe et Claire, ils se racontaient le scandale qu'avait provoqué la mère de Jolene.

De cette femme, Jan n'entendait plus que le cri, transperçant l'assemblée tel un hurlement de volatile. Un frisson glacé l'avait traversé quand il avait vu Jolene s'éloigner la tête basse pour calmer la colère de sa mère. Il ne pouvait oublier les ongles rouges agrippant Jolene, proie prise au piège d'une ire incontrôlable. Impuissant, il avait assisté au rapt de la jeune fille, persuadé que, pareille aux créatures qu'elle évoquait dans ses poèmes, elle disparaîtrait pour l'éternité.

Ce fut pourtant bel et bien Jolene qui s'approcha de lui comme tous les matins. Tout en ôtant sa capuche, elle se joignit au groupe, sentit le malaise éteindre la conversation en cours et serra la main de Jan.

— C'était ma mère ! Voilà ma mère. Enfin, c'est ma mère. Elle m'a eue très jeune, il faut lui pardonner. Je suis désolée. Excuse-moi, excuse-la, excuse-nous. Enfin… je veux dire… que… bref, je ne t'avais encore jamais parlé d'elle. Enfin… inutile de te faire un dessin, je suppose.

Jan avait gardé sa main dans la sienne au lieu de la lâcher. Quand elle eut terminé sa logorrhée, il la prit dans ses bras et la serra tellement fort qu'il lui fit mal.

— J'ai cru qu'on ne se reverrait jamais !

— Je le croyais aussi. C'est grâce à mon grand-père que je suis ici, après je ne sais pas.

— Après, on verra !

Et il l'embrassa, à pleine bouche, la main dans ses cheveux déliés. Prêt à tout pour la garder.

Ils patientèrent dans le couloir du proviseur. Ce dernier arriva avec un peu de retard, un gobelet de café à la main, une pile de dossiers dans l'autre. Par chance, sa porte était ouverte et il invita les musiciens à s'asseoir face à lui. D'emblée, il renchérit sur ses éloges de la veille et réitéra ses félicitations sans faire la moindre allusion à l'esclandre de Mme Vermeulen, comme s'il avait déjà oublié ce détail dont Jolene avait honte. Pour elle, c'était capital, elle se sentait marquée au fer rouge, les chairs à vif. Le proviseur allait forcément se méfier d'une fille dont la mère faisait scandale au lieu d'applaudir dans l'ombre d'une fierté pudique. Il n'en fut rien pourtant, et il leur parla plutôt de l'un de ses amis, directeur d'une agence d'événementiel.

— Que diriez-vous de lui présenter un échantillon de votre travail, un de ces soirs ?

Assis de guingois dans son fauteuil à roulettes, il lança la question tout en appuyant sur les touches de son téléphone portable. Jan et Jolene attendaient sans broncher qu'il en ait fini avant de répondre.

— Tiens ! Le voilà ! s'exclama-t-il, satisfait de retrouver le numéro de Fontane. Donc, je vous parlais de mon ami. Il a du flair, croyez-moi. S'il vous félicite, toutes les portes s'ouvriront à vous ! Mais attention, je ne vous promets rien, il faudra vous surpasser.

Le fauteuil pivota brusquement et le proviseur donna une tape sur sa pile de dossiers. Il avait du pain sur la planche ! Puis il se leva, attrapant son gobelet de café froid.

— Allez-y, foncez, envoyez du lourd à ce bon vieux Fontane. On ne fait pas mieux comme chasseur de têtes et aucun jeune talent ne lui a jamais échappé. Encore bravo et n'oubliez pas que je compte sur vous. Vous êtes l'honneur du lycée !

Avec conviction, il leur serra la main et les invita à retourner en classe sans leur avoir donné la parole, ce qui les arrangeait bien.

Une fois la porte refermée, Jan et Jolene restèrent face à face, impressionnés par cette entrevue pour le moins déconcertante.

La journée leur parut interminable. Ils n'attendaient que la fin des cours pour se précipiter dans la salle numéro 2, tapie au second sous-sol de l'aile B. Là, ils passèrent en revue les titres d'Arcane XIII. Leur choix se porta sur les textes dont le message leur semblait important. Des chansons sérieuses et engagées sur la nature, sa beauté et son indispensable sauvegarde. Jan griffonnait la liste de leur sélection sur son agenda, n'hésitant pas à barrer, à flécher et à modifier au gré des suggestions de Jolene. En peu de titres, ils voulaient proposer un tout fluide et harmonieux.

Si Jolene avait les traits tirés, sa nuit d'insomnie semblait effacée par l'euphorie du présent. À force d'être arrachée sans préavis et traînée au gré des lubies de sa mère, elle avait appris à se nourrir de ce que la vie lui donnait, mais une inquiétude latente lui rappelait que le couperet n'était jamais loin et, surtout, jamais là où on l'attendait. C'était un poids, un fardeau, une calamité avec laquelle Jolene n'avait d'autre choix que de composer.

Mais la calamité changea radicalement de visage après cet événement puisque Lysiane ne revint pas sur l'esclandre qu'elle avait provoqué, préférant enterrer la hache de guerre et se fendre d'un sourire mielleux pour effacer l'affront et redorer son blason.

L'attente fut cruelle pour Jolene et le retour à l'auberge nauséeux.

Face à sa mère, elle se retrouva sans voix. Hermétiquement scellée. À cette époque, elle n'éprouvait rien de plus que de la défiance, accablée par une menace trop insidieuse pour être nommée.

Plus fuyante encore qu'auparavant, elle s'enfermait dans sa chambre et remplissait des pages blanches à l'encre rouge qu'elle enroulait avant de les cacher sous une latte du plancher. Le reste du temps, elle lisait et révisait ses cours, car, sans piano, elle refusait de travailler sa musique.

Le manque était grand pourtant. Immense. Périlleux.

Parfois, elle se voyait jouer la lettre L puis le V, la tête penchée et les mains libres. Dans ces moments-là, Jeanne planait au-dessus d'elle comme la colombe flotte au-dessus de la Vierge de Cortone. C'était sa force, sa lumière intérieure, son trésor. Le reliquat d'un amour que rien ne pourrait jamais amenuiser.

— Qu'en est-il de ton examen de fin d'études, tu as une date ?

La question s'était invitée au cours du petit déjeuner du dimanche, entre une gorgée de café et une bouchée de tartine grillée.

— Non.

— Comment ça, non ? L'échéance approche, tu prépares bien un morceau ?

— Je n'ai plus de piano.

— Et alors ? Tu peux travailler au Conservatoire ou à l'internat et il te reste ton clavier ici.

(Silence.)

— Tu as vendu mon piano et tu m'as humiliée devant mes amis et mes professeurs. J'ai bien compris ce que tu voulais en définitive, alors j'arrête tout, pour te faire plaisir.

(Silence.)

— Pierre, dis quelque chose !

— Ce n'est pas mon rôle. Elle fait ce qu'elle veut !

(Silence.) (Tapotement de doigts rouges sur une poule au coin de la toile cirée.)

— Je me suis saignée pour t'offrir ce piano, je l'ai payé à crédit, je me suis sacrifiée pour que tu accèdes à ce qui m'a été refusé. Tu peux comprendre ça ?

(Silence.)

— Papa, dis-lui quelque chose ! Si elle continue à se taire, je lui en colle une !

— Je te répète qu'elle fait ce qu'elle veut ! Et je te rappelle au passage que le piano, tu ne l'as pas acheté, et qu'il t'a suffi de le louer avec l'argent que Jeanne et moi t'avons envoyé chaque mois pour la petite. Tu te souviens ?

(Silence.)

— Tu pourrais décrocher une médaille d'or, faire carrière, briller sur scène, mais tu gâches tout avec ta mauvaise tête, ton orgueil et ton égoïsme.

— Je ne fais pas de la musique pour décrocher des titres, mais pour moi, rien que pour moi d'abord. Parce que ça me sauve.

— Et te sauver de quoi, au juste ?

(Nouveau silence. La mère lève les yeux au ciel, indignée. Elle ne peut entendre sa fille se plaindre d'éprouver une quelconque souffrance.)

— Tout t'a toujours souri, à toi ! Tu as tout réussi, tes grands-parents t'adorent, tu as plein d'amis et les portes s'ouvrent devant toi comme par magie. Tu te mets au piano, tu rattrapes ton retard en quelques mois, il te prend de chanter et aussitôt, on t'applaudit ! Si avec tout ça, tu as l'audace de te plaindre, tu ne mérites rien de plus qu'une bonne paire de gifles.

— Lysiane, calme-toi ! Si tu étais plus aimable, peut-être que…

— Parce que tu parles, toi, maintenant !

(Silence.)

— La vie est injuste, ma fille, très injuste. Tu as tout ; moi, je n'ai rien ! Tu m'as tout pris, tout, ma jeunesse, mes rêves, mes parents et tu me pourris la vie par-dessus le marché !

— Lysiane, tais-toi !

— Toi, tais-toi !

(Silence.)

— L'examen est prévu le 14 juin à 17 h 15 à l'auditorium. Je jouerai la *Barcarolle* opus 60 de Chopin ainsi que le *5ᵉ Prélude* et la *Fugue en Ré majeur*, extraits du « Clavecin bien tempéré » de Jean-Sébastien Bach. L'audition est ouverte au public, alors si tu veux faire un nouveau scandale et me flanquer la honte devant mes professeurs, surtout ne te gêne pas !

(Une gifle aux ongles rouges s'abat sur la joue de Jolene. Pierre renverse sa chaise et prend sa petite-fille dans ses bras. Lysiane se rassoit, comme si de rien n'était, et finit sa tasse de café.)

— Si tu le prends sur ce ton, débrouille-toi. Je m'en fous. C'est ta vie, après tout.

— Eh bien, dans ce cas-là, j'arrête le piano et je chanterai à la place. Ça te coûtera moins cher !

— Jolene, réfléchis !

(Pierre s'interpose entre les deux femmes et supplie sa petite-fille.)

— Toi, fiche-lui la paix ! Elle fait ce qu'elle veut, non ? Ce n'est pas ce que tu disais ?

(Silence.)

Alors, comme un soleil vaincu, Lysiane s'éclipsa, laissant traîner derrière elle une pénombre glaçante.

Un rire nerveux traversa le couloir, noir de cendres.

Ensuite vint le grand vide, comme si le chaos s'était abattu sur l'auberge ; mais Jolene souffrait trop pour s'en rendre compte.

En trois notes, Fontane était conquis, le reste ne fut qu'une confirmation.

Le proviseur l'avait amené jusqu'à la minuscule salle feutrée du sous-sol et s'était installé près de lui sur un fauteuil défoncé dont le dossier était arraché. Le duo était prêt. Jean et t-shirt. Bleu et blanc. Identiques à l'exception de la longueur des cheveux et des traces rouges sur le visage de Jolene.

— Ce sont des jumeaux ? demanda Fontane à son ancien camarade de classe, gêné par l'étrange maquillage.

— Pas du tout. Mais c'est troublant comme ils se ressemblent, je te l'accorde.

— Voyons ce qu'ils donnent !

Les deux hommes s'enfoncèrent dans les fauteuils élimés. Aérienne, tissée sur un fil mélodique qui se prolongeait de titre en titre, la musique les prenait aux tripes. L'effet en était hypnotique tant à l'oreille qu'à la vue, car la chanteuse arborait un visage sauvage avec ses deux traits rouge vif sous chacun de ses yeux. Elle avait tracé ces marques avec un tube de rouge à lèvres trouvé dans la coiffeuse de Jeanne.

N'ayant jamais vu sa grand-mère maquillée, elle avait supposé que l'objet devait appartenir à sa mère et s'était surprise à en dévoyer l'usage pour créer un tatouage éphémère. Pour elle, tracer des lignes sur son visage ressemblait au geste de l'écriture sur les carnets.

À l'encre rouge sur le papier.

À l'encre rouge sur la peau.

Un même cri, toujours dilué, poison et remède entremêlés.

Avant l'audition, l'angoisse au paroxysme. L'enjeu est maximal, elle le sait. C'est ça ou le retour. Son cœur voudrait s'échapper de son thorax, fuir, s'envoler, partir loin de toute cette peur refoulée qui l'entrave. Blême, blanche, trop blanche pour briller, elle a sorti le tube de rouge à lèvres de la poche de sa veste en jean. Éruption de rage. Blême, blanche, elle déprime au lieu de faire rêver. Se réinventer, c'est une nécessité. Elle tremble. Le geste, elle le connaît, sa mère fait ça devant elle et son petit miroir avant chacune de ses apparitions publiques. Toutes les femmes le font, ou presque. Il faut bien une marge, il faut bien une exception. Le rouge… pas sur les lèvres… pas comme sa mère… plutôt sous les yeux. Se recomposer en marge pour s'affranchir, et garder la trace pour ne pas oublier. Le geste s'accomplit, deux virgules sous les yeux, deux flammes pour se transformer en exception. Elle inspire fort, il se met au clavier, la peur s'évapore quand elle chante. Elle l'ignorait encore.

Après les avoir écoutés d'un air pensif et concentré, Fontane se contente d'un hochement de tête avant de se tourner vers le proviseur pour lui susurrer quelques mots à l'oreille.

Jolene et Jan saluent, côte à côte, retenus.

Les traces rouges sont intactes, personne n'y pense plus. Le visage rayonne, gorgé de cette musique qui n'appartient qu'à eux.

Avachi dans le fauteuil râpé, Fontane en demande davantage. Ils s'exécutent.

Jolene se replace près du clavier. Ils enchaînent sur deux titres supplémentaires qu'ils avaient préparés, au cas où.

La voix devient élastique et prend une autre dimension lorsque la chanteuse se met à utiliser ses mains à l'appui de ses mots. Le roc craque, se fend et se fissure pour laisser place à l'instinct.

Fontane le sent, Jan aussi.

Était-ce le sens de ces traits rouges qu'elle avait imprimés autour de ses yeux comme les peintures sur le visage des peuples primitifs ?

À cette pensée, Fontane dut effacer discrètement le soupçon d'une larme au bord de sa paupière. Une émotion rare dans son cas.

Jan et Jolene avaient-ils conscience qu'ils parvenaient à envoûter un cœur blasé à force d'écouter la voix des autres pour mieux refouler la sienne ?

Après l'audition, ils auraient dû rejoindre leur classe, mais Jolene s'était soudain sentie vidée, happée par le fauteuil défoncé d'une autre salle du sous-sol.

— Tu as tracé ces marques sur ton visage pour te donner du courage, n'est-ce pas ? osa Jan, appuyé contre une table. Je parie que tu étais morte de trouille avant l'audition et que tu t'es cachée pour ne pas m'inquiéter.

Les traces rouges, Jolene les avait occultées. Elle ne se souvenait même plus de les avoir tracées.

— Je t'avoue que j'ai eu peur que tu te dégonfles et que tu ne viennes pas, ajouta-t-il.

Elle se surprit à rire, peut-être parce qu'elle s'étonnait de l'inquiéter autant que de le surprendre.

— Cela dit, ce maquillage, ça te donne un style et ça nous différencie l'un de l'autre.

Si Jolene s'était regardée dans un miroir, elle y aurait vu des larmes de sang. De ces polypes qui, tel le corail, s'agglomèrent pour former des récifs. Chanter la nature, sa beauté et sa fragilité était un moyen détourné d'exprimer ses émotions pour se protéger elle-même, mais elle n'en avait pas conscience.

— Tu es triste à cause de ta mère, non ?

— Ma mère ?

— Oui, son scandale et ses menaces de t'obliger à tout arrêter.

— Jeanne me manque, c'est tout.

— Mais ta mère, quand même…

— Elle fait ce qu'elle peut, ce n'est pas à moi de juger.

— Mais c'est toi qui en payes le prix, non ?

— Elle fait ce qu'elle croit bon pour moi. Elle a ses raisons, je lui ai causé du tort. Par ma faute, elle n'a pas eu la vie qu'elle méritait, alors…

— Excuse-moi, mais il me semble que c'est plutôt elle qui fait tout pour se rendre détestable.

Jolene baissa les yeux, incapable d'accabler sa mère. Gêné de l'avoir embarrassée, Jan reprit :

— Et ton talent dans tout ça ? Tu y as pensé ?

— Mon talent ? De quoi veux-tu parler ? Je chante depuis quelques semaines à peine et tu me vois déjà en haut de l'affiche, mon nom en dix fois plus gros qu'il ne le mérite.

— C'est normal, tu ne te rends pas compte. Pour toi, c'est tellement naturel que tu n'as pas idée de ce dont tu es capable. Je t'aiderai, Jolene. Je croirai toujours plus fort en toi que tu n'y croiras jamais.

Du bout des doigts, Jolene estompa les traits de rouge à lèvres et ses joues s'empourprèrent comme celles d'Olympia, cet automate sans âme dont les yeux sont à vendre.

Alors Jolene pensa à l'air du V, au grand vase débordant de roses jaunes, à ce bouquet dans lequel s'était glissée l'âme de sa grand-mère avant son ultime envol. Cette marque, sur sa peau, c'était aussi un peu de Jeanne sur elle. Une preuve éphémère de sa présence à ses côtés pour donner du sens à son envie de chanter.

L'eau claire lui lava le visage, une eau froide qui raviva ses vraies couleurs.

Ensuite, ils retournèrent en cours en essayant de ne pas se faire trop d'illusions. Fontane n'avait rien dit, à peine applaudi, ce n'était sûrement pas bon signe ; mais ils ne reculeraient pas, ensemble, ils se battraient.

Deux mois plus tard, ils étaient bacheliers et Jan doté d'une médaille d'or de piano. Jolene était venue l'écouter, mais n'avait joué ni la *Barcarolle* ni le 5e *Prélude* pas plus que la *Fugue en Ré majeur*.

Du jour au lendemain, elle avait tout arrêté, refusant d'approcher le moindre piano.

Si Jeanne avait pu être à ses côtés, elle aurait suspendu le temps à ce moment précis.

L'esclandre de Lysiane, elle l'aurait minimisé, mis sur le compte de la fatigue, du surmenage et de la frustration. L'humiliation douloureuse de Jolene, elle l'aurait assimilée à un apprentissage des plus banals. « La vie n'est rien d'autre qu'une succession d'obstacles, aurait-elle expliqué, une cigarette aux lèvres tout en lui caressant les cheveux. Tu les chevauches ou tu les contournes, comme tu veux, mais tu les franchis. Fuir n'est pas une solution, capituler non plus. Tu as un don, un don pour te sauver de tout ; ne le crains pas. Il est ta force et ta faiblesse tout à la fois. Mords-le, de toutes tes dents, de toute ton âme, de toutes tes tripes. Le sang n'est qu'un détail. Il coule, comme le reste. Il faut jeter le rouge pour apprendre à s'aimer et trouver la beauté que l'on porte en soi. La tienne, c'est la musique, le reste ne compte pas. »

Elle aurait pu tenir ces propos-là, sa grande petite-fille pliée en deux sur ses genoux, en prière, des larmes plein les yeux ; Lysiane à contre-jour, dans l'embrasure de la fenêtre, de dos, les yeux secs et le sein froid.

Mais Jeanne n'était plus là et Lysiane en était encore à régler ses comptes, c'est pourquoi Jolene avait fait le sacrifice du L et immolé le V pour effacer l'absente et calmer la déesse blessée.

Lysiane avait pris l'air détaché de celle qui abdique sans avoir son mot à dire. De dos, à la fenêtre, elle avait entendu Jolene renoncer au piano avant de lui infliger une nouvelle secousse.

— Je veux chanter, ça ne te coûtera rien et je serai plus libre qu'avec le piano. La voix on l'a ou on ne l'a pas, et on la trimballe partout avec soi.

La réplique de Jolene résonna à ses oreilles comme une ritournelle familière que l'écoulement des années n'avait pas réussi à effacer de sa mémoire – *la voix on l'a ou on ne l'a pas* – et Jolene l'avait, elle le savait et l'avait peut-être toujours su. Ce n'était qu'une question de temps et de circonstances. Son père, elle tenait cela de son père, avec sa volonté à elle. Rien, dès lors, ne pouvait l'empêcher de réussir. Lysiane le ressentit à la manière d'une flèche reçue en plein cœur. Le coup de grâce. Elle se vit genoux à terre, vaincue et détrônée. Jusque-là, ses cris avaient su dompter Jolene, faire d'elle la jolie poupée de chiffon qu'elle secouait pour se soulager, mais elle était trop grande maintenant, trop sûre d'elle, déjà trop cultivée. Quelle idée avait-elle eue de lui faire faire des études ! Pour quelles chimères, quel avenir, quelle revanche ? Et voilà que le sort se retournait contre elle.

Jolene aurait pu tout faire et tout devenir, sauf ça.

Autrefois, elle aurait opposé un refus ferme et définitif suivi d'un simulacre de justifications douteuses afin de lui faire comprendre que ce genre de carrière était trop aléatoire, trop exposé et bien trop vulgaire pour une fille dans son genre. N'en était-elle pas l'incarnation vivante ? Elle avait beau être belle, rayonnante, magnifique avec ses boucles d'or et ses lèvres pulpeuses, personne n'avait remarqué son potentiel, alors celui de Jolene…

Elle savait que sa fille avait à présent le bagage nécessaire pour pressentir ses parades et peut-être même commencer à se défendre. Elle aurait pu répliquer que l'apparence n'était qu'un détail au regard du reste, un simple trompe-l'œil pour qui n'y connaissait rien, car seule la voix faisait la différence.

Et *la voix on l'a ou on ne l'a pas.*

À défaut de l'utiliser pour chanter, Lysiane exerçait la sienne à crier. Elle s'apprêtait à en faire une nouvelle démonstration quand elle se ravisa, persuadée que si sa fille possédait ce qui lui manquait, mieux valait ruser.

Le soleil était orienté plein sud lorsqu'elle se retourna pour faire face à une Jolene éblouie. À la fenêtre, Lysiane explosait de lumière, le sourire incandescent.

— Si tu chantes, je t'accompagne, c'est ma seule condition.

— Qu'est-ce que tu veux dire par là ?

Jolene devint livide, s'imaginant que sa mère voulait chanter avec elle et s'incruster dans son duo avec Jan. Mortifiée, elle serra les poings et reçut la réponse de Lysiane avec soulagement.

— Eh bien, oui, forcément, tu auras besoin d'une assistante, de quelqu'un de fiable à tes côtés pour te conseiller et t'éviter de tomber dans les pièges.

— Il y a Jan. J'ai Jan, ne t'inquiète pas pour moi, je saurai…

— Justement ! À ton âge, on ne sait rien. Moi aussi, je croyais tout savoir, je n'écoutais personne et tu sais mieux que quiconque où cela m'a menée. Comme une idiote, je me suis retrouvée enceinte et ma carrière de chanteuse est tombée à l'eau.

— Quelle carrière ? la provoqua Jolene.

— J'étais douée, moi, j'aurais pu, ton père lui-même m'a fait miroiter que…

Sa voix s'étiola sur ce secret à couver jusqu'au bout. Agrippée à sa fille comme une araignée à sa toile, elle reprit d'une voix douloureuse et cassée :

— Voilà, c'est comme ça ou rien. Je viens avec toi ou tu fais une croix sur les propositions de ton gars sorti de nulle part. Comment il s'appelle déjà ? Et puis peu importe, je me fiche de lui autant que du reste, c'est à prendre ou à laisser. Alors, qu'est-ce que tu décides ?

Acculée, Jolene se fit l'effet d'une poupée jetée négligemment sur un canapé, les cheveux décoiffés et les jambes de travers. Désarticulée, ses yeux écarquillés, son visage figé. Elle aurait voulu protester, soutenir qu'elle était assez mature pour partir et l'oublier ; mais il y avait Pierre et surtout, la culpabilité.

Sans elle, sa mère aurait chanté, paradé sur scène et envoûté le public. Elle était si solaire… Lyzzie était de ces beautés que les fillettes singent au lieu d'imiter, parce qu'il est encore trop tôt. Il fallait réparer, compenser, racheter. Il fallait la nourrir et la faire rêver, la rassurer aussi. Pour ce faire, rien de tel que de tout lui concéder, jusqu'à ce qu'elle soit assez repue pour la libérer, enfin délestée de sa dette.

Alors, elle repensa à sa poupée d'antan, celle qui parlait soi-disant comme un bébé. *J'ai faim ! Encore ! Maman ! Prends-moi dans tes bras*, répétait bêtement l'horrible jouet mécanique. *Je t'aime !* disait-elle aussi, en ouvrant grand ses yeux bleus aux cils épais comme du crin.

Et, de la même voix fausse que ce simulacre de poupon débile, Jolene répondit :

— Bien sûr, maman, tout ce que tu voudras.

Le visage de Lysiane s'illumina, elle se rua dans les bras de sa fille et la serra contre sa poitrine.

— Et tu m'emmèneras en voyage aussi, promis ?

Un gouffre se creusa sous ses pieds. Pendant un bref instant, elle eut l'impression de se laisser aspirer par le vide, lourde comme un poids mort ; mais il n'y avait aucun abîme réel, rien de profond, rien de mortel, juste un mot qui ne venait pas. Alors, la mère répéta sa question, ne gardant que l'essentiel :

— Promis ?

— Oui.

Un mot, le seul qui suffisait à s'engager pour la vie.

— Et qu'est-ce qu'elle entend par là ? Tu n'as pas besoin d'un chaperon à ton âge ! Tu ne lui as pas dit que c'était avant qu'il fallait qu'elle fasse son travail de mère ? Il ne faudrait pas inverser les rôles. Je suis là, moi.

Jolene aurait voulu ajouter ne serait-ce qu'un demi-soupir dans le staccato de Jan, pour reprendre son souffle, mais elle n'en avait pas la force. Car du souffle, elle n'en avait plus. À bout, épuisée, elle écoutait, ballottée d'un marionnettiste à l'autre.

— Tu ne dis rien, reprit Jan, inquiet. On ne peut pas la laisser s'immiscer dans nos affaires. Fontane nous a trouvé trois dates à Lille et ce n'est que le début. Je le sens, je le sais, avec Arcane XIII, on peut se démarquer et se faire une place, notre place. Elle va tout foutre en l'air, tu la connais, dis quelque chose, Jo…

— C'est ma mère.

— Je croyais que c'était Jeanne, ta mère !

— C'est pareil.

— Non, ça n'a même rien à voir. Et Pierre, qu'est-ce qu'il pense de cette nouvelle lubie de Lysiane ?

Un silence. Là, elle aurait placé un silence, un petit trait vertical pareil à une vague debout ou un mât pour s'agripper, s'encorder et tenir droite au lieu de vaciller. Un silence noir dans lequel Jan sentit Jolene s'engouffrer.

— Excuse-moi, je ne voulais pas te blesser. Viens, viens dans mes bras. Pardon, viens, ne tremble pas, je t'en prie. On fera comme tu voudras. Si c'est mieux pour toi, si…

Elle se laissa attraper, embrasser.

Il fit glisser le bout de sa langue sur son nez, remonta sur sa joue droite, sur sa paupière et revint sur ses lèvres. Un baiser de feu et de lumière. Là, elle aurait griffonné une pause avec un point d'orgue par-dessus, un silence sans fin, après la fugue.

Ils étaient dans la petite pièce du sous-sol, entre le fauteuil défoncé et le synthé. Debout, entremêlés comme un chèvrefeuille, avec leurs mimiques identiques, leur taille pareille (il grandirait encore plus tard), leurs cheveux longs, leurs dix-huit ans et leur innocence.

— Accroche-toi à moi, fais-moi confiance. Chante et on verra bien… Il faut y croire, foncer, tout donner. Je t'aime comme un fou, j'aime ta voix et tes faiblesses aussi. J'aime tout ce qui vibre et vrombit en toi. Tu es une rose des vents, mon repère en perpétuel mouvement qui m'inspire et me charme. Tu es…

— Rien. Ne dis rien. Je ne suis rien d'autre qu'une erreur dans la vie de ma mère et la cause de la mort de Jeanne.

— Oublie ça, oublie-les, l'une autant que l'autre, tu vas t'enliser si tu continues à t'empêcher de vivre pour te faire pardonner.

Conscient de la faille dans laquelle ils étaient en train de s'engouffrer, il ajouta :

— Viens, écoute, j'ai une nouvelle mélodie pour toi. Prends ton stylo, voilà une feuille. Écris, écris, je vais jouer. Écris, je t'en prie.

Elle s'assit sur le fauteuil éventré et attrapa une pochette rigide qu'elle cala sur ses jambes avant d'y poser la feuille que Jan lui tendait.

Il joua, elle écouta, il reprit, elle écrivit.

Quand la feuille fut écarlate, elle se leva et se plaça face à lui. On aurait dit des doubles dans une mise en scène de Daniel Mesguish, le couple impossible qui se désire tellement qu'il en oublie de s'unir.

La chanson éclot comme la rose balance sa robe de pourpre au soleil. Leurs joues à l'unisson, leurs lèvres prêtes.

Ils la jouèrent en ouverture de leur premier concert au Flammebar, Lysiane en coulisses.

À l'issue du spectacle, Jan et Jolene signèrent quelques autographes entourés de Lysiane et de Fontane, drôle de couple explosif qui se jaugeait d'un œil méfiant sans avoir la moindre envie de s'adresser la parole.

Jolene repartit avec sa mère qui ne l'avait pas quittée d'une semelle. Pareille à une ombre dans son dos, elle regardait, écoutait, se faisait discrète pour mieux entendre. Au volant de sa deuxième Golf rouge, Lysiane traversait la plaine des Flandres sans cesser de parler. Elle rêvait tout haut dans l'indifférence totale de la présence de Jolene, rejouant la partition du concert à sa manière, suggérant de nouvelles idées de chansons, des costumes plus audacieux, des mélodies plus country. Enfin, d'une voix moqueuse, elle attaquait l'apparence de Jolene en tapotant du bout des doigts sur le volant : « Quant à tes espèces de maquillages sur le visage, excuse-moi, mais ça fait plus crade qu'autre chose. Enlève ça si tu veux avoir un peu plus d'allure, ce ne sera pas du luxe ! »

À force, Jolene semblait ne plus l'écouter, mais des craquelures apparaissaient, invisibles à l'œil nu, quoique bien réelles. Sur sa peau, dans son cœur, dans son âme, de ces oxydations prématurées, amalgames de mauvaises pensées, injectées à doses homéopathiques.

Un soir, ce devait être le dixième concert qu'Arcane XIII donnait dans un piano-bar de Lille, Lysiane aborda Fontane et se tordit les mains avant d'entamer la conversation d'une voix doucereuse et discordante qui le mit immédiatement mal à l'aise. L'air de rien, elle posa quelques questions noyées dans des remerciements de circonstance. *Pourquoi croyait-il à ce point en eux ? Qu'avaient-ils de plus que les autres ? Sans lui, sa fille n'en serait pas là, c'était sûr. Elle manquait de beauté et de prestance, n'est-ce pas ? Mais sa voix n'était pas si mal. À force, elle avait fini par s'y habituer.* Étonné de l'entendre dénigrer sa fille devant lui, Fontane l'interrogea sur ses affinités musicales.

— Mes affinités ? reprit-elle, gênée. Oh, moi, je n'y connais rien !

— Pourtant, Jolene m'a confié que vous rêviez de devenir chanteuse à son âge.

— Quelle péronnelle ! Ne l'écoutez surtout pas.

— Alors, qu'est-ce que vous faites là ? reprit Fontane.

— Je la surveille. Une fille, si jeune, vous savez…

— Quoi ?

— Enfin, vous voyez…

— Non, pas vraiment, elle est avec Jan et ils savent ce qu'ils font.

— Vous les payez bien ? Elle refuse de me dire quoi que ce soit, alors… Mais elle est jeune, naïve, vous me comprenez…

— Non, vraiment pas. Vous croyez que je profite de votre fille, que je l'exploite ou la convoite parce qu'elle est jeune ?

— Non, mais… vous voyez, je…

— Je vois, oui, je vois même très bien, mais j'ai à faire, alors je vous prie de m'excuser.

— Vous avez d'autres concerts pour eux ? demanda-t-elle pour le retenir. Ailleurs, plus loin, mieux, je veux dire, à Paris, Londres et tout ça ?

— C'est avec Jolene que j'ai à parler de ce genre de choses, pas avec vous.

— Je suis sa mère, c'est normal que je veille sur elle.

— Permettez-moi d'en douter. Bonsoir, madame.

— Lysiane, je suis Lysiane, Lyzzie pour les intimes, on pourrait…

— Bonsoir, madame.

Il fila, elle resta clouée sur place, tremblante de rage. Incapable de comprendre ce que Fontane venait de sous-entendre, elle prit une profonde inspiration et se rua sur Jolene pour lui signifier qu'il était grand temps de rentrer à l'auberge. Le trajet fut lavé de toute parole, pur et translucide. Nulle remarque, nulle suggestion. Un immense silence suspect qui inquiéta Jolene au lieu de la soulager. Sa mère était forcément contrariée. Elle la sentait bouillir, inaccessible dans ses colères ; mieux valait se faire oublier, disparaître, se fondre dans l'obscurité de l'habitacle pour occuper le moins d'espace possible.

Quelques jours plus tard, Jolene comprit pourquoi sa mère avait consacré un trajet entier à couver sa fureur.

La nuit était claire et parsemée d'étoiles pour auréoler la lune en croissant, fine comme la boucle que Jolene portait à l'oreille, un cadeau de Jan, offert à la sauvette.

Il s'était approché d'elle alors qu'elle traçait ses traits sur ses joues. Il lui avait dit de ne pas bouger, de rester face au miroir sans rien demander. La boucle, il l'avait sortie de sa poche et l'avait épinglée à son oreille avec la douceur d'une caresse. Pareil de l'autre côté. Jolene n'avait pas réagi, pas compris, pas vraiment réalisé. « Tu es belle comme ça ! » avait-il murmuré en l'embrassant dans le cou. Elle avait souri, un peu gênée, un peu surprise, un peu amoureuse aussi. Deux boucles d'or à l'oreille pour monter sur scène et le sentir sur elle, en elle, avec elle, toujours.

Elle avait le pouce et l'index enroulés autour de sa boucle droite au moment où elle trouva la force de se confronter à Lysiane.

— Qu'est-ce que tu es allée dire à Fontane ? demanda-t-elle soudain au beau milieu du trajet de retour du concert suivant.

— Rien, rien du tout, finit par bafouiller Lysiane, prise de court.

— Il t'a trouvée bizarre.

— C'est lui qui est bizarre. Il prend les gens de haut. On dirait qu'il faut lui lécher les bottes pour qu'il daigne te dire bonjour.

— Quel genre de questions lui as-tu posées ?

— Rien. Je veille sur toi, c'est tout.

Jolene hésita avant de se lancer, ses lèvres lui picotaient, électriques, ses jambes pesaient une tonne, lourdes de trop de pression accumulée qui ne demandait qu'à sortir, mais pour quel résultat ? Elle faillit en rester là et remercier sa mère de s'inquiéter pour elle, mais une voix étrangère à la sienne prit le contrôle. C'était la voix des profondeurs qui mate l'ellipse à coups de cravache pour libérer un cri de vérité. Une voix surpuissante qu'elle écouta avec stupéfaction.

— Arrête de me traquer comme ça, j'en ai assez ! On va me prendre pour une gamine et tu feras tout foirer ! Reste à ta place.

— Tu es trop jeune, tu te laisses embobiner, c'est au même âge que pour moi tout a…

— Je sais, je sais. À mon âge, j'étais déjà venue te gâcher la vie ! Mais tu es vite partie, non ? Mamie m'a raconté comment tu avais fait tes valises dès que possible pour aller t'installer en ville chez La Madelon. Tu voulais te débarrasser de moi, alors fiche-moi la paix maintenant !

— Elle n'aurait pas dû te dire tout ça.

— Et pourquoi ?

— Ce n'est pas vrai, ce n'est pas ça. Ce n'était pas contre toi, je n'avais pas le choix… Tu me manquais, vraiment, souvent je pensais à toi et…

— Tu refusais d'être ma mère, je devais même t'appeler Lili jusqu'au jour où tu as subitement changé d'avis.

— J'ai fait ce que j'ai pu et ce que je croyais bon pour toi. Jeanne te gâtait trop. Elle t'a élevée dans une bulle, mais ce n'est pas ça, la vie, ce n'est pas comme ça. Il faut des armes pour s'en sortir, ce n'est pas en restant terré à l'auberge des Flandres qu'on apprend à se battre.

— Moi, j'étais bien là-bas et je ne te demandais rien.

— La preuve qu'il fallait que je t'arrache de gré ou de force à tout ça. C'est grâce à moi si tu en es arrivée là aujourd'hui, ne l'oublie pas. Et rien que pour ça, tu me dois le respect !

— La réciproque est vraie. Tu as fait tes choix et je ferai les miens. D'ailleurs, ils sont clairs dans mon esprit et tu n'en fais pas partie. En ce qui concerne ma musique, je ne veux plus que tu furètes du côté de Fontane, je ne veux plus que tu me suives à tous mes concerts et que tu te pavanes en criant haut et fort que tu es ma mère. C'est insupportable !

— Retire immédiatement ce que tu viens de dire, ordonna Lysiane en tapant sur le volant, mais Jolene resta campée sur ses positions.

Pour ne pas perdre la face, Lysiane reprit la parole :

— Tu vas te casser la figure, ma fille, je te le prédis. Comme moi, tu souffriras et tu seras déçue, j'en ai peur, mais tu comprendras peut-être enfin ce que j'ai enduré à cause de toi, de la vie et de tous ceux qui m'ont mis des bâtons dans les roues.

— Va, pour ça, tu n'as eu besoin de personne, murmura Jolene entre ses dents.

— Qu'est-ce que tu dis là ? Allez, répète-moi ça un peu plus fort. Comment oses-tu ?

Excédée, Lysiane arrêta la voiture sur la bande d'arrêt d'urgence. Elle s'apprêtait à lever la main sur sa fille quand Jolene reprit sa voix de poupée à piles.

— Calmons-nous. Je sais que tu as souffert, je sais, mais je ne peux rien pour toi. Je dois me construire, tracer ma propre route. Laisse-moi tranquille.

La main de Lysiane retomba, brûlante. Pour la première fois en confrontation avec Jolene, elle tremblait parce que sa fille lui avait tenu tête au lieu de se taire. Elle tremblait comme autrefois devant Pierre qui haussait le ton parce qu'elle avait mis la pagaille dans la grande salle du restaurant. Elle tremblait de la même manière qu'au Conservatoire, face aux filles à l'aise et volubiles qui appartenaient à un autre monde que le sien, elle tremblait autant que sur la moto de Fred, au bar ou dans sa chambre… Elle tremblait de devoir se confronter aux autres pour vivre, tout simplement.

Lysiane remit en marche le moteur et s'agrippa au volant un peu plus fort. Jolene pensa à Pierre et sentit la colère laisser place à une profonde tristesse.

Demain, elle partirait, comme sa mère au même âge. Elle traverserait la plaine et s'en irait loin, très loin, le plus loin possible. Elle n'avait pas d'autre choix.

Un héron cendré venait de traverser la route pour filer en direction du mont des Récollets lorsque Jolene monta dans l'autocar. Pierre l'avait regardée marcher le long de la nationale depuis son mirador habituel, la fenêtre de la cuisine où il revoyait Jeanne une cigarette aux lèvres, repoussant la fumée dehors de sa main en éventail.

En quelques mots, ils s'étaient compris.

— Va, petite. Va faire ta vie. Tu nous appelleras plus tard, quand tu pourras. Et ne t'inquiète pas pour ta mère, elle comprendra. Elle a fait pareil à ton âge, alors…

À son arrivée, Jan l'attendait debout, un bouquet de roses blanches entre les mains.

— Pour toi, dit-il en attrapant son sac à dos.

— Merci. Elles sont belles. Mes préférées même.

— Je sais. Viens, j'ai de bonnes nouvelles à t'annoncer.

Sur le chemin, Jolene ne cessait de se retourner, persuadée que Lysiane pouvait surgir à tout moment dans sa voiture pour la rattraper et l'asseoir de force sur le siège passager.

Bien sûr, elle y avait pensé, mais Pierre n'avait pas eu de mal à cacher les clés, ce n'était pas la première fois. Piégée, elle avait hurlé comme un animal en cage, passant ses nerfs sur le héron empaillé qu'elle avait balancé de toute sa rage à travers la fenêtre de l'auberge. Le volatile avait atterri sur la pelouse, le bec planté dans l'herbe, les pattes coupées en deux.

Plus tard, Pierre était allé le ramasser et l'avait réparé à la cave en pensant à Jolene.

À la fin du service du soir, une fois l'auberge débarrassée, nettoyée et prête pour le lendemain, Lysiane était revenue à la charge. Pourquoi Jolene était-elle partie sans la prévenir et sans lui dire au revoir ? Où était-elle ? Avec qui ? Ce n'était qu'une gamine écervelée sans grand talent qui allait se casser les dents. Il ne pouvait pas la laisser toute seule, au milieu de nulle part, avec n'importe qui, c'était une folie !

— Mes clés, rends-moi mes clés ! avait-elle fini par hurler jusqu'à ce qu'il ouvre enfin la bouche.

— Les voilà, tes clés, mais si j'étais toi, je la laisserais respirer.

Lysiane avait accusé son père de tous les maux et juré qu'elle ramènerait Jolene à l'auberge par la peau du dos s'il le fallait. Ensuite, elle était montée dans sa chambre, où elle s'était écroulée, assise au bord du lit face à la porte-fenêtre du balcon, seule et pitoyable, ressassant sa colère et son dépit de perdre le contrôle sur l'unique personne qui lui appartenait vraiment.

Le lendemain, elle avait patrouillé dans les rues de Lille, mais Jolene s'était volatilisée. Pour compenser, elle redoubla d'énergie à l'auberge, servit les clients plus vite et augmenta sa cadence de travail, faisant tourner son affaire à défaut de maîtriser le reste. Et lorsqu'on lui parlait de Jolene, elle répondait qu'elle l'avait au bout du fil chaque semaine, sans faute. Les nouvelles étaient bonnes, elle chantait, faisait des tournées avec son groupe et rencontrait toujours plus de succès. Alors on lui disait avec admiration qu'elle devait être fière de sa fille et elle redressait la tête, se forçant à sourire avant de lâcher un *bien sûr* qui lui brûlait les lèvres. Au bout de quelques années, elle alla même jusqu'à se persuader qu'elle se retrouvait véritablement au téléphone chaque semaine avec Jolene, se servant des articles glanés dans les journaux afin d'asseoir ses mensonges qui n'en étaient plus vraiment.

Pierre découpait les articles sur la table de la cuisine et les collait dans un livre d'or qu'il avait acheté à la Maison de la presse de Cassel. Lysiane en tournait les pages le soir après sa journée de travail, imaginant son surnom à la place de celui de sa fille.

Lyzzie... Lyzzie... Lyzzie... ça sonnait mieux qu'Arcane XIII, quand même...

Pour commencer, Fontane les avait hébergés durant quelques mois dans la mansarde de son appartement en triplex situé rue de Béthune en face du cinéma. Le temps pour eux de gagner leur vie avec les concerts qu'il leur organisait dans bon nombre de salles du Nord-Pas-de-Calais. Des villes telles que Cambrai, Douai, Arras et les agglomérations modestes du bassin minier leur avaient réservé un accueil chaleureux. Au fond, ils n'en demandaient pas davantage. À Lewarde, à Lens autant qu'à Wallers, les applaudissements ne tarissaient pas. On les rappelait sans fin ; et ils commençaient par rejouer « Natura », la chanson dont l'album porterait le titre s'il venait à sortir, celle qui faisait lever le plus de mains et allumait le plus de briquets, provoquant une transe générale qu'ils sentaient vibrer sous leur peau.

Face aux « Pyramides » du Nord, ces deux terrils noirs de la fosse 11/19 de Loos-en-Gohelle, Jolene revoyait le mont Cassel avec sa carapace de tortue dans son écrin vert prairie. Ces collines jumelles considérées comme les plus hautes d'Europe faisaient pourtant le dos rond, comme elle. Trop petites pour rivaliser avec les montagnes érigées par la tectonique des plaques, elles trônaient telle une anomalie fascinante que le travail des mineurs avait fait pousser sur des plaines qui n'avaient rien demandé, mais ne regrettaient pas. Sans cela, le plat pays n'aurait attiré personne. À cette époque, les dômes de schiste issus de l'extraction du charbon, longtemps considérés comme des crassiers, devenaient des symboles, ultimes témoins d'un passé qui avait fait des corons le cadre de vie de milliers d'immigrés.

Enveloppée dans son écharpe en laine, contemplative devant ce paysage, Jolene se sentait triste et c'était de saison. Avec Jan, la musique était un dérivatif, mais Pierre lui manquait et sa mère aussi, d'une certaine façon. Elle savait ce qu'elle avait laissé derrière elle pour gagner le droit de chanter en toute liberté, mais elle n'était pas libre pour autant. La douleur la suivait, enracinée comme une épine tellement profonde qu'elle finit par se faire oublier sans jamais disparaître. Sa mère absente, elle la voyait partout. Et à l'approche de Noël, la souffrance s'aiguisait encore davantage parce que le souvenir de Jeanne et Pierre refluait avec son lot de bonheur, de sapin décoré, de rires et de cadeaux. Ce jour-là, Lysiane débarquait, glissait son paquet sous l'arbre, plus belle encore que d'habitude, capable d'embraser l'hiver.

Parfois, Jolene regrettait, se disait qu'elle avait rejeté sa mère à tort, la privant de profiter de la joie de son succès. N'avait-elle pas eu plus de chance qu'elle de pouvoir vivre de sa passion ? Elle minimisait l'emprise et se croyait coupable.

Pour se calmer, elle se signait. Non pas du signe de croix qui invoque la Trinité et réclame la protection de Dieu, mais d'une trace rouge sur sa peau, comme pour se reconnecter à elle-même.

En plus des marques sur le visage, il y avait donc eu des traces sur les avant-bras, puis sur le bras entier. Jan avait vu, levé lentement le tissu du chemisier, caressé les croix rouges qu'elle multipliait sur toute la surface de sa peau. Inquiet, il avait voulu comprendre. Pourquoi ? Pourquoi faisait-elle cela ?

— Ça m'apaise. C'est le seul moyen.

— Ce sont des gammas ?

— Comment ?

— Comme en physique, les rayons gamma émis par les corps radioactifs.

— Les rayons X qui proviennent de la désintégration d'un noyau atomique ? embraya-t-elle en récitant un bout de leçon encore gravé dans sa mémoire. Si c'était ça, ça m'irait plutôt bien, tu ne trouves pas ?

— Tu te sens triste à ce point, Jolene ?

— Seule, oui, pardonne-moi. Même avec toi.

Il la serra dans ses bras, très fort, et se souvint qu'elle avait pleuré la première fois qu'ils avaient fait l'amour. Sans reproches, il avait léché ses larmes avant de l'embrasser à nouveau tout en lui caressant les cheveux. Il avait senti la faille, le manque de mère, de père, de grand-mère, le manque d'attaches autour d'elle. Il avait compris qu'elle était vide à sa manière, et pourtant, il savait combien elle pouvait être pleine, riche et débordante, toute de lumière et de fougue, capable de danser au bord du gouffre s'il était là pour la rattraper au moment où la souffrance lui donnerait envie de sauter.

Alors les marques compulsives sur le bras, il les avait à l'œil, craignant pire, c'est pour cela qu'il n'avait pas tardé à remettre le sujet sur le tapis.

— Ou peut-être que ce sont plutôt des *J* comme *Jolene* ou comme *Jeanne*. On dirait des *J* à bien y regarder. Tu signes ou tu te signes ?

— Je ne comprends rien à ton charabia. Il n'y a aucun sens à tout ça, c'est instinctif. Ce sont juste des croix pour me calmer, comme sur les frises qu'on faisait à la maternelle avec la maîtresse que j'adorais. Ça et Vivaldi, c'est mieux que l'alcool ou les tranquillisants, non ?

— Parce que tu en arrives à penser à ce genre de solutions ? Dans ce cas, il faudrait peut-être te faire aider.

— Ne t'inquiète pas pour moi. J'ai la musique et tu es là, ça passera. Ce sont des paroles en l'air… Parfois, ça bout à l'intérieur, je ne contrôle pas, alors je fais ça et…

Elle s'était tue, la main devant la bouche pour se contenir.

— Quoi ? Termine ta phrase, dis-moi ce qui se passe, Jolene. Je serai toujours là, quoi que tu fasses.

— Ça passe, c'est tout.

Les yeux de Jan s'étaient assombris et parés de la tristesse qu'elle portait sur son visage. Voyant le mal qu'elle lui causait, elle avait craqué et il l'avait consolée en lui faisant l'amour. Ensuite, il était allé chercher un gant de toilette qu'il avait imbibé d'eau tiède avec un savon doux. Les croix s'étaient diluées puis transformées en taches informes avant de s'effacer. Il lui avait fallu trois allers-retours à la salle de bains pour en venir à bout.

— Te voilà débarrassée maintenant. J'aimerais que tu n'éprouves pas ce besoin de te punir. Si tu continues, tu iras plus loin et tu l'as peut-être déjà fait, mais il existe d'autres moyens que de te salir. Je suis là, et avec le temps, je te suffirai, je remplacerai. On aura un enfant, tu ne seras plus seule, jamais.

Elle n'avait rien dit, rien répondu, juste souri pour rassurer Jan et changer de sujet.

L'enfant, elle n'en voulait pas. Pas ce jour-là, probablement jamais. Il y avait trop de vide dans son passé.

Bientôt, les concerts vinrent à se multiplier, faisant connaître Arcane XIII un peu partout dans les Hauts-de-France. Après leur séjour chez Fontane, ils avaient trouvé une bicoque à louer à Audresselles et cela faisait bientôt trois ans qu'ils vivaient dans ce petit village de pêcheurs à quelques kilomètres de Boulogne-sur-Mer sur la Côte d'Opale, près du cap Gris-Nez. C'est là qu'ils avaient installé leur studio et enregistré leur premier album. À deux dans la même pièce. Pas de chambre à soi. Ils ne faisaient qu'un et Jolene ne trouvait l'inspiration que sur la table de la cuisine. Alors, dans leur cabane, toute de bois peint en vert, ils n'avaient pas besoin de plus que ce que leurs concerts leur rapportaient. Inspirés par leurs promenades le long de la mer, sur les hauteurs des falaises ou à même le sable, ils marchaient souvent, les cheveux balayés par le vent, noyés par la pluie, pieds nus ou chaussés de bottes, portant des pulls rayés parfaitement identiques pour sublimer leurs ressemblances. Là, ils étaient tranquilles pour composer leurs chansons et se préparer à la suite que Fontane imaginait jalonnée de succès. Quand ce dernier se déplaçait jusqu'à la vieille cahute rénovée, il se délectait de leurs nouveaux titres et leur promettait monts et merveilles, mais Jan et Jolene s'en amusaient comme deux enfants à qui l'on continue de faire miroiter la venue du Père Noël alors qu'ils ont cessé d'y croire depuis longtemps. Complices, ils souriaient et se mettaient en place, lui au clavier, elle au micro. Un feu crépitait dans la cheminée, un foyer ouvert près duquel le héron empaillé se réchauffait. Pierre l'avait envoyé à Jolene par colis postal juste après l'avoir réparé, se gardant bien d'évoquer les sutures qu'il avait dû faire pour que l'animal se tienne à nouveau debout sur ses pattes.

Lorsqu'elle l'avait reçu, elle avait sauté de joie et l'avait serré dans ses bras, comme une fillette embrasse sa poupée préférée. Rien ne pouvait lui faire plus plaisir et elle l'avait répété à Pierre quand il l'avait appelée, un soir où Lysiane était de sortie, comme cela arrivait de plus en plus fréquemment. C'est ainsi qu'ils gardaient le contact, en cachette et sans habitude, évitant de parler de Lysiane pour se protéger l'un l'autre. Souvent, ils s'écrivaient aussi. Pierre connaissait l'adresse et le numéro de téléphone de sa petite-fille, ce que Lysiane pressentait sans en avoir la preuve. Résignée, elle se disait que Pierre finirait bien par se trahir un jour ou l'autre, surtout si elle parvenait à lui laisser croire que ses pensées étaient ailleurs. Alors, quand il lui demandait où elle allait les soirs où elle appelait deux intérims à la rescousse pour la remplacer au pied levé, elle chaussait son petit rictus gêné et se contentait de répondre qu'elle avait rendez-vous. Pierre n'insistait pas davantage et lui disait d'en profiter. Sans prise sur les secrets de son père avec Jolene, Lysiane avait trouvé d'autres biais pour garder un œil sur sa fille tout en passant inaperçue.

Un soir, Fontane s'était pointé à Audresselles à l'improviste. La bicoque était vide et il s'était aventuré sur la plage, persuadé d'y croiser ses protégés. C'était l'heure où jadis les flobarts revenaient de la pêche, chargés de fruits de mer. À défaut d'embarcations colorées à large proue, il tomba sur Jan et Jolene qui marchaient main dans la main au bord de l'eau. Encore une fois, il avait une excellente nouvelle à leur annoncer, il avait même apporté du champagne pour fêter ça. La veille, il avait assisté avec une bande de vieux potes au concert de leur ami d'enfance.

— Fred Solange, ça vous dit quelque chose ?

— Évidemment ! avaient-ils répondu en chœur.

Qui ne connaissait pas Fred Solange dans la région ?

— Je lui ai donné une place pour votre prochain concert au Biplan. On a bu un verre ensemble après le spectacle, ça faisait bien dix ans qu'on ne s'était plus croisés. Quelle soirée ! J'en ai encore une barre au crâne, mais on a bien ri. C'est un mec super, vous verrez, je vous le présenterai. Il a des entrées, plein de contacts, c'est même le genre à vous inviter en première partie de ses spectacles si votre musique lui plaît.

— Ce serait génial ! avaient-ils lancé avec ferveur, toujours à l'unisson.

— Allez, on va fêter ça pour vous porter chance. Je suis sûr que Fred tombera sous le charme de la voix de Jolene, sans compter que vous avez les mêmes yeux, ça devrait lui plaire aussi !

D'un pas allègre, ils étaient retournés à la bicoque où ils avaient trinqué sous la tonnelle face au coucher du soleil.

La tournée s'achevait en beauté, en plein centre de Lille, dans une structure tenue par des bénévoles. Lorsqu'elle avait aperçu l'enseigne du Biplan, Jolene avait pensé à son grand-père qui sculptait des avions aux ailes superposées. Comme souvent, elle avait regretté son absence, laissant le vide flotter en elle à la manière d'un trouble bien connu.

Le Biplan était une salle intimiste située rue Colbert, près du marché de Wazemmes, dans un quartier populaire. Fred y avait chanté à ses débuts, s'accompagnant au piano, comme il continuait à le faire. C'était un musicien complet qui composait ses textes autant que sa musique, une manière de loup solitaire à la voix suave et mélodieuse qui, après avoir fait ses premiers pas dans un groupe, s'était tourné vers une carrière en solo.

Il avait failli arriver en retard parce qu'il s'était perdu en route, ce qui lui fit prendre conscience qu'il n'était plus revenu dans ce quartier depuis un grand nombre d'années. Trop, peut-être. Son père le lui répétait assez. « Tu n'as jamais de temps pour nous. À croire qu'on n'est pas assez bien pour toi ! »

Fred cachait sa gêne derrière un éclat de rire. « Mais pas du tout, papa, pas du tout ! C'est juste que tout va trop vite et que je n'ai plus aucune prise sur mon agenda. »

Les rares fois où il remettait les pieds dans le Nord, pour Noël, ou un anniversaire important comme les soixante-dix ans de son père puis ceux de sa mère, il reprenait naturellement les expressions propres au parler du Nord. Ses *a* devenaient plus graves, ses *an* plus écrasés. De retour sur sa terre natale, il redevenait le ch'ti, le gosse de Lambersart qui faisait du vélo cross sous les autoponts entre deux leçons de piano.

Les reproches de son père, il pouvait les comprendre, c'est vrai qu'il ne faisait pas beaucoup d'efforts pour prendre des nouvelles. Quelques coups de fil entre deux gares ou deux aéroports lorsque le temps lui semblait long. Au début, il les invitait à quelques-uns de ses concerts et puis le succès venant, il avait oublié de leur envoyer les places qu'ils continuaient à attendre sans oser réclamer.

Choc des mondes que tout sépare et qu'aucun pont n'est venu relier. Chacun s'ancre ailleurs, se trouve des raisons et continue. Avec le temps, les regrets s'estompent et d'autres comblent le vide. Il en va ainsi des deux côtés.

Fred pensait à tout cela au volant de la voiture qu'il avait empruntée à son père comme il le faisait dans sa prime jeunesse. L'engin roulait au diesel et il comptait faire le plein avant de le rendre. Une autre façon de donner, de remercier et de s'amender sans se l'avouer.

Il se gara dans un parking souterrain et rejoignit Le Biplan à pied, ébloui par un soleil aussi puissant que rare dans cette région, submergé par les réminiscences intempestives des vingt dernières années qui avaient filé à la vitesse de l'éclair.

Le bonheur avait-il sa place dans tout cela ?

Il ralentit le pas en pensant au couple que formait ses parents après cinquante ans de mariage, trois enfants et six petits-enfants alors que lui était aussi seul dans sa vie que sur scène.

Avec joie, il avait retrouvé Fontane à l'entrée et ils s'étaient donné une tape musclée dans le dos avant de se claquer quatre bises comme c'est la tradition dans le Nord. Fontane lui avait réservé une place aux premières loges et comptait bien l'inviter au restaurant après, ils avaient tant à se raconter depuis toutes ces années… Fred avait accepté, plutôt content, en dépit de ce qu'il aurait pu imaginer. D'habitude, il n'était pas enclin à regarder dans le rétroviseur pour faire le bilan mélancolique de sa vie, mais ce soir-là, il se laissa attendrir.

Calé dans son siège, une casquette sur la tête pour passer inaperçu, il laissa la musique de Jan dissiper la nostalgie qui commençait à lui serrer la gorge. Fontane le rejoignit au milieu de l'introduction et lui jeta un clin d'œil assuré.

Le micro était posé sur pied, en attente, vide et Fred eut envie de filer sur scène pour improviser sur cette musique captivante, succession d'arpèges légers.

Au fond de la salle, Lysiane se tordait les doigts en attendant de voir *sa* Jolene. Aucune date n'était encore prévue pour la suite. Elle s'en était assurée à l'accueil, posant trop de questions. Ils devaient bien savoir, eux ! Mais au guichet, on se contentait de vendre des tickets.

— Demandez aux musiciens à la fin du concert ! Ils vendent et dédicacent leur album. Ils se feront un plaisir de répondre à toutes vos questions.

Lysiane avait tremblé comme un arbre esseulé au sommet d'une colline par un soir d'orage. Malgré sa perruque rousse, elle n'aurait pas le courage de s'approcher de sa fille, de peur d'être reconnue d'abord et de la braquer ensuite. Depuis que Jolene était partie, elle se sentait rejetée, reniée, humiliée, injustement ignorée. Avec le temps, la douleur était devenue tellement intense qu'elle avait usé de tous les moyens pour la voir. De loin certes, cachée toujours, au dernier rang, mais qu'importe. C'était mieux que de tourner les pages du livre d'or sur le canapé chaque soir comme une âme en peine.

Alors c'était bien leur dernier spectacle, il n'y avait pas d'erreur ? Comment pouvait-on avoir leur adresse ou leur numéro de téléphone pour leur envoyer un bouquet de fleurs ? Elle avait assisté à tous leurs concerts, tous leurs concerts, elle les avait vus. C'était une fan, une vraie, elle ne pouvait faire autrement que de les remercier…

— Venez dire tout ça aux musiciens à la fin de la représentation, je suis sûre qu'ils seront ravis.

— Mais je n'aurai pas le temps de faire la queue, j'habite loin, mon père est gravement malade, faites une exception pour moi, s'il vous plaît.

— Dans ce cas, écrivez-leur un petit mot et je le leur remettrai, ils en seront touchés, conclut l'ouvreuse, en lui tendant un carton vierge.

— Mais…

— Désolée, madame, je ne peux rien faire de plus.

Le mot, elle l'avait préparé avant. Recommencé plusieurs fois même, à cause de l'écriture. Elle ne s'était pas dit qu'elle ne signerait pas. Soit c'était une évidence soit c'était inutile. En dépit de tous ses efforts pour passer incognito, elle savait que Jolene ne serait pas dupe. Elle se doutait qu'immédiatement, elle dirait, *c'est ma mère*, comme on pousse un soupir de lassitude extrême. Des illusions, elle n'en avait plus. Alors, elle gardait la pose et le sourire, unique moyen de sauver la face.

Toute la lumière était maintenant focalisée sur le micro, Jan en retrait derrière son clavier répétant une introduction qui n'en finissait plus… Dans l'ombre de la salle, on attendait la chanteuse pendant que le piano ressassait, ostinato d'inquiétude que Fred perçut dans le regard du musicien. Fred se tourna vers Fontane qui se doutait que Jolene était rongée par le trac en coulisses. D'un geste de la main, l'agent incita à la patience, tout cela faisait partie du spectacle, l'attente aussi, la surprise. Dans la loge arrière, le régisseur diminua le faisceau de lumière dirigé sur le micro, ce fut le moment où Jolene entra en scène, à l'oblique, côté cour, méconnaissable.

Jan eut un sursaut. La jeune femme portait une robe rouge coquelicot, nouée sur les épaules. Les cheveux relevés en chignon bas, elle s'avançait les pieds nus, le bras gauche orné de tatouages d'une teinte semblable à celle de sa longue robe. Sans bijoux, sa peau blanche lui servait de parure et son regard bleu miroitait comme un saphir porté par deux traits de feu.

Fontane se frotta les mains. La robe, c'était son idée, le clinquant nécessaire pour attirer l'attention de Fred.

Jolene avait hésité à troquer son jean contre une tenue élégante, mais pour faire plaisir à son mentor, elle avait décidé d'oser.

Telle quelle, elle avait foulé la scène, le dos plus droit que d'habitude, le visage plus fier. Elle était écoutée, mais jugée aussi. Malgré la peur et la culpabilité, elle voulait plus. Ce n'était pas un rêve, mais juste sa réalité. Chanter pour façonner ce qui au fond d'elle grondait et la consumait, polir et ciseler ses tempêtes intérieures, se laisser envahir par la musique et permettre à sa voix de sortir pour prendre son envol.

En quelques notes, Fred était subjugué par cette façon très particulière d'être là tout en étant ailleurs.

Au fil du concert, la retenue timide de Jolene s'émoussa. La posture évolua de chanson en chanson, libérant les mains, libérant les bras et jusqu'à l'intégralité d'un corps où l'encre rouge dégoulina pour dire l'urgence. Il fallait mordre, mordre à pleines dents et se livrer tout entière, s'offrir à la musique et se laisser enivrer. Il fallait se donner comme on s'oublie, faire le grand saut les yeux fermés pour apprendre à ressentir et cesser de se juger.

Vissé au fauteuil, Fred fut pris à la gorge, aux tripes, au cœur, saisi par cette chanteuse aux yeux semblables aux siens, les cheveux aussi bruns que les siens, la voix tellement proche qu'il en vibrait d'émotion.

Comme un double de lui-même à ses débuts.

La salle était debout, les têtes dodelinaient, les bras en l'air avant d'applaudir. Jolene saluait à la manière délicate d'un ange tombé du ciel. L'un des nœuds de sa robe tomba sur le côté, libérant une épaule blanche comme l'os. Émue, elle cacha son visage de ses mains et se courba, pareille au coquelicot ployant sous le vent. Jan vint lui prendre la main, ils saluèrent ensemble, à parts égales, avant qu'il ne se mette en retrait, la poussant devant avec fierté.

Ce dernier concert n'était pas un point final, mais un point d'orgue avant le mouvement suivant, il le sentait. Ce soir, Jolene avait changé de peau. Ce n'était plus la jeune fille qui rougit des pages dans l'ombre des nuits blanches, ce n'était plus l'amie silencieuse qui l'accompagnait dans chaque recoin du lycée doutant de tout autant que d'elle-même, ce n'était plus la compagne triste des journées d'Audresselles où les boules de papier contrariées tapissaient le sol de désirs interdits. La musique l'avait changée, grandie, affranchie et il sentit le feu sous la glace, la sève sous l'écorce, la force créatrice qu'elle portait en elle comme un trésor dont elle ignorait tout.

D'un pas lent, il traversa la scène en diagonale, sortant des coulisses côté jardin pour la ramener de l'autre côté, avec toute la fougue d'un amour nourri d'admiration.

Le noir tomba sur la scène et la lumière se répandit sur le public dont l'émotion se mua en une clameur diffuse.

Dans le hall d'entrée, elle avait lambiné, attendu que la foule euphorique se disperse. Certains parlaient beaucoup quand d'autres se taisaient, le regard vaporeux, bercés par la musique envoûtante. Magique ! Ce groupe était déroutant, mystique même. La fille, c'était l'eau et le feu, une créature hybride entre l'ange, la déesse-mère et l'animal sauvage. Les traces sur son visage lui donnaient un côté brut et délicat à la fois. Larmes de sang, ailes en tandem, signature, effet de style ? Personne ne pensait au clown sur la couverture du disque de Giani Esposito et Jolene n'y pensait plus non plus. L'enfance façonne et décide autant qu'elle préfigure. Les traits rouges masquaient son visage sans le dissimuler, c'était une façon pour elle de se sentir protégée. Un geste rituel pour la faire basculer dans l'autre monde. La scène. Terreur et fascination. Angoisse et liberté. Terre de tous les contrastes qu'une vie ne suffirait à explorer.

Elle avait fait vite. En première ligne pour sortir, elle avait demandé à voir le régisseur plutôt que de se fier à l'ouvreuse qui lui avait refusé ce qu'elle voulait, hissant un nouveau mur entre sa fille et elle. D'un geste maladroit, elle avait sorti l'enveloppe de son sac et la lui avait remise avec crainte.

— Pour la chanteuse, avait-elle murmuré. S'il vous plaît. Vous me garantissez que vous lui remettrez ceci en mains propres ? J'y tiens beaucoup, c'est important…

— Bien sûr, avait-il abrégé, happé par autre chose.

Le désintérêt immédiat de son interlocuteur lui avait serré le cœur.

Elle avait failli se rapprocher de lui et l'attraper par le bras pour lui rappeler sa mission… Se rassurer… Insister…

Encore un peu et elle se serait trahie, sa langue aurait fourché, aurait prononcé le mot censuré. *C'est pour Jolene, seulement pour Jolene, ma fille, n'oubliez pas !*

Par chance, le régisseur avait été appelé plus loin et, tout en se dirigeant vers la sortie, elle l'avait suivi du regard, fixant la poche de son veston pour être sûre que son courrier n'en dépassait pas. Ensuite, elle l'avait vu serrer des mains par-ci par-là avant d'embrasser deux hommes de dos. Jolene était alors apparue au bras du garçon qu'elle refusait de nommer depuis qu'il lui avait volé sa fille.

Un prénom qu'elle s'était échinée à prononcer de travers. « Ce n'est pas comme *Jean*, lui répétait Jolene sans se décourager, ni comme *Yann*, c'est un mélange des deux. »

Mais Lysiane n'avait que faire d'un blanc-bec au prénom imprononçable dont elle était persuadée qu'il ne ferait pas long feu dans la vie de sa fille.

Avec Jolene en point de mire, venait le moment de sortir. Fuir pour ne pas croiser son regard, car ni la perruque, ni le maquillage, ni les vêtements très différents de ceux qu'elle portait d'habitude ne pourraient jamais la transformer tout à fait.

C'était le moment de sortir lorsque l'homme que le régisseur venait d'embrasser se retourna.

D'abord, elle n'en crut pas ses yeux, douta et se recula, mais cet homme, même vingt ans après, elle l'aurait reconnu entre mille parce que c'était Fred, le seul qu'elle n'avait jamais oublié. Le père de sa fille.

Méconnaissable dans sa parure contrefaite, elle s'imagina soudain la proie de tous les regards alors que personne ne lui prêtait attention. Pas même Fred ou Jolene qui se tenaient aux deux extrémités du hall.

Elle se vit arracher sa perruque et s'avancer vers lui. Une gifle serait partie, pour commencer. Après, elle l'aurait insulté, puis griffé, puis maudit. Volcan de colère que l'abandon attise.

Pétrifiée, elle demeura sur place quelques instants, avant de faire mine de feuilleter le programme pour reprendre ses esprits. La gifle, c'était elle qui venait de la recevoir. Une gifle grandiose et éloquente. Son secret ? Une illusion, encore. Autour d'elle, tout le monde savait et elle, une fois de plus, ignorait tout.

Soudain, une femme reconnut Fred et s'exclama si fort qu'un groupe de fans se forma immédiatement autour de lui. Lysiane en profita pour relever la brochure derrière laquelle elle se cacha pour écouter. Mais Fred Solange n'était pas venu pour se faire remarquer, aussi se précipita-t-il à l'extérieur du Biplan après avoir expédié une poignée d'autographes. Elle ne put s'empêcher d'écarter le programme de son visage pour le regarder quitter les lieux, escorté par sa cohorte de groupies.

La situation la replongea alors dans la peau de la jeune fille de dix-sept ans qu'elle avait été. Cette écervelée qui, rêvant de gloire, s'était accrochée à la première célébrité de passage. Lui était là, triomphant, pendant qu'elle se dissimulait pour assister, impuissante, au spectacle de son éviction.

Le pire, c'est qu'ils se connaissaient et qu'elle n'y était pour rien. Malgré ses efforts pour l'éviter, Fred et Jolene avaient donc fini par se rencontrer. Le reste, elle ne pouvait l'imaginer, c'était trop dur, à la limite de l'insoutenable, une bombe nucléaire dans sa tête affolée.

La brochure rebondit sur le sol à la manière d'un oiseau tiré à bout portant et elle se surprit à visage découvert adossée au mur de briques. Happée par la curiosité, elle sentit ses pas la guider dehors pour se rapprocher de lui.

S'il avait été seul, elle aurait pu tenter de lui parler ; mais comme autrefois, il était inaccessible. Et l'inaccessible fait fantasmer.

Bien sûr, il l'avait invitée dans des bars branchés et elle avait passé quelques nuits chez lui. Montée sur talons, ses longs cheveux blonds et ses lèvres rouge vif assorties à ses ongles, elle se croyait irrésistible. À ses copains, il avait dit : « Des campagnardes, on n'en voit pas beaucoup par ici, ça change de l'ordinaire et faut bien goûter un peu à tout, non ? » Et il avait trouvé ça drôle.

Pauvres efforts inutiles de Lysiane, payés d'une déception qui avait transformé l'abandon en obsession alors qu'elle n'était pour lui qu'une passade, une expérience anodine instantanément effacée de sa mémoire.

Tout à coup, elle pensa à sa fille. Signait-elle encore des autographes ou sortirait-elle bientôt pour les réunir tous les trois sur le trottoir ?

Quelques mètres plus loin, Fred se gondolait autant que son acolyte. De vieux potes qui se rappellent leurs meilleurs souvenirs en se tapant sur l'épaule. Lysiane les fixa avec consternation, subitement traversée par la certitude de n'être rien de plus qu'une inconnue pour celui qui l'avait rendue mère avant l'heure.

Dans la pénombre du salon, Pierre avait fermé les yeux. Sa fille était au concert de Jolene, il le savait et se sentait seul, désolé de passer à côté d'un bonheur pareil. Il pensa à Jeanne, se remémora leur passé et le silence de l'auberge lui parut soudain infernal. Pour le conjurer, il alluma la lampe et se dirigea vers la cuisine où il remonta l'horloge avec la clé papillon. Après, il monta se coucher.

L'horloge acheva de sonner sept coups lorsque Pierre proposa à Lysiane de lui verser un peu plus de café. Elle accepta en tendant sa tasse, une main dans les cheveux pour les remettre en place.

— C'était bien hier soir ? Inutile de me mentir, je sais que tu es allée voir Jolene en concert. Je parie que c'était magnifique.

Lysiane ravala sa salive, gênée que son père cesse de faire semblant au moment où Fred réapparaissait dans sa vie. Pour garder le contrôle de la situation, elle improvisa une réponse qui la mena plus loin qu'elle ne l'avait imaginé au départ.

— Oui, ça allait. La salle était comble, difficile de bien la voir dans ces conditions, mais j'avais préparé un petit mot à lui remettre en fin de spectacle. Je voulais le faire passer par un intermédiaire, mais je suis tombée sur elle. On s'est retrouvées nez à nez, tu imagines ?

Pierre retint sa respiration. Pris entre deux feux, il ignorait ce qu'il espérait entendre. Il percevait toujours du rejet dans la voix de Lysiane, une distance étrange, un refus de regarder la vérité en face. Elle était incapable de reconnaître le talent sans que cela lui brûle les lèvres, incapable d'admirer la beauté que sa fille mettait en voix. Il voyait bien qu'elle cherchait à harponner plutôt qu'à aimer, à prendre plutôt qu'à donner, à savoir plutôt qu'à comprendre.

Il fallait répondre, sinon Lysiane se serait énervée, mais comment rebondir sans la froisser ? Parler avec sa fille était toujours un peu comme marcher sur des œufs, un mot de travers et la conversation se brisait en morceaux.

— Oh, je suis tellement soulagé que vous vous soyez enfin retrouvées, que tu aies pu lui dire combien tu étais fière d'elle, de sa musique, de son succès.

— Oui, c'est ça, c'est exactement ce que je lui ai dit, confirma-t-elle en baissant les yeux.

— Elle était contente, je parie ?

— Elle m'a même donné son numéro de portable, pour qu'on s'appelle de temps en temps, elle a dit. Bon, pas trop souvent, j'ai compris. Jolene reste Jolene, toujours aussi froide. Un baiser lui arracherait les lèvres, tu la connais.

Mal à l'aise sur sa chaise dont la galette avait glissé sous ses fesses, Pierre poussa un long soupir dubitatif, avala une gorgée de café, se redressa et regarda l'heure. Il était le quart et sa tête était remplie de questions. *Comment était Jolene sur scène ? À quoi sa musique ressemblait-elle, et sa voix, quelle était sa forme, sa couleur, son timbre, son intensité ? Elle, si sauvage, si renfermée, comment parvenait-elle à s'extérioriser devant un public ?* Très éloigné du monde du spectacle, il ignorait que sa petite-fille avait enregistré elle-même un album qu'elle vendait à l'issue des concerts. Lysiane le possédait, mais ne le sortait ni ne l'écoutait jamais.

Conscient que sa fille lui ferait une crise de jalousie s'il manifestait trop d'intérêt pour Jolene, il reporta les questions sur elle.

— Tu vas l'appeler quand, alors ?

— Dès qu'elle aura répondu au billet que je lui ai fait passer. Je veux lui laisser le temps de réfléchir, ne pas la brusquer, je sais que je lui ai fait beaucoup de mal.

— C'est bien. C'est bien.

Elle vida sa tasse d'une lampée enjouée avant de glisser la main dans sa poche où elle se mit à farfouiller, le sourire jusqu'aux oreilles.

— Regarde, dit-elle, cherchant dans les méandres du tissu vaporeux de sa robe en crêpe. Elle l'a recopié vite fait sur un tract.

Elle chercha, fouilla, passa d'une poche à l'autre, de la robe au gilet, du gilet à l'imperméable, de l'imperméable au sac à main, se levant, progressant à coups d'enjambées anarchiques.

— Attends, répétait-elle. Attends, je vais le retrouver.

D'un pas nerveux, elle grimpa les escaliers, fit le tour de sa chambre, vida la poubelle de la salle de bains, reprit l'intégralité du sac à main, des poches et du moindre recoin pendant que Pierre comptait les minutes sans bouger. En pleurs, elle revint s'asseoir face à son père.

— Qu'est-ce qu'il t'arrive, Lysiane ?

— Je ne retrouve plus le numéro de Jolene. C'est épouvantable, je l'ai perdu, mais quelle idiote, quelle imbécile ! éructa-t-elle.

Pierre eut un soupçon qu'il refoula en lui prenant la main. Il mesurait combien sa souffrance devait être immense pour s'abaisser à une mise en scène pareille.

— Calme-toi, tu vas tomber dessus au moment où tu t'y attendras le moins.

— Mais j'ai déjà cherché partout ! J'ai dû le perdre en route, je parie qu'il est tombé de ma poche quand j'ai couru pour récupérer ma voiture. C'est forcément ça, mais que pensera Jolene si je ne l'appelle pas ? Elle croira que je l'abandonne une fois de plus ! Je t'en prie, papa, fais quelque chose pour m'aider.

— Non, ce n'est pas possible, j'ai promis à Jolene.

— Mais elle me l'a donné ! J'ai juste perdu le papier. C'est toujours comme ça, je perds tout ce que j'ai, c'est plus fort que moi.

L'horloge sonna la demie quand Lysiane retourna à sa fouille, les cheveux hirsutes et les yeux fous, pestant à haute voix, se traitant de tous les noms d'idiote et d'incapable. Et ce cinéma dura jusqu'à ce que l'horloge sonne huit coups et que Pierre cède.

— Tiens, le voilà, dit-il en lui tendant un morceau de papier où il avait recopié les huit chiffres de son écriture penchée, mais je te déconseille de l'appeler.

Lysiane ne pensa pas à le remercier, concentrée sur son rôle jusqu'au bout.

— Ah oui, c'est bien le même ! lança-t-elle d'un air de triomphe, en glissant la feuille à petits carreaux dans son décolleté. Là au moins, je suis sûre de ne pas le perdre !

Le tour était joué. Le numéro, elle l'avait, mais elle n'était pas au bout de ses peines, elle avait le mystère de Fred à élucider. Se pouvait-il que son père soit dans le coup ? Avait-il parlé, l'avait-il trahie ? Il lui avait promis pourtant, mais n'avait-il pas promis à Jolene de garder secret son numéro de téléphone ?

Elle songea au mot qu'elle avait fait passer à sa fille. Quelques lignes qu'elle avait écrites à la hâte sur la table amovible du bureau de Jolene, en rouge pour éviter d'avoir à signer. Parce que c'était toujours à cette étape que tout se compliquait.

Maman, *Lysiane*, *Lili*, *Lyzzie*, quel nom choisir ?

Chacun de ces mots était déplacé, comme toutes les paroles qu'elle lui avait adressées, suite de malentendus noyés dans le déni.

Pour bien parler à sa fille, encore eût-il fallu commencer par le commencement et dire l'indicible pour une mère, quelque chose comme : *Ta présence me tue et ton absence me brise. Entre les deux, il n'y a rien.*

À la place, elle avait recopié de mémoire les paroles d'une chanson de Jean-Louis Aubert qui semblait avoir été écrite sur mesure pour elle parce que le rien, le vide, pour Lysiane, ce n'était pas possible. Il fallait combler, racheter, venger, se cramponner coûte que coûte ; si bien qu'elle avait écrit pour récupérer ce qu'à défaut d'avoir su aimer, elle avait considéré comme son bien.

Il manque un sens à ma vie, il me manque toi, mon alter ego, mais où tu iras j'irai te chercher, je ne peux pas faire autrement.

C'était son moyen d'essayer de renouer.

Soudain, elle regretta, elle n'aurait jamais dû lui faire passer un message aussi ridicule. Et s'il atterrissait entre les mains de Fred, en fin de soirée, après un repas bien arrosé ?

Comme autrefois, il se serait moqué d'elle, la prenant pour une cruche incapable de trouver les mots par elle-même.

Alors la scène lui revint en un flash-back. Elle avait vu Fred tendre la main à Jolene pour la saluer, un geste formel, comme s'il faisait sa connaissance. Il avait fait de même pour le garçon et Fontane s'était chargé des présentations. La lumière d'un lampadaire auréolait leurs visages dont elle ne parvenait pas à détourner les yeux. Trop loin pour entendre leur conversation, elle avait tenté d'imaginer les courtes répliques qui avaient couru de l'un à l'autre dans un silence assourdissant. Elle les devinait, comme les lettres d'or inscrites en filigrane sur les retables saints. De ces paroles divines et sacrées que le profane ne peut comprendre. Elles étaient pour Jolene et Fred, seulement pour eux. Et elle était exclue, comme toujours. En dehors du jeu.

Simple spectatrice devant un écran dont on a coupé le son.

Rien de plus.

La suite, elle voulait l'oublier. Elle avait vu sa fille sortir du Biplan en robe de gala. Dans la loge, Jan avait dit à Jolene : *Surtout ne change rien, reste comme ça, tu es splendide*, mais cela, Lysiane ne pouvait pas l'entendre. Jolene avait rougi, relevé sa bretelle qui ne cessait de retomber sur son épaule et Jan l'avait embrassée dans le cou, rempli de désir. Le régisseur avait fait irruption à ce moment-là et ils s'étaient écartés l'un de l'autre comme deux gamins pris en faute.

— Pour Jolene, avait-il dit, en lui tendant l'enveloppe. D'une fan aussi rousse qu'envahissante, ça promet ! Bonne soirée, les tourtereaux, et à la prochaine, vous avez été au top, bravo !

— Mets ça de côté, avait murmuré Jan, en attrapant la chanteuse par les poignets.

Et l'enveloppe avait glissé de la main de Jolene pour s'oublier sous les plis de sa robe. Jan l'avait attirée à lui, embrassée avec fougue, serrée encore un peu plus fort. Elle s'était laissé faire, fluide et élastique, ajustée à l'impatience de son étreinte.

— Ils nous attendent, avait-elle murmuré entre deux baisers, cambrée de désir, tandis que les lèvres de Jan glissaient de son cou à son sein qu'il mordilla avant de s'écarter à regret.

— Allons-y alors ! Viens, surtout ne change rien, reste comme ça, tu es splendide, tu me rends fou.

Et ils s'étaient précipités dehors, chargés d'adrénaline autant que de désir inassouvi, plus amoureux que jamais.

La nuit était claire, douce et parfumée. La senteur d'un seringat flottait dans l'air tandis que Fontane jouait le maître de cérémonie.

— Jan et Jolene alias Arcane XIII, je vous présente Fred Solange, mon ami de toujours. Fred, voici mes protégés, deux perles rares, pas vrai ?

Fred n'infirma ni ne complimenta, ils avaient toute la soirée devant eux ; et son attention, pour lors, se concentrait sur Jolene parce qu'il s'était senti troublé en lui serrant la main.

Toujours postée dans l'ombre, Lysiane avait reçu un coup de poignard en plein cœur. Le souffle coupé, elle avait cru s'effondrer sur le trottoir, voyeuse dont la seule présence est une faute.

Après, sa vue s'était troublée et la nuit lui avait paru noire comme une tombe. La rue était déserte lorsqu'elle avait enfin réussi à mettre un pas devant l'autre pour rejoindre sa voiture.

Elle s'assit au volant au moment où sa fille entrait dans le restaurant que Fontane avait réservé pour eux, rue Gambetta.

Sur le chemin, Fontane et Fred s'étaient raconté leur vie pendant que Jan et Jolene rejouaient le concert quelques pas en arrière. On les avait installés sur une table ovale, à l'étage, au fond d'une pièce décorée de natures mortes toutes plus improbables les unes que les autres.

Face à face, Jolene et Fred se fuyaient du regard pendant que Fontane et Jan lisaient attentivement le menu. La plupart du temps, les filles (et quel que soit leur âge), il avait plutôt tendance à les draguer pour les mettre dans sa poche ou dans son lit, parfois même tout bonnement par respect ; mais son attitude avait été différente avec Jolene. Comme si elle était au-delà de ces bagatelles, une rose aux bras rouges dans sa robe de pourpre, suffisamment insolite pour n'être abordée que de loin.

— Alors, vous avez choisi ? demanda Fontane, impatient de commencer.

— Pas encore, bredouilla Jolene dont l'émotion l'empêchait de se concentrer sur la liste des plats.

La robe, elle n'aurait pas dû la garder, ses bras, elle aurait dû mieux les nettoyer, alors le menu, choisir, tout ça…

— On prendra comme toi, conclut Fred pour la délivrer de son embarras.

Fontane ne se fit pas prier et commanda quatre portions de moules-frites avec de la bière locale.

Lorsque les bières furent apportées dans des verres estampillés Vieux-Lille, Fred entra dans le vif du sujet.

— Bon, j'ai bien compris que Fontane se démène pour vous caser en première partie de mes concerts, mais j'aimerais en savoir un peu plus avant de me décider. D'où venez-vous, tous les deux ? Vous avez l'air sortis du même moule, c'est encore plus flagrant ici que sur scène. Vous êtes frère et sœur ?

Fontane explosa de rire, rompu à cette remarque récurrente.

— On vit ensemble, corrigea Jan avant de résumer en quelques mots son enfance de citadin lillois, aîné de deux sœurs musiciennes.

— Et toi, Jolene ?

— Moi ?

Elle était toujours embarrassée quand on lui posait des questions personnelles, ce n'était ni facile ni agréable pour elle, mais pour une fois, par reconnaissance envers les efforts que Fontane déployait pour Arcane XIII, elle se força un peu.

— Ma mère tient un estaminet avec mon grand-père du côté de Cassel, j'ai grandi à la campagne avant de faire mon lycée à Lille.

— Ah oui, je vois, il y a plein d'auberges sympas dans ce coin-là, j'y allais souvent avec des potes le week-end quand j'étais jeune. On buvait, on dînait, on flirtait pas mal aussi… C'était le bon temps. Et ton père, je parie qu'il anime les repas avec son accordéon et que c'est lui qui t'a transmis ce don que tu as pour la musique, non ?

— Ma mère m'a eue très jeune, c'est un accident de parcours qui lui a coûté sa carrière. C'est elle qui rêvait d'être chanteuse, mais à cause de moi…

— Ah oui, ce sont des choses qui arrivent, mais elle doit être fière de ta réussite aujourd'hui.

Jolene haussa les épaules, encore plus gênée par la robe, le décolleté, la bretelle en ruban qui ne cessait de retomber. Jan le remarqua et attrapa son genou sous la table pour la rassurer. Fred, quant à lui, changea de sujet et demanda si le jeune couple avait envie de chauffer la salle lors de sa prochaine tournée.

— Bien sûr, répondit Fontane, bien sûr qu'ils en ont envie, n'est-ce pas ?

À l'unisson, ils lancèrent un *oui* dans lequel Fred reconnut immédiatement le *la* qui sert à s'accorder avant de jouer. C'était un bon signe. Alors, il plongea son regard dans celui de Jolene, le fuyant aussitôt, troublé à nouveau.

Heureusement, on servit les moules-frites et la gêne s'efface derrière les intarissables souvenirs que Jan et Jolene pouvaient se contenter d'écouter.

Le lendemain et les jours qui suivirent, Jolene commença à ressentir un malaise s'immiscer en elle, perfide comme un poison. La nuit, elle ne dormait pas, quittait le lit et allait s'allonger sur le tapis du salon, des écouteurs dans les oreilles. Elle lançait Vivaldi et retrouvait les gestes de l'enfance, doigt après doigt, en cercle sur le bout du pouce.

Après le restaurant, ils avaient repris la route de nuit jusqu'à Audresselles. Une heure trente durant laquelle Jolene avait dormi d'un sommeil de plomb. À leur arrivée, Jan l'avait aidée à sortir de la voiture et guidée jusqu'à la chambre où il lui avait retiré sa robe. Ensemble, ils avaient pris une douche et il lui avait lavé les bras à l'aide d'un gant. Il avait dû frotter, le rouge était tenace. Elle s'était laissé faire comme une poupée que l'enfant soigne comme il peut. Jan avait parfois de ces gestes maladroits que la jeunesse excuse. Après, elle avait pris le gant à son tour et l'avait imbibé de gel douche avant de lui frotter le torse, puis le ventre et le sexe qui avait réagi aussitôt. Le savon avait été emporté par l'eau brûlante qui répandait une vapeur d'étuve et malgré la chaleur et le sol glissant, il l'avait chevillée à son corps, laissant le désir avorté de la loge se raviver. Ils s'étaient aimés comme les chiens se battent, à coups de cris, de morsures et de langue sous l'eau dégoulinante, avant de revenir au calme, enroulés dans des serviettes blanches, prêts à recommencer.

L'adrénaline ne retombait pas, leurs bouches avaient soif d'aimer autant que de parler. La musique, le concert, la tournée… Tout s'enchaînait et ils n'avaient pas la moindre envie de dormir cette nuit-là. À quatre heures du matin, Jan se mit au piano et Jolene s'assit près de lui, la tête sur son épaule.

— Joue avec moi, l'implora-t-il.

— Je ne touche plus à ça, mais joue, toi, c'est tellement beau…

Il prit ses mains, les embrassa, embrassa ses paupières aussi, puis reposa les mains sur le clavier.

— Allez, joue, fais-le pour moi.

Elle hésita, sentit l'ivoire sous ses doigts, donna un *mi* qu'elle répéta à l'infini. Jan ouvrit le couvercle et retira la table d'harmonie pour laisser apparaître les marteaux avant de s'éclipser dans le canapé.

De dos, il la trouvait encore plus belle, nue sur le fauteuil en velours noir.

Le *mi* s'était épaissi, devant la basse continue d'une mélodie aérienne qui caracolait par-dessus. Il ferma les yeux, se laissa envoûter. Après l'amour, elle se déchaînait, retrouvait la fougue sauvage de ses premières transes créatives dans l'oubli absolu de tout le reste. Dans son monde. Il savait que là, quoi qu'il fasse, il n'entrerait jamais vraiment, même lorsqu'il s'unissait à elle, il n'avait pas accès à cette part mystérieuse qu'elle abritait comme un cœur en hiver. S'il l'avait regardée de face, elle aurait probablement cessé de jouer, elle aurait sans doute ouvert les yeux et levé les mains pour lui laisser la place ; mais il préférait la suivre comme une ombre plutôt que de l'intimider. Ses doutes, ses peurs, sa culpabilité, il ne les craignait pas.

La musique cessa. Elle avait posé un galet sur une touche pour faire durer la note et, doucement s'était tournée vers lui, dévoilant un sourire qui éclipsait la beauté de sa poitrine. Jan se leva du canapé, s'assit près d'elle, et ils jouèrent ensemble et improvisèrent sur l'air de « Natura » avant d'épuiser la nuit par terre, sur le tapis, sans même avoir besoin de se couvrir. Deux brasiers ardents chargés d'adrénaline.

Depuis cette nuit de feu, Jolene ne dormait plus.

— C'est le trac, tu as peur ? C'est Fred qui t'impressionne ?

Jolene ne savait pas, ne savait plus, trop agitée pour se concentrer, elle refusait de chanter. On aurait dit que cette nuit d'amour où elle avait retouché au piano l'avait vidée de toute son énergie.

Au lieu de répéter, elle passait ses journées à hésiter devant une feuille blanche. Incapable de la remplir, elle écrivait sur sa peau, traçait ses gammas, ses *j*, ses croix, ses on-ne-savait-quoi, à l'encre rouge. Elle effaçait, recommençait dès que Jan avait le dos tourné.

— Tu préfères annuler ? Si tu veux, j'appelle Fontane et on arrête tout. Ce n'est pas grave. On peut faire autrement, continuer par nous-mêmes comme on l'a toujours fait.

Elle refusait, pensait que c'était passager, une vague de nostalgie parce que c'était le mois de la disparation de Jeanne. D'ailleurs le bouquet de roses jaunes séchées la suivait à la trace. Elle le déplaçait dans toute la bicoque, de la cuisine au salon en passant par la chambre. Elle les voyait partout.

Elle finit par refuser d'aller se balader. Jan était perdu, qu'avait-il fait ou dit ? Lui en avait-il trop demandé avec le piano ?

Les soirs étaient grandioses à cette période de l'année où le soleil se plongeait dans la mer noire, laissant derrière lui un ciel sanguin. Jolene restait postée à la fenêtre durant des heures, fixant l'horizon avant d'écouter Vivaldi toute la nuit, laissant Jan sans solution.

Au matin de sa sixième nuit blanche, il l'attrapa par les épaules, la secoua et s'effondra à ses pieds, en pleurs. Il avait failli la gifler et lui mettre la tête sous une douche d'eau glacée pour la faire réagir.

Il n'eut pas besoin de cette violence, ses larmes furent un électrochoc plus puissant que tous les mots qu'il aurait pu prononcer.

— J'ai peur, Jan, peur de tout et de rien. Je panique. C'est en moi. Jeanne me manque, Pierre me manque et Lysiane est partout. Je m'en veux de mener la vie qu'elle espérait pour elle, je n'en ai pas le droit, je ne lui donne rien, je ne veux même plus la voir…

— Tu ne peux plus la voir, c'est différent, Jolene.

— J'ai un mauvais pressentiment. Je sens qu'elle va revenir. Si elle apprend que je chante en ouverture d'un chanteur aussi connu que Fred Solange, elle reviendra, c'est sûr.

— Ah ! Je n'avais pas pensé à ça. Enfin, je n'aurais jamais pensé que tu te mettais de telles idées en tête.

— Elle est venue à nos concerts. Je ne l'ai jamais vue, mais je sais qu'elle est venue. Papy pense qu'elle porte une perruque. Elle nous suit à la trace, elle est partout, je la sens partout, elle me déborde, j'en suis malade.

— Qu'est-ce que tu me racontes, qu'est-ce que c'est que cette histoire ?

— Il me l'a dit au téléphone. Il m'a appelée le lendemain du dernier concert au moment où tu étais allé faire des courses en urgence, tu te souviens ?

— Voilà pourquoi tu déraillles depuis. Ça n'a donc rien à voir avec moi, le piano, la robe…

— Tu n'y es pour rien, Jan. Cette nuit était la plus belle de toute ma vie. Toi, ton corps, ton amour, la chaleur étouffante et le piano ; mais je n'ai pas droit à tout cela.

— Allons marcher, dit-il afin de reprendre ses esprits, allons respirer au grand air.

Il ouvrit les fenêtres et ils enfilèrent leurs bottes pour se promener le long de la mer.

À leur retour, Jolene écrivit une longue lettre à sa mère, une lettre enragée qu'elle brûla aussitôt avant de s'installer au piano.

Le *mi* se répéta jusqu'à ce qu'elle ne l'entende plus.

Dans l'ombre, Jan veillait.

Dehors, le ciel était aussi noir que la mer, mais les étoiles brillaient très fort.

Jan assis sur un fauteuil en cuir, Jolene par terre adossée à une commode, tous deux les yeux dans le vague. Ils portent chacun une chemise bleu métal. Lui un pantalon de cuir noir, elle une jupe fendue.

Une simple lampe à abat-jour les éclaire, les murs sont saumon et leurs joues roses.

Leurs regards traversent la pièce dans les deux sens.

— Tu as trouvé ? demanda Jan.

— Non, répondit Jolene. Et toi ?

— Non plus.

— *Jeter le rouge*, peut-être, suggéra-t-elle, levant les yeux au plafond.

— Ou *À l'encre rouge* dans ce cas-là. Montre-moi tes bras.

— Les voilà, dit-elle en relevant ses manches avec un petit sourire en coin. Rassure-toi, j'ai arrêté, mais pour les concerts, je compte bien continuer.

À la suite du passage à vide de Jolene, ils avaient composé dix nouvelles chansons en deux mois, des titres qu'ils espéraient roder sur scène, en ouverture des concerts de Fred dont la tournée débutait la semaine suivante.

Jolene appréhendait encore et avait écrit dans une espèce d'angoisse latente, oscillant entre euphorie et tristesse, sans nouvelles récentes de son grand-père.

— Tu crois qu'il lui est arrivé quelque chose ? demandait-elle à Jan.

— On pourrait aller à l'auberge pour en avoir le cœur net, ce n'est pas la peine de se ronger les sangs pour rien.

— Il appellera quand il pourra, il me l'a promis, abrégea-t-elle pour se rassurer. Alors qu'est-ce qu'on décide pour le titre de l'album ? *Jeter le rouge*, c'est pas mal, non ?

— Mais tu veux les garder, tes tatouages, non ?

— Et alors ?

— *À l'encre rouge*, c'est plus parlant. On pourra l'annoncer sur Facebook.

— Sur Facebook ?

— Fontane veut qu'on se crée un profil et une page, il pense qu'on ne peut plus faire sans à notre stade.

— Si ma mère voit ça, je suis finie, elle me suivra partout.

— Mais c'est déjà le cas. Quoi que tu fasses, elle est là, dans ta tête. Plus tu la fuis, plus elle t'obsède. Cesse de dresser des barrières tout autour de toi pour te protéger d'elle, tu y laisses toute ton énergie. Fontane a raison, il est temps de sauter le pas. On va créer ce profil tout de suite. On mettra la photo qu'on a prise en début d'après-midi, je n'aurai plus qu'à rajouter le titre de l'album. Je vois déjà ça : nous deux, le bleu de nos chemises et le rouge du titre.

— Je n'assumerai pas.

— Je t'aiderai.

— Je suis lâche.

— Tu es plus forte que tu ne le crois.

— Ces chansons, je les ai écrites alors que j'étais en colère, elles sont violentes, pleines de souffrance.

— Elles sont vraies. Tu n'as pas à rougir de tes textes.

— Ta musique est magnifique, je ne te l'ai pas encore dit ?

— Non, pas encore, tu avais autre chose à penser.

— Pardonne-moi, Jan, je suis ailleurs, j'ai peur, je tremble, mais…

— Je sais. Alors, on le crée, ce profil ?

En quelques clics, c'était fait et ils passèrent la soirée à inviter toutes les personnes susceptibles de les suivre. Une poignée de jours plus tard, leur réseau était déjà bien étoffé et ils se relayaient pour publier et mettre en lumière leur tournée à venir.

Le premier concert aurait lieu à Nantes. Ils partiraient en voiture avec leur matériel et Fontane les accompagnerait. Fred ne s'était pas manifesté depuis l'unique soirée qu'ils avaient passée ensemble, trop débordé par la préparation de sa tournée. Malgré tout, il pensait à eux, à Jolene surtout.

Chaque fois qu'il voyait son visage sur les photos qu'elle postait sur Facebook, il se sentait troublé. Après Fontane, il avait été le premier à recevoir leur invitation et il l'avait acceptée immédiatement. Sur la photographie de profil, Jolene avait les yeux levés au plafond, elle portait ses cheveux longs et une chemise bleue assortie à leurs yeux. Lorsqu'il avait découvert le titre de leur album, il avait été curieux. Curieux et emballé, persuadé qu'Arcane XIII avait une empreinte suffisamment puissante pour sortir du lot.

Pour Jan et Jolene, ce titre avait un goût amer, car il était né de textes écrits à l'encre rouge, la nuit. C'était ça ou la folie. Jan se levait souvent, faisait un tour à la cuisine où il la trouvait assise, les cheveux hirsutes et les yeux explosés, en train d'imbiber furieusement le papier. La fièvre avait duré trois semaines ; après, enfin, elle avait pu dormir.

Une fois revenue à un calme relatif, elle avait dit :

— Au fait, pour le titre, tu as raison. *À l'encre rouge*, c'est mieux.

Et Jan avait compris ce choix et l'avait conforté. N'avait-il pas traversé les nuits de feu lui aussi ?

Quelques jours avant leur départ pour Nantes, Jolene reçut un colis de son grand-père, un avion biplan avec une vis peinte en rouge pour fixer l'hélice. Sur la carte qu'il avait jointe au modèle réduit façonné de ses mains, il avait évoqué la météo, la beauté des roses du jardin et la prospérité de l'auberge. Éludant Lysiane, il avait encouragé Jolene à chanter avec Jan. Il savait pour la tournée, pour Fred aussi, Lysiane avait fini par tout lâcher dans un accès de colère aussi intense que sa souffrance. Fidèle à lui-même, Pierre restait en retrait, discret, veillant à ne froisser ni l'une ni l'autre, poussant Jolene dans les bras de Jan et de la musique pour la mettre en sûreté. Car lui ne pouvait plus rien, rien d'autre que contenir Lysiane qui avait déjà réservé une place pour chacun des concerts de Jolene, embauché deux nouvelles intérimaires et renouvelé son stock de perruques.

— Laisse-la tranquille, avait-il tenté en la voyant réserver ses places en ligne.

— Je fais ce qui me plaît. C'est *ma* fille !

Pierre n'avait pu s'empêcher de lorgner sur le site où la liste des dates de concert de Fred Solange semblait s'étendre à l'infini. Vingt en tout.

— Tu ne vas tout de même pas prendre un billet pour chaque concert ?

— Ça ne regarde que moi.

— Je pourrais venir aussi, au moins une fois.

— Sûrement pas ! C'est trop risqué. Jolene ne doit rien savoir. J'ai ma fierté !

Tout à coup, elle tomba sur une minuscule biographie d'Arcane XIII dans un ridicule encart sous la présentation magistrale de Fred Solange. Pour en savoir plus, un lien menait directement à la page Facebook du groupe.

Aussitôt le visage de Lysiane s'empourpra, elle se tortilla sur sa chaise, laissant son doigt en suspens sur la touche « entrée ».

Pierre sentit qu'il la dérangeait, pourtant il resta cloué sur place, impatient d'en apprendre davantage sur sa petite-fille, mais l'horloge sonna cinq heures de l'après-midi et Lysiane en profita pour éteindre l'ordinateur. Elle avait du pain sur la planche à l'auberge. Pierre redescendit à la cave préparer un biplan pour Jolene. La frustration venait de lui en donner l'idée. Il avait retenu le nom de la salle que Lysiane avait lâché lors de sa crise.

Ce soir-là, la tête ailleurs, Lysiane cumula les erreurs, les gestes maladroits et les paroles malencontreuses.

La nuit, enfin, elle put se glisser en toute discrétion au salon et s'asseoir sur le divan, l'ordinateur sur ses genoux.

Sa fille avait une page Facebook, un profil et des dates de concerts à venir. Elle avait de quoi se nourrir.

Elle se rua à Hazebrouck dès le lendemain pour s'acheter un téléphone portable dernier cri.

Son profil, elle l'avait créé dans la nuit. Lyzzie59.

Ensuite, elle avait apposé une série de cœurs, toutes les publications y étaient passées (de la plus ancienne à la plus récente) et elle avait fini par oser un commentaire semblable à beaucoup d'autres.

Un *Félicitations* assorti d'un cœur rouge pour bien montrer qu'elle était là. Parce qu'une mère était toujours là, à sa place auprès de sa fille ; sauf que, dans son cas, il s'agissait de revenir, de renouer, de s'infiltrer parce que Jolene la fuyait, à cause de Pierre, à cause de Fred, à cause… Pour elle, c'était toujours la faute de quelqu'un d'autre.

— Laisse-la tranquille ! répétait Pierre en la voyant appuyer avec une compulsion maladroite sur son téléphone. Tu vas encore faire pire que mieux.

— Mais je suis sa mère et une mère, on ne peut pas l'ignorer de cette manière. L'ingrate n'a même pas répondu à ma lettre ! C'est une honte, je…

— Tu as pourtant fait pareil avec ta mère et moi et cela pendant des années quand tu nous as privés de Jolene. Tu n'as plus ton mot à dire, aucun jugement à porter sur elle, tu devrais plutôt t'excuser.

— M'excuser ? C'est la meilleure, s'esclaffa-t-elle en repoussant son téléphone. Mais quand cesseras-tu de prendre sa défense ? Ça n'a rien à voir. Moi, je suis toujours revenue. La preuve, je suis là, avec toi, non ?

La voix de Lysiane était devenue aigrelette et vindicative, le genre de ton qu'il fallait éviter d'envenimer, aussi Pierre se contenta-t-il d'acquiescer, pensant à part lui que Jolene ferait bien de ne jamais revenir.

Chaque fois qu'elle lançait un cœur sur le mur d'Arcane XIII, elle se sentait revivre. Depuis des semaines, elle attendait un signe de Jolene après le mot qu'elle lui avait fait passer, mais rien n'était venu, alors elle avait failli composer le numéro de téléphone qu'elle avait réussi à se procurer par la ruse, mais elle avait battu en retraite, à cause de Fred. Elle n'aurait pas su tenir sa langue…

Avec Facebook, elle pouvait parler dans le vide, s'imaginer l'égale de tous ces fans qui likaient, commentaient, partageaient. Cette cohorte d'anonymes cachés sous des pseudos qui encensaient le talent de sa fille. Arcane XIII, elle s'en moquait et seule Jolene trouvait grâce à ses yeux. Le garçon lui avait volé Jolene comme Fred lui avait volé sa vie, c'est pourquoi elle voulait les effacer l'un comme l'autre pour se retrouver seule avec sa fille, sa revanche, son alter ego.

— Quelle plaie ! Elle aurait pu prendre un vrai pseudo ! s'indigna Jolene, aspirée dans le fauteuil en cuir.

— Elle voulait que tu saches pour se rapprocher de toi. C'est une façon détournée de te tendre la main.

— Jusqu'à la prochaine attaque… Pourquoi maintenant ?

Jan s'assit par terre, le dos contre la commode, les yeux levés vers le plafond.

— Elle a profité de Facebook, tu n'avais pas tort d'hésiter à t'exposer par ce biais. Je comprends mieux tes réticences maintenant, mais tu peux la bloquer, l'empêcher de voir ce que tu fais.

— C'est ma mère, je n'ai pas le droit…

Sa voix s'étouffa comme une flamme quand la paraffine vient à manquer.

— Laisse-la faire alors, attends un peu, on verra bien.

Le silence enclencha la traque. Le moindre contenu à peine posté, un cœur de Lyzzie59 apparaissait, avec la tronche de Dolly dans une bulle assortie d'un commentaire chaque fois un peu plus étoffé.

Jolene se remit à dessiner des croix rouges sur ses bras, écouta Vivaldi à longueur de nuit et se surprit à arrondir ses doigts sur son pouce en fixant le vide. On était à trois jours de la tournée et elle errait dans le salon tel un fantôme délavé, incapable de chanter.

Chaque post était souillé, immédiatement estampillé d'un Lyzzie59. Comment ne pas se sentir colonisée, envahie, épiée ? Comment résister aux assauts d'une mère qui n'a de cesse de revenir ?

Tiraillée entre rejet et pitié, entre douleur et culpabilité, Jolene se mit à fuir le téléphone, laissant à Jan la charge des réseaux sociaux ; mais un message personnel arriva, débordant de compliments.

Jolene était belle, en bleu sur la photo, la tournée s'annonçait magnifique, elle était tellement fière…

Lorsque Jan le montra à Jolene, elle sentit ses doigts se remplir de fourmis et les battements de son cœur s'accélérer.

— Je répondrai après, je n'ai pas la force, on part ce soir à Nantes, je verrai ça plus tard.

Mais plus tard, c'était trop tard.

Deux jours après, un autre message avait déferlé pendant la nuit, une bulle échouée au milieu des autres et à laquelle Jan n'avait pas prêté attention.

C'était la nuit de leur premier concert avec Fred, une nuit où l'adrénaline les empêchait à nouveau de trouver le sommeil. Ils avaient tant à se dire, intarissables et soulagés, étourdis par la musique qui sonnait neuve à leurs oreilles. La voix de Jolene n'était déjà plus celle de *Natura*, elle poussait, portait les mots d'une révolte qu'elle était allée puiser dans son ventre. Une colère encore sur la retenue, qui se contrariait sans cesse, se retournant sur elle-même comme un rêveur en plein cauchemar. Incapables de dormir, ils retravaillèrent leurs sons sur un mini-clavier avant de les télécharger pour les mixer sur l'ordinateur. La scène les transcendait, libérait leur créativité et ils galopaient pareils à deux chevaux sauvages sur la lande, crinières au vent.

Le jour, ils n'attendaient que le moment de recommencer, oubliant de faire l'amour, tout à leur musique.

Mais comme toujours, le couperet devait tomber. Avec Jolene, la joie était fatalement de courte durée, pareille à la frange qu'une paire de ciseaux vient couper trop tôt.

Au matin du sixième concert, après une nuit étourdissante à Montpellier, Jolene attrapa son téléphone pour poster quelques photos de cette incroyable soirée. Ils avaient allumé le feu comme jamais, Fred avait enchaîné, mis la salle en transe, et ils avaient achevé la soirée ensemble dans un lounge bar, affalés comme des lions de mer sur des canapés en velours. À l'hôtel, Jan avait soulevé Jolene dans ses bras.

— Tu es belle, de plus en plus belle, tu es ma reine. Épouse-moi.

Elle avait ri à gorge déployée, ses longs cheveux dénoués tombant comme une cataracte sur le bras de Jan.

À défaut de réponse, il l'avait déshabillée puis les rôles s'étaient inversés.

— Tu es beau, tu es mon roi. Épouse-moi.

Et ils s'étaient aimés, entre rire et larmes, fougue et épuisement, gorgés de la musique qu'ils avaient absorbée tout au long de cette soirée qu'ils n'oublieraient jamais.

Au matin, pourtant, le charme s'était brisé.

Le portable lui tomba des mains, Jan le ramassa, le visage décomposé.

— Je peux ?

J'attends toujours ta réponse pendant que tu parades sur scène dans le mépris le plus total de ta mère. Pourquoi ce rejet ? Tu pourrais faire un effort après tous les sacrifices que j'ai faits pour toi. Qu'est-ce que ça te coûte ? Un merci, un cœur, n'importe quoi… Même ton grand-père ne comprend pas ton silence et je parie que Jeanne se retourne dans sa tombe face à tant d'égoïsme !!!

Il blêmit, hésita, ne montra pas l'écran tout de suite.

— C'est daté de la semaine dernière. Mais il y a un autre message, tu l'as vu ?

— Non, quel message ?

Il datait de la nuit, de cette nuit.

— Montre-moi ça.

— Je ne sais pas, enfin… je te préviens, assieds-toi au moins.

Une bonne paire de gifles ne lui aurait pas fait monter tant de larmes. Jan attrapa le téléphone des mains de Jolene et s'agenouilla à ses pieds, la fixant droit dans les yeux en la secouant.

— Ce n'est pas vrai, ne crois pas ce qu'elle t'écrit. Ce n'est qu'un tissu de mensonges dictés par la frustration. Elle ne supporte pas que tu chantes en première partie d'une célébrité comme Solange, il n'y a pas d'autre explication.

— Elle veut me détruire, c'est ça ?

— Elle souffre, mais tu n'y es pour rien. Elle est désespérée que tu la tiennes à distance, mais ce n'est pas une raison pour la laisser te tyranniser.

— Donne-moi le téléphone…

— Reprends tes esprits, Jolene, tu auras le temps de lire ça plus tard, il faut te protéger.

D'un geste nerveux, elle attrapa elle-même le portable et fit défiler le message.

Un règlement de comptes en bonne et due forme où Lyzzie59 balançait à Jolene ses quatre vérités.

— Mais qu'est-ce que je lui ai fait ?

— Tu vis ta vie, elle ne le tolère pas.

— Ça suffit, je vais l'appeler, je ne peux pas la laisser me traiter de cette façon.

— Attends, Jolene, réfléchis… Tu pourrais faire ça quand la tournée sera finie…

Le numéro de sa mère, elle le connaissait, même si elle ne l'utilisait jamais. Sans qu'elle ait à réfléchir, il défila sous ses doigts élastiques.

Le portable de Lysiane sonna pendant qu'elle grignotait un croissant dans le train en feuilletant un magazine people.

Aussitôt qu'elle reconnut la voix de Jolene, son visage s'illumina et elle prit le ton badin de celle qui ne s'attend pas à une telle surprise. Elle était si contente de l'entendre…

— Calme ta joie, avait attaqué Jolene, dans un état de colère inédit. Je veux que tu arrêtes de me harceler sur Facebook et que tu cesses de fourrer ton nez dans mes affaires.

Les cœurs partout sur son mur, elle ne pensait pas que sa fille pouvait les voir, pas plus que les commentaires. Les autres le faisaient, alors pourquoi pas elle ? Quant à Fred, elle avait bien remarqué leur manière de se pavaner ensemble après les concerts. Le cinéma avait assez duré, elle savait que Pierre lui avait craché le morceau depuis longtemps, sans ça, comment aurait-elle eu la moindre chance de se retrouver en première partie d'un chanteur aussi célèbre que lui ?

Lysiane déblatérait, sortait tout ce qu'elle avait sur le cœur, en triturant son croissant posé sur le magazine où Mylène Farmer s'affichait de profil, l'épaule à nu et le sourire radieux.

— Ça suffit, restons-en là, finit par la couper Jolene sous le coup de cette révélation inattendue. Papy ne m'a jamais parlé de mon père et je t'annonce que tu es la première à le faire. Si ta jalousie ne t'aveuglait pas, tu saurais que j'ai eu un père et une mère et tu t'en réjouirais pour moi. Toi, tu avais fait un autre choix et, finalement, c'était sans doute préférable. Alors maintenant, oublie-moi et fais ta vie. On s'est fait assez de mal pour se donner le droit d'avancer chacune de notre côté.

— Je te suivrai partout, sans toi…

— Arrête avec ton chantage, je ne suis pas une poupée que l'on prend et que l'on jette selon ses humeurs, alors laisse-moi en paix une bonne fois pour toutes.

— Je ne peux pas, sans toi… Tu es ma fille, mon alter ego… pardon.

— Il n'y a rien à pardonner. On s'est manquées, c'est dommage, mais c'est ainsi.

— Et Fred ?

— Oublie-le, oublie-moi et arrête de te raconter des histoires, ça vaudra mieux pour tout le monde.

Les rôles s'étaient comme inversés, Jolene à la manœuvre et Lysiane aux ordres. Elle sentit sa fille s'éloigner comme chaque élément du décor que le train fuyait à peine l'avait-il effleuré. Ses ongles étaient rouges, ses mains blanches et le croissant n'était que miettes sur le visage de la chanteuse qu'elle détestait.

Le silence était venu ronger la fin de la conversation. Jolene pleurait tandis que Lysiane bouillonnait encore, alors, dans un sursaut d'orgueil, elle reprit la parole, claquant des doigts comme une sorcière jette son ultime malédiction.

— Tu as raison, ma fille. C'est mieux ainsi, chacune pour soi, je n'ai jamais voulu de toi de toute façon. Tu peux tirer un trait sur l'auberge et sur ton grand-père, tout ça m'appartient et tu n'en verras jamais plus la couleur, je te préviens. Quant à ton numéro de téléphone, je vais l'effacer définitivement de mon répertoire puisque je n'ai plus rien à te dire.

Et d'un geste théâtral dicté par un élan de triomphe propre aux grandes scènes tragiques, elle coupa le dialogue, glissa son téléphone dans son sac à main et ferma les yeux.

C'était fini et elle se sentait soulagée.

Le pire était enfin arrivé, elle n'avait plus à le redouter.

De l'autre côté de son monde, le paysage continuait à défiler comme si rien n'avait changé. Un paysage aussi lisse que la plaine qu'elle s'apprêtait à retrouver pour ne plus jamais la quitter.

Le biplan en bois l'avait accompagnée durant toute la tournée, agissant comme un substitut, une de ces sortes de fétiches qui comblent autant l'absence que le manque, car Jolene savait qu'elle ne retournerait plus à l'auberge.

Sa voix prenait de l'ampleur avec son timbre à faire pleurer les pierres, mais la beauté était puisée à même la douleur, au creux du gouffre, raclant au plus vif de la peau tailladée de rouge. Des marques superficielles pour traduire l'épaisseur d'une indicible peine.

Son socle, ses racines, sa terre, tout s'était décomposé au fil du temps, la laissant suspendue dans le vide, ravagée par une souffrance invisible à l'œil nu, de ces tourments qui rongent dans l'ombre et réduisent en poudre toute confiance en soi.

Tel un zombie traversant les ténèbres, elle se vêtit de noir, ne laissant le rouge qu'à ces peintures qui couvraient sa peau pour évacuer la pression des derniers instants avant l'entrée en scène.

Le cap franchi, elle se libérait, possédée par la musique, le regard de Jan posé sur son épaule.

Son socle, ses racines, sa terre, c'était lui à présent, mais ce bonheur avait un prix dont seul le temps pouvait s'acquitter.

Ses yeux avaient changé, plus froids et plus éteints, fuyant Fred systématiquement. Ses compliments glissaient sur elle comme sur de la neige, à force tous les compliments lui étaient indifférents parce qu'elle n'entendait plus que les reproches de Lysiane. Et son esprit se chargeait de remords et de culpabilité, car elle tirait sa joie de sa plus grande peine.

Fred se dérobait lui aussi. En aparté, Jan laissait parfois échapper quelques éléments de la vie de Jolene. Fred écoutait, assemblait les pièces comme on assemble un puzzle dont on ignore le motif. Un soir que Jolene avait préféré rentrer à l'hôtel immédiatement après le concert, Jan s'était confié. Peut-être parce que Fontane était là, il avait osé évoquer l'épreuve que traversait Jolene, la torture que c'était pour elle de monter sur scène alors que sa mère se morfondait à l'auberge. Fontane ne comprenait pas ces états d'âme :

— Sa mère, on s'en fiche, qu'elle crève ! Si Lysiane n'est pas capable d'admirer le talent de sa fille, on ne peut rien pour elle.

Jan avait hésité à parler, il avait failli ajouter la pièce manquante qui laissait ce trou béant en plein cœur du puzzle.

— Lysiane ? avait repris Fred, subitement réveillé d'un long sommeil. La Lysiane de l'auberge des Flandres, c'est la mère de Jolene ?

— Oui, pourquoi ? Tu la connais ? avait rebondi Fontane, surpris de la réaction de son ami.

— Oh, ce n'est rien, tout ça remonte à loin. Revenons-en plutôt à Jolene : ça ira pour elle, n'est-ce pas, Jan ?

— Bien sûr, bien sûr, elle va s'en remettre, on s'en remet toujours, de ces choses-là. Et elle a la musique, c'est juste un mauvais moment à passer.

— J'imagine, conclut Fontane qui ne gardait pas un bon souvenir de Lysiane, mais préférait ne pas en rajouter.

La tournée s'acheva au milieu de l'automne. Un franc succès pour Fred Solange autant que pour Arcane XIII. Ils s'étaient quittés sur des embrassades, se promettant de se revoir bientôt. Jolene avait hésité à s'approcher de Fred. Chaque fois, c'était comme un interdit, un contact qui lui brûlait la peau et lui perçait le cœur. Pouvait-elle vraiment croire sa mère ? Avait-elle à ses côtés le père qu'elle n'avait jamais réclamé de connaître ? Depuis trois mois, elle vivait dans un soupçon incessant, cherchant des preuves dans ses yeux, la forme de son nez, la carnation de sa peau ou la similitude de leurs sensibilités.

Fred avait beau demeurer instable, courir de conquête en conquête et se moquer de la fidélité qui unissait Jolene à Jan, l'âge venant, il se disait qu'il aurait pu avoir des jumeaux comme ces doubles qu'il trimballait de ville en ville pour les aider à se lancer. Souvent, face à Jolene, le trouble revenait. Dans les dernières heures, pressé par les adieux à venir, il se revit avec Lysiane dans son petit appartement à Lille, plus de vingt ans plus tôt, une nuit comme une autre, avec une femme qu'il avait séduite comme toutes les autres avant de la renvoyer chez elle.

Au moment de quitter Jolene, il s'était surpris à l'attirer vers lui pour la prendre dans ses bras. Ses lèvres étaient brûlantes, au bord de la parole, elles s'étaient refermées avant de bifurquer.

— Tu iras loin, Jolene, avec Jan, vous irez loin. Ne cède rien et chante, chante même si tu souffres. C'est ta voie et tu n'en as pas d'autre.

Elle l'avait regardé, mi-surprise mi-ailleurs, accrochée à ses mots tombés du ciel.

— Appelle-moi quand tu veux. Je serai toujours là pour toi, ne l'oublie pas.

Et ils s'étaient séparés sur le trottoir, sous un lampadaire défaillant dont la lumière clignotait au lieu d'éclairer.

Fred partit seul de son côté, un étrange pressentiment le parcourut qui le poussa à se retourner. Sa fille s'en alla au bras de Jan, la tête penchée sur son épaule, traversant la nuit comme une ombre.

Alors, il repensa à Lysiane. Qu'avait-elle fait de sa vie après lui ?

Elle voulait devenir chanteuse sans avoir chanté, elle le dévorait des yeux. Il la revoyait au petit matin, enroulée dans les draps, enracinée dans son lit. Après, c'était flou... D'elle, il s'était amusé, comme de Jolene avec Jan, comme de Fontane avec sa femme et ses trois enfants, comme de tout ce qui dure dans le temps. Ensuite, il s'était surpris à compter et ses mains s'étaient mises à trembler. Cette fille, perdue dans sa campagne avec ses belles boucles blondes et sa bouche écarlate, elle l'avait suivi pour qu'il l'aide à devenir chanteuse ; mais il ne l'avait pas prise au sérieux un seul instant. Et si elle l'avait attendu ? Si elle avait emporté avec elle, dans l'autocar où il l'avait fourrée pour s'en débarrasser (il s'en souvenait maintenant), un peu de lui pour supporter de retourner à la fadeur plate de sa plaine natale ?

Et si... ?

Le doute se transforma en certitude et il passa la nuit à faire les cent pas dans sa chambre d'hôtel.

Trois jours plus tard, il louait une moto et traversait la plaine des Flandres. Les blés étaient fauchés et les arbres se délestaient de leurs frondaisons cramoisies. Il sonna, elle ouvrit, affichant un sourire radieux qui se transforma en grimace quand elle le reconnut.

Fred ne vit pas les années accumulées sur son visage, pas plus qu'il ne reconnut Jolene dans sa silhouette pulpeuse.

— Tu n'as pas changé, dit-il, vissé au seuil de la porte. Tu es toujours aussi belle, aussi…

Il s'interrompit brusquement et elle recula d'un pas, se cramponnant à la porte entrouverte d'une main crispée.

— Je suis venu te parler de Jolene, osa-t-il.

— Tu n'as rien à faire ici. Veux-tu que je te rafraîchisse un peu la mémoire ?

— C'est inutile, mais tu n'aurais jamais dû me cacher une chose pareille. Je t'aurais aidée si j'avais su, j'aurais assumé, j'aurais…

— À d'autres, cracha-t-elle en durcissant son regard. C'est elle que tu es venu chercher ici, pas moi !

Encore une fois sa rancune se répandait, pareille à une coulée de lave. Pris à son propre piège, Fred regretta d'être venu, mais le doute l'obsédait à tel point qu'il ne pouvait plus se concentrer sur rien, alors il avait pris la route comme on prend la mer dans l'espoir de fuir ou de rentrer au port. Un jour ou l'autre tout un chacun devait se confronter à son passé et son tour était venu. S'il ignorait encore combien cela pouvait être brûlant de s'aventurer dans ces zones souterraines où la rancœur a pris le temps de se scorifier, il n'allait pas tarder à le savoir ; mais contrairement à Jolene, il était protégé de la culpabilité par une repartie capable de ridiculiser toutes les tirades surjouées. Aussi, lorsque Lysiane lui coupa de nouveau la parole pour se perdre dans une diatribe cousue de reproches, il commença par l'écouter en tapant du pied avant de se fendre d'un rire moqueur.

— Bravo, dit-il, bravo ! À défaut de chanter, tu pourrais jouer la comédie ! *Ta* fille, *ta* fille et encore *ta* fille... En attendant, Jolene en crève, de ta jalousie, de tes sautes d'humeur et de tes façons de jouer au chat et à la souris. Mais ça, rassure-toi, elle ne le dit pas. Au contraire, elle garde tout pour elle et te défend en toutes circonstances parce que tu lui as lavé le cerveau à grands seaux de culpabilité.

— Je ne te permets pas, qu'est-ce que tu sais d'elle, de nous ? Tu n'as rien à dire !

— Et toi, tu as trop parlé. J'imagine que tu n'as eu de cesse de lui répéter que tu étais jeune, que tu ne voulais pas d'elle, qu'elle a gâché ta carrière...

— Tes leçons, tu vois, je m'en fous. J'ai élevé ma fille toute seule et du mieux que j'ai pu. Mêle-toi de tes affaires et ne remets plus jamais les pieds ici ! hurla-t-elle en se cassant la voix.

— C'est dommage, Lysiane, je regrette que le temps ne t'ait rien appris. On n'est jamais tout seul à décider dans la vie.

D'un revers véhément de tragédienne, elle lui claqua la porte au nez, violente et définitive. Un soufflet sourd autant qu'assourdissant qui laissa Lysiane pantelante de l'autre côté de la porte. Dans son dos, Pierre se tenait debout au milieu du couloir, dépité par ce qu'il venait d'entendre.

— Est-ce que tu pourrais, au moins une fois dans ta vie, essayer d'ouvrir les portes au lieu de les fermer, Lysiane ?

Elle lui jeta un regard assassin, vrillant à l'intérieur d'elle-même, prête à imploser, mais Fred avait déjà démarré le moteur de sa moto, elle l'entendait, reconnaissait ce son qui l'avait séduite pour mieux l'abandonner.

— Va discuter, lui dit Pierre. Trouve un compromis. Il est encore temps…

— Discuter ?

Elle poussa un gloussement nerveux, un de ces rires pétris de fiel qui avachissent le bord des lèvres pour les transformer en caricatures.

— Ici, c'est chez moi et personne ne me dicte ma conduite. Ni toi ni lui ! J'en ai assez bavé comme ça !

Bientôt, le vrombissement de la moto ne fut plus qu'un lointain souvenir. Pierre se retira tandis que Lysiane restait adossée à la porte, bras croisés et lèvres soudées.

Combien de temps s'était écoulé ?

Une petite mort, pensait-elle.

À force, elle ne comptait plus. Un an, cinq ans, dix ans, quelle différence quand chaque jour ressemblait au précédent ?

Pierre avait vieilli au point de ne plus descendre que très rarement à la cave. Les yeux clos, plongé dans un sommeil fluctuant, il voyait Jolene et l'entendait même chanter. Souvent, Jeanne était à ses côtés, sa petite main dans la sienne et ensemble, ils se laissaient griser. La mélodie les emportait dans un monde où les époques se superposent au lieu de se succéder. Il y avait, dans les rêves de Pierre, tout ce qui lui manquait dans sa vie, aussi plongeait-il dans le sommeil comme on plonge dans une drogue douce, cherchant le moyen de compenser une réalité décevante que seule l'illusion corrige.

Un soir, Lysiane le retrouva endormi sur le fauteuil devant la télévision, la tête penchée sur l'accoudoir. Le cinéma de minuit défilait en noir et blanc, une version sous-titrée de *La Femme aux cigarettes*, le genre de films que Jeanne connaissait par cœur et qui avait peut-être fait naître en Lysiane le désir de chanter. Quelle beauté que cette Lily Stevens avec son carré bouclé, ses sourcils en arche et ses lèvres en cœur ! Une voix fragile entrecoupée de traits de fumée pour un charme irrésistible.

Lysiane reconnaît sur l'écran fortuit de la nuit l'origine de tout ce qu'elle a rêvé de devenir. Pierre semble dormir à poings fermés, alors elle en profite pour s'asseoir sur le sol, au plus près du téléviseur. Dévore des yeux l'actrice : son short blanc et sa ceinture dorée que rappelle la boucle de ses sandales. S'imprègne du jeu d'ombre et de lumière, des lignes qui se croisent, du corps de Lily, de la gouttière latérale longeant la piste, de l'oblique de la cigarette tenue par des doigts rompus à l'exercice, une bague quelque part sur le majeur. Elle scrute, admire, devient l'autre. Adopte sa peau lisse et son regard franc. Elle devient cette Lily-là du film, cette chanteuse de Chicago venue s'enterrer dans un bled minable pour travailler dans une auberge de seconde zone. Double idéal d'elle-même, elle ne l'admire que davantage, se plonge en elle et devient cette beauté fatale qui ne recule devant rien. Dans son dos, Pierre dort, silencieux et immobile. Le film s'achève quand l'horloge sonne une heure du matin. À regret, Lysiane allume une lampe, cherche la télécommande, éteint la télévision et le silence revient. Elle l'entend plus fort que d'habitude, un silence de nuit éternelle que même le tic-tac de l'horloge ne viendra pas troubler. Elle s'approche de Pierre sur la pointe des pieds, se demande si elle doit le réveiller. Soudain, elle frémit, remarque un étrange rictus sur la bouche, les paupières grises et les pommettes saillantes. Son oreille s'en va traîner à l'endroit d'une bouche qui n'émet aucun souffle. Elle panique, tend l'oreille, se croit sourde, saisit l'avant-bras de son père, le serre, le secoue, la tête dodeline comme celle d'un pantin désarticulé. Elle se met à crier, *Papa*, *papa*… une plainte grinçante dans l'impitoyable nuit. Pierre dort dans un silence que rien ne viendra plus trahir.

Les mains tremblantes, elle se rue sur le téléphone. Le numéro de Jolene coule de ses doigts comme une mélodie sur le clavier d'un piano. Chaque chiffre est un son qui vibre à son tympan pour l'assourdir et la vider tout à la fois. Elle se tourne vers Pierre, hésite et raccroche. C'est le film, la panique, la fatigue accumulée à force de passer toutes ses soirées à faire tourner l'auberge. C'est le manque aussi, peut-être. Trop fort parfois, jusqu'à la folie, un immense sentiment de vide qui ferait croire n'importe quoi. Elle retourne vers Pierre.

— Papa, réveille-toi ! Tu ne vas pas passer la nuit ici. Je t'en prie, réveille-toi !

Elle le secoue, le serre et le presse. Le rictus s'étiole, le corps s'affaisse. Froid, gris, perclus d'une mort qu'elle n'a pas vue venir.

— Papa…

Elle tombe à ses genoux, les yeux secs et les mains gelées.

Papa…, se répète-t-elle en elle-même, incapable de pleurer.

L'horloge ne sonne plus.

Elle vient de s'arrêter.

Dans la détresse d'un entre-deux que seule la lampe rend réel, elle compte à défaut d'appeler à l'aide.

2701 nuits, elle a entendu Pierre monter dans sa chambre sans jamais lui dire bonsoir.

2701 nuits, elle est restée seule dans l'auberge, sans cigarette aux lèvres devant une cheminée endormie dont le héron s'était envolé.

2701 nuits, elle a ressassé ses manques plutôt que de les combler.

2701 nuits, elle a écouté Dolly pour imaginer l'amour au lieu de l'inventer.

2701 nuits, elle a supporté les bigoudis, les insomnies et le fantôme de Fred sur le vieux matelas en laine.

2701 nuits et 2700 jours où Pierre est resté près d'elle coûte que coûte, laissant Jolene à sa vie lointaine, condamné à ne plus la revoir.

Sept années et quatre mois.

Quel est l'âge de Pierre en cette nuit funèbre ?

Quel est l'âge de sa fille ? Quel est le sien ?

Elle ne sait plus, elle ne sait rien. Elle ressasse depuis trop longtemps pour voir le temps défiler.

La nuit, elle la passe agrippée aux genoux de son père, incapable d'admettre qu'il a cessé de respirer.

Elle rejoue la partition depuis le début.

Compte et recompte les nuits où le père est monté dans sa chambre sans qu'elle daigne l'embrasser.

Elle pleure, regrette. Le silence est une sentence qui ne se conjure pas. Trop tard, il est trop tard et elle rampe à même le sol pour s'arracher de ce corps froid qui n'a plus la parole.

À tâtons, elle attrape son téléphone et appelle le médecin.

Après, elle oublie. On lui donne des calmants, elle répond aux questions sans savoir ce qu'elle dit, tante Suzanne est là, l'oncle aussi.

— Jolene ?

Lysiane fait non de la tête.

L'oncle et la tante insistent juste un peu.

— C'est son grand-père, quand même…

— 2701 nuits, assène-t-elle, 2701 nuits qu'elle est partie, qu'elle reste où elle est.

Ils savent eux, pour les lettres, les cartes, les petits colis. Depuis longtemps, plus longtemps que ces 2701 nuits sorties de nulle part, ils savent que Pierre et Jolene ne se sont jamais quittés. Nul besoin de se voir pour être ensemble, seul l'amour compte, la force d'un lien que la mémoire garde vivant.

En secret, ils appellent Jolene, annoncent par euphémismes successifs. Les larmes coulent à l'autre bout du fil. Ils disent ce que Pierre aurait dit s'il en avait eu le temps : « Fais ce que tu veux, Jolene, mais aucun de nous ne t'en voudra si tu ne reviens pas pour l'enterrement. »

Jolene reste à Audresselles, reçoit un courrier quand tout est terminé.

Immédiatement, elle reconnaît les enveloppes de Pierre, la petite étiquette imprimée collée au dos, le genre de cartes remplies de son écriture inclinée devenue tremblotante au fil des derniers mois. Le contenu s'était progressivement réduit pour devenir elliptique et Jolene avait compris que la lassitude, comme pour Jeanne, s'était emparée de lui.

La carte, sa mère l'avait trouvée dans le tiroir de la salle à manger où Pierre glissait de quoi écrire. À l'intérieur, elle avait collé l'avis de décès publié dans le journal.

Pas de mot, pas de signature.

Les doigts de Jolene vinrent toucher un à un le bout de son pouce. La carte, elle la rangea dans un tiroir, attrapa une feuille et un stylo avant de s'allonger sur le ventre au pied du héron cendré.

Dans la cheminée, les flammes dessinaient des fuseaux incandescents, tandis que l'échassier se tenait là en digne confident de ses peines.

Depuis combien d'années pleurait-elle ?

Combien d'années à fixer le regard d'un animal empaillé pour supporter la suite d'arrachements que sa mère lui avait imposés ?

Le feu crépitait quand elle se mit à signer son bras à la flexion du coude.

Un seul graphème à l'encre rouge.

Le dernier, se promit-elle, avant de rougir la page blanche jusqu'à ce qu'elle s'enflamme, plongée comme un oiseau de feu dans un brasier incandescent que rien n'étouffe. Le héron pour témoin.

Après, elle s'endormit sur le canapé, recroquevillée, un coussin contre le ventre que son bras tatoué serrait de toutes ses forces.

Jan la trouva ainsi, s'approcha, sentit un souffle tiède s'échapper de ses lèvres et s'assit sur le fauteuil en cuir pour la regarder dormir sans bouger.

Dehors, le soleil se laissait aspirer par la mer invisible, mais rien de l'extérieur ne pouvait plus atteindre la petite cahute verte lorsque Jan veillait sur Jolene.

À l'auberge des Flandres, Lysiane avait retiré le tiroir du buffet pour le poser sur la table de la cuisine face à l'horloge muette.

Elle hésita, scruta ce trésor qui lui mettait l'eau à la bouche.

Ses ongles étaient du même rouge que celui qu'elle portait le jour des obsèques de Pierre, elle n'y avait pas touché. Depuis, l'auberge était fermée. Un repos de quinze jours afin de remettre de l'ordre dans les affaires familiales.

Le tiroir était plein. Les lettres empilées par années, reliées d'un élastique marron. Il y avait même des envois plus anciens adressés à Jeanne et Pierre. Parfois l'enveloppe avait été ôtée et il ne restait que la feuille, la carte ou le carton, c'était selon ; mais tout semblait avoir été précieusement conservé.

Pourquoi n'avait-elle pas mis la main là-dessus plus tôt ? Elle savait pourtant, mais c'eût été le pas de trop, la limite à ne pas franchir, sous peine de mettre Pierre hors de lui. Alors, elle s'était abstenue.

Son père était mort.

Les lettres étaient là.

Pas un instant elle ne songea à les réunir dans une boîte qu'elle aurait envoyée à sa fille.

Tout cela appartenait à Pierre, donc à l'auberge, et l'ensemble de ce qui se trouvait sous ce toit lui revenait à présent. À cette idée, elle éprouva un doux vertige, un étrange sentiment de toute-puissance, ce petit quelque chose qu'elle avait toujours senti palpiter en elle sans jamais pouvoir le laisser s'exprimer.

Elle balaya en arrière une boucle de cheveux qui lui tombait devant les yeux et attrapa au hasard une enveloppe.

La lecture fut longue et nerveuse. Les gestes méthodiques puis désorganisés. Après s'être accrochés, ses yeux balayaient pour finir par effleurer les mètres de banalités qui faisaient outrageusement l'impasse sur elle.

Pas une fois elle ne trouva le mot *Lysiane*, pas plus que *Lyzzie* ou *Lili*, encore moins *maman*. Car maman, c'était Jeanne et papa, c'était Pierre. Et elle, ce n'était rien.

À chaque nouvelle pile, elle se reprenait à espérer.

Les heures défilaient sans que l'horloge en témoigne. En deuil, elle aussi. Bientôt le ciel devint orangé puis pourpre avant de virer au noir. Lysiane se leva pour allumer la lumière du plafond avant de se remettre à la tâche. Encore, elle espérait. Liasse après liasse, feuille après feuille, elle espérait qu'une place lui soit concédée dans cette intimité.

Bien sûr, elle s'attendait à trouver son nom associé à un reproche. Se plaindre lui aurait fait du bien. Elle cherchait la trace de Fred Solange aussi, la preuve que son père l'avait trahie.

Mais il n'y avait pas un mot de trop dans ces lettres, jamais rien la concernant et elle finit par les entasser pêle-mêle sur les chaises où autrefois Jeanne et Pierre s'asseyaient.

J'ai bel air au milieu de tout ça, pensa-t-elle, tout en continuant à éplucher jusqu'au dernier lambeau d'une correspondance qui s'obstinait à l'ignorer.

Elle avait dû avoir une absence, se déconcentrer, pourquoi pas s'endormir ? Elle était si fatiguée depuis la mort de Pierre, à cause du choc, des démarches qui avaient suivi, menées dans l'urgence ; et de la solitude aussi.

À part tante Suzanne et l'oncle, qui restait-il autour d'elle aujourd'hui ?

Et sa fille, cette ingrate qui l'avait reniée. Pas la moindre réponse à l'avis de décès qu'elle lui avait envoyé. Ses chansons, ça oui, elle savait les écrire. Des lettres, sans conteste, elle en avait envoyé de partout où elle était allée.

Mais pour elle, sa mère, rien.

Rien qu'un rejet permanent que ses démonstrations d'affection pour d'autres rendaient proprement indécent.

Alors, elle vit rouge.

La cuisine en feu.

Au comble de la colère, elle écarta les bras pour rassembler le courrier et l'envoya valdinguer en l'air. Les piles de lettres et d'enveloppes décollèrent comme des avions en papier avant de s'écraser au sol ; et elle se mit à applaudir.

Elle avait tout autour d'elle désormais, tout à sa portée, et pourtant…

Elle se surprit à compter les bouts de papier éparpillés de la même manière que le temps passé.

C'était la deux mille sept cent vingtième nuit ou peut-être la suivante ou celle encore d'après.

La maison était vide, le ciel noir, l'horloge en berne et le silence autour d'elle.

Comme on exécute un balayage au casino, elle rassembla toutes les lettres et les entassa dans un sac poubelle.

Première étape d'un grand ménage qu'elle avait prévu de longue date.

Rien, pensa-t-elle à nouveau. *Pas un mot.*

Elle tira la ficelle et l'enroula bien serrée autour du sac en plastique.

— Tant pis pour eux ! Ils ne savent pas ce qu'ils perdent, tous autant qu'ils sont, vociféra-t-elle avec amertume, en fixant l'horloge muette.

Quelle heure peut-il être ?

L'horloge non plus ne lui disait rien, mais qu'à cela ne tienne. Lysiane prit la petite clé en laiton que Pierre glissait toujours dans le même sucrier boule. Elle attrapa une chaise et se hissa dessus, pieds nus, pour faire tourner le papillon aussi vite qu'elle put. Alors, comme une tornade blanche, elle rabattit le couvercle, descendit et remit en place la chaise, attrapa le sac qu'elle fourra sous l'évier et rangea toute la maisonnée.

L'horloge remise en route, il fallait bien avancer, reprendre les choses en main et surtout, ne pas s'apitoyer.

Sa fille, elle la suivrait, comme une ombre. *N'était-elle pas son ange, son alter ego ?* Il y aurait toujours Facebook, la télévision, les journaux… Le temps de la perruque était révolu, plus question de se retrouver face à face, chacun sa place, chacun sa vie à mener ; mais il y aurait toujours la musique de Jolene à diffuser chaque soir à l'auberge entre le plat et le dessert, pour s'octroyer tout le mérite qu'on lui avait volé.

Car une mère ne s'effaçait pas, une mère ne disparaissait jamais, quoi qu'on fasse, on avait vis-à-vis d'elle une dette à perpétuité.

Un instant, elle se crut calme, apaisée, comme soulagée.

Elle venait enfin de cesser de tourner en rond autour de la table de la cuisine.

Demain, une nouvelle vie commençait, une vie où elle n'aurait de comptes à rendre à personne.

Un grand vide se creusa sous ses pieds déchaussés.

Un vertige qu'elle mit sur le compte de la fatigue.

Demain, comme autrefois, le jour se lèverait sur le mont des Récollets. Un jour tout neuf qui lui appartiendrait sans partage et dont elle tiendrait les rênes.

Lorsque l'horloge sonna trois coups, elle se crut au théâtre.

Cette fois, c'était à son tour de jouer et elle comptait bien se jeter à corps perdu dans son rôle pour moderniser son auberge et la faire briller parmi toute la contrée.

Dans la petite bicoque, le feu crépite sous l'œil attentif du héron cendré.

Jan pianote au synthé, Jolene tâtonne sur le piano droit, une feuille de portées sur les genoux. Il lui arrive maintenant de composer la musique quand Jan se met à chanter.

L'hiver approche, ils ne le craignent pas, car le froid les transcende. Le souffle du vent sur la mer déchaînée a beau décoiffer leurs cheveux, il demeure une source d'inspiration où puiser de nouvelles sonorités.

Ensuite seulement vient l'écriture, mais le rouge a disparu.

Jolene l'a laissé là-bas, loin, très loin, du côté de la plaine qu'elle n'a jamais revue.

Elle n'oublie pas pourtant, certains souvenirs sont plus puissants que le renoncement.

Parfois, quand elle pense à Lysiane, elle l'imagine éventrer la plaine, juchée sur sa bicyclette, ses boucles au vent. Blondes, auréolées d'espoir. Elle est belle. Trop belle pour être regardée, même après toutes ces années. Ses lèvres sont rouges, ses paupières bleues. Ses yeux, on ne sait pas. Personne ne les a encore compris. Ils ont la couleur changeante des destins qui se cherchent…

C'est ainsi qu'elle la voit, belle et prête à tout, dans le mépris du reste.

Elle n'oublie pas, mais s'en libère.

Ce n'est pas un choix, c'est une nécessité. Elle sait qu'elle doit continuer à se sauver au risque de replonger dans le rouge des nuits de feu.

Souvent encore elle y pense, entend ses cris, ses plaintes, ses colères et le crissement des ciseaux, mais quand elle marche le long de la plage d'Audresselles, à flanc de falaise sur les petits cailloux blancs, elle sent la terre vierge sous ses pas, les racines neuves et la nouvelle souche. Elle attrape la main de Jan et se dit que, comme dans l'arcane XIII du tarot, il faut savoir s'amputer d'une part de soi pour fertiliser l'essentiel.

C'est un sacrifice comme un autre et il se passe de honte.

Avec *À l'encre rouge*, ils ont franchi un cap. Grâce à l'aide de Fred et au soutien indéfectible de Fontane, une nouvelle tournée s'annonce au printemps prochain. En attendant, ils se retrouvent parfois sous la tonnelle, quatre joyeux drilles qui sirotent des bières et contemplent le coucher du soleil avant de pousser la chansonnette.

Jolene ne recule plus devant Fred, elle sait. Fred aussi, il apprend. Ils se ressemblent à ce point qu'ils s'intimident encore un peu.

De Lysiane, ils ne parlent jamais. Ils y pensent, c'est tout.

Ils évoquent plutôt le troisième opus qui se prépare dans la bicoque où ils finissent par rentrer pour avaler une pizza au coin du feu. Jolene a pétri la pâte, Jan l'a garnie, Fontane l'a mise au four et Fred l'a découpée.

Un vrai travail d'équipe.

Pour la couverture du nouvel album, ils ont juxtaposé leurs profils, collés l'un à l'autre au milieu du nez. Deux demi-faces qui regardent droit devant.

— Pourquoi pas *Alter ego* ? proposa Jolene.

— C'est du déjà-vu, non ? Et puis je n'aime pas tellement les expressions latines, précisa Jan.

Aspirée dans un autre monde, Jolene n'avait pas répondu. Elle pensait à Lysiane, tant de détails pouvaient encore la ramener à elle, à Pierre, à Jeanne…

L'enfance est une obsession, un souvenir à double facette qui tourne en boucle.

— Et que dirais-tu de… ?

Jan n'eut pas le temps de terminer sa phrase. Un baiser venait de se poser sur ses lèvres, c'était le seul moyen que Jolene avait trouvé pour ne pas se laisser happer par la mélancolie.

Comme deux chiens taquins, ils s'amusèrent à se lécher le visage et c'est le son de cette folie heureuse qu'ils passèrent la journée à essayer de retrouver dans leur musique, car, quoi qu'il advienne, ils étaient bien résolus à continuer la lutte, une lutte effrénée pour capturer une once de beauté et l'asseoir sur leurs genoux, sans la trouver amère.

REMERCIEMENTS

Je tiens à remercier mes éditeurs Émeline Colpart et Florian Lafani ainsi que toute l'équipe de Fleuve Éditions avec qui j'ai le bonheur de me sentir accompagnée et portée de livre en livre.

Merci à Andrea Field, mon agent, dont les conseils et les retours de lecture me sont précieux.

Merci à Muriel d'être ma première lectrice et de m'épauler tout au long du parcours de création.

Merci à Quentin de m'avoir fait découvrir « Jolene » de Dolly Parton.

Merci à Marie-Édith, à Estelle, à Catherine, à Charline, à Véronique, à Séverine et à Ghislaine et Raphaël pour ces conversations mémorables qui m'ont inspirée.

Merci aux lectrices et aux lecteurs de vous être plongés dans ces pages.

Composé pars Facompo, Rouen

CET OUVRAGE
A ÉTÉ ACHEVÉ D'IMPRIMER
SUR ROTO-PAGE
PAR L'IMPRIMERIE FLOCH
À MAYENNE EN DÉCEMBRE 2022

N° d'impression : 101691
Imprimé en France